I0656040

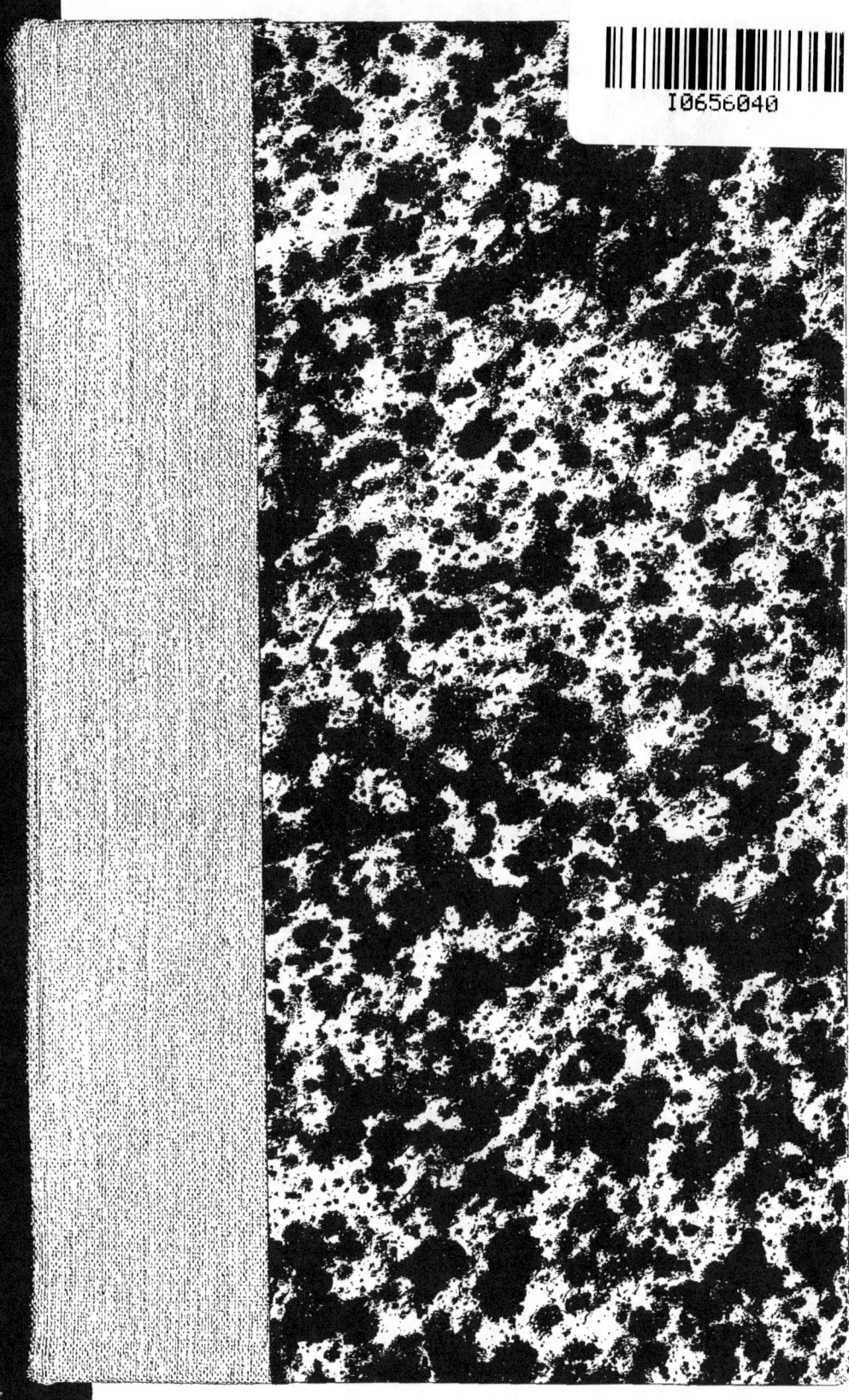

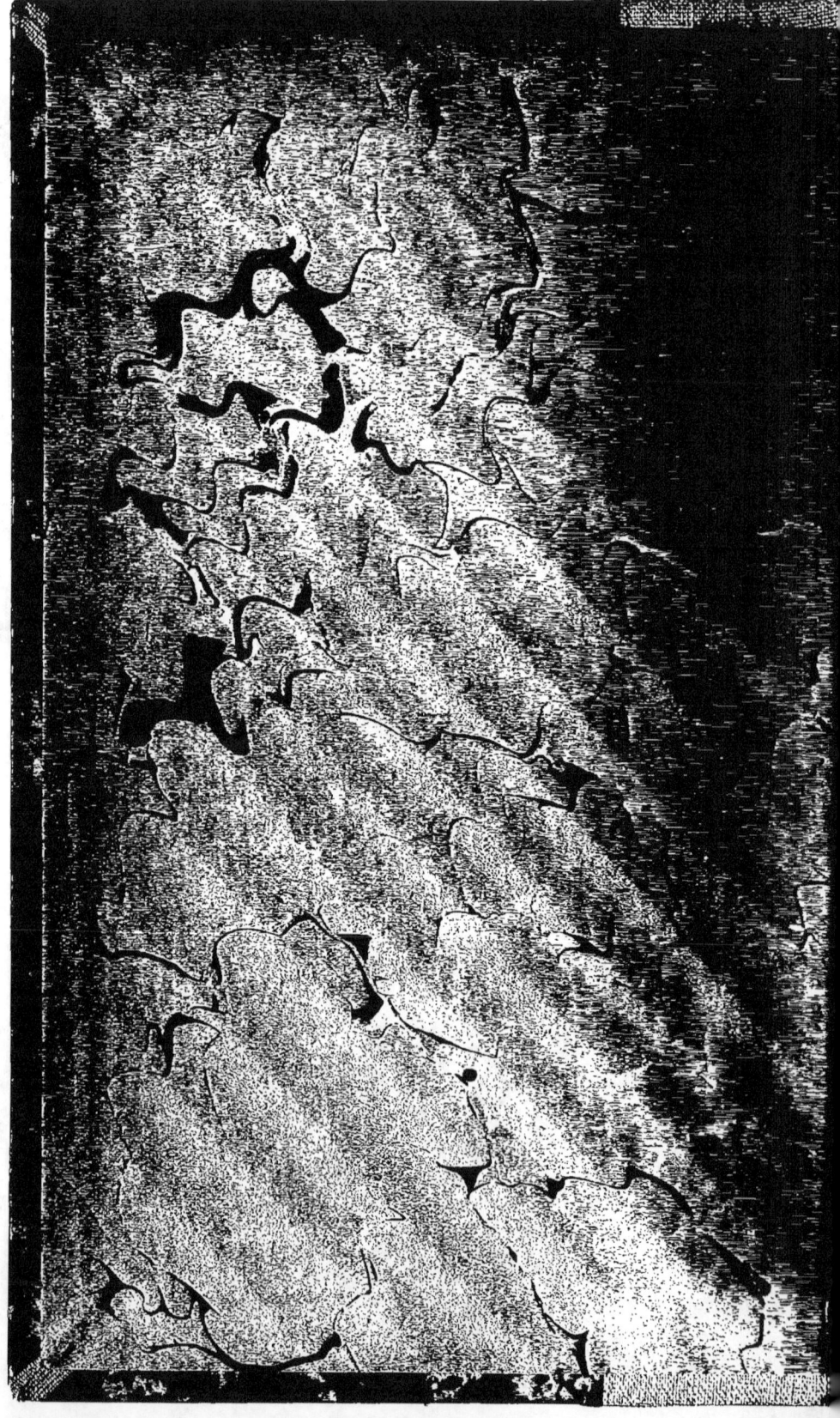

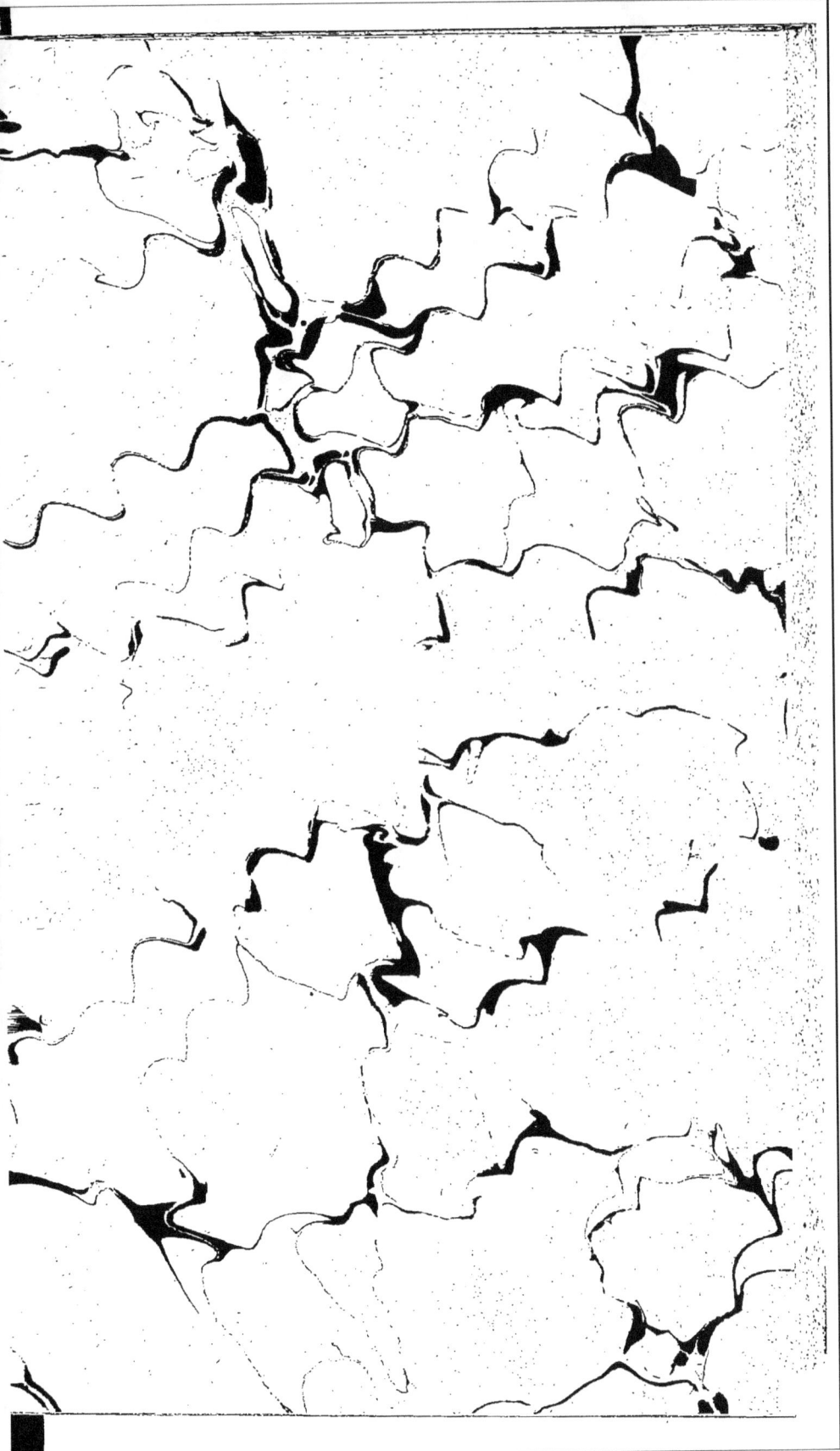

J. BOULANGER

QUAND IL PLEUT

PAR

PAUL CÉLIÈRES

17489

PARIS
A. HENNUYER
Imprimeur-Éditeur

RUE LAFFITTE, 51

BIBLIOTHÈQUE DU MAGASIN DES DEMOISELLES

QUAND IL PLEUT

DU MÊME AUTEUR :

Contez-nous cela ! Un volume in-18 jésus.

Une Heure a lire. Un volume in-18 jésus.

Les Grandes Vertus. Un volume in-18 jésus.

En Scène, S. V. P. (*Le Théâtre chez soi*), proverbes. Un volume in-18.

Entre deux paravents, scènes et comédie en vers. Un volume in-18 jésus sur papier de Hollande, avec eaux-fortes de E. Boilvin. (*Tirage à petit nombre.*)

Le Chef-d'œuvre de papa Schmeltz. Un volume in-18 jésus.

QUAND IL PLEUT

PAR

PAUL CÉLIÈRES

VIGNETTES DE SCOTT ET M. MARTIN

PARIS

A. HENNUYER, IMPRIMEUR-ÉDITEUR
Bibliothèque du Magasin des Demoiselles
51, RUE LAFFITTE, 51

1883

Le ciel s'est assombri tout à coup. Les grands arbres du parc frissonnent. Sous leur masse épaisse, au loin, le vent s'engouffre avec des grondements sourds. De larges gouttes de pluie s'étalent sur le sable des allées. — C'est l'orage.

On allait partir ; il faut rentrer.

L'ombrelle en main, à la hâte, sur la pointe des pieds, on regagne, en maugréant, le salon.

Que faire ?

La table est là, chargée de livres. On en prend un, au hasard. Sans presque y songer, on l'ouvre, et d'un œil distrait on commence — pour tuer le temps.

Mais le ciel s'est éclairci ; la pluie a cessé ; les nuages, éparpillés, s'envolent à l'horizon et disparaissent.

On jette le livre ; à moins que...

Puisse le nôtre ne pas vous tomber des mains, au premier rayon de soleil !

P. C.

LA VENGEANCE D'UN MAUVAIS GARS

« Il n'y a pas de fumée sans feu. » Si ce proverbe
n'était que faux, comme tant d'autres à côté de lui
dans ce gros livre que l'on a si improprement appelé la Sagesse des nations, il n'y aurait pas lieu de
s'y arrêter. Mais il n'est pas seulement faux, il est
faux et nuisible. « Il n'y a pas de fumée sans feu »,
c'est la porte grande ouverte à toutes les calomnies ;
c'est le passeport de tous les calomniateurs. Qu'il
plaise au premier venu de répandre sur tel ou tel les
bruits les plus absurdes, il se trouvera toujours
quelqu'un pour dire en hochant la tête : « Hé, hé !
c'est absurde, oui ; mais il n'y a pas de fumée sans

feu. » Et voilà tel ou tel mis au ban de l'opinion, déshonoré !

Eh bien, n'en déplaise à la Sagesse des nations, il y a, et plus souvent qu'on ne le croit, de la fumée sans feu.

Pourquoi donc, par exemple, il y a une douzaine d'années, tous les habitants de Vaudoy disaient-ils, en parlant de Jacques Fauvel : « C'est un mauvais gars » ? Il n'avait jamais fait de mal à qui que ce fût, rien pris à personne ; il n'avait, de sa vie, eu maille à partir avec la justice, et on le soupçonnait capable de tout, excepté du bien, qu'il n'aurait peut-être pas manqué de faire si l'occasion s'en fût présentée.

Vaudoy est un petit village de Seine-et-Marne, qui ressemble à tous les villages, mais avec une couleur un peu plus agreste, et en quelque sorte vieillotte. La grande place est nue et raboteuse ; il n'y est pas question de pavés ; quelques toits de chaume apparaissent encore çà et là ; et à l'étal du boucher, les morceaux de viande pendent, comme au temps jadis, à des crocs de fer scellés dans le mur. Quant aux habitants, ce sont des Briards, et tout le monde sait que les Briards ne valent ni moins ni plus que les Tourangeaux, les Picards ou les Normands. Ce sont des paysans avec tous les défauts et toutes les qualités des paysans. Braves gens pour la plupart, incapables de faire sciemment du mal au voisin, ce qui ne les empêchait pas de dire à tout venant : « Jacques Fauvel est un mauvais gars. » Si on leur avait demandé pourquoi, ils auraient été bien empêchés de répondre.

Ce Jacques Fauvel était un grand gaillard d'une quarantaine d'années, amaigri et desséché par le hâle. Ses cheveux longs et sa barbe grisonnante, qu'il laissait pousser par économie, donnaient à son visage quelque chose de rude, quoiqu'il n'y eût rien de dur dans ses traits. Son regard un peu fuyant semblait timide, effarouché ; son sourire, quand il souriait, était triste plus que railleur ; tout ce pauvre être, enfin, semblait avoir été à la longue abattu par quelque secrète pensée importune qui faisait pencher sa tête et alanguissait tous ses mouvements. Il y avait dans sa démarche, dans son geste, du découragement, de l'abandon ; — de la colère, jamais.

Il était sauvage pourtant. Si les besoins journaliers de la vie l'obligeaient à échanger quelques paroles, il se hâtait, visiblement, pour abréger l'entretien. Il sortait peu de chez lui. Le dimanche, seulement, il venait parfois s'asseoir, à l'écart, sur la place, contre le parapet du petit pont, à l'angle de la route, et regardait jouer les enfants — de loin. Cette sauvagerie était-elle la cause ou l'effet de sa méchante réputation ? fuyait-il les hommes parce que les hommes l'avaient repoussé, ou le repoussaient-ils parce qu'il les avait fuis ? On pouvait pencher pour cette dernière opinion, puisque dès son enfance on l'avait connu tel qu'on le voyait.

Sauvagerie ou timidité, il avait toujours vécu à l'écart, ne parlant guère, se sauvant dans les champs et préférant la société des bêtes à celle de l'homme. Un peu plus tard, à l'âge où l'instinct nous pousse vers la famille et où la vue d'une belle fille fait battre le cœur et monter le sang au visage, Jacques n'avait pas mis les pieds à la danse, n'avait fait d'avances à personne. Il était resté garçon.

Pourquoi ?... Hé mais, parce que c'était un être à part, un sauvage, un mauvais gars ! Les gens du pays ne s'étaient pas donné la peine de chercher d'autre raison à cet étrange isolement volontaire. Ils ne s'étaient pas dit que Jacques doutait de lui peut-être, qu'il aurait bondi de joie si une des filles du village lui avait tendu la main ; ils ne s'étaient pas demandé si Jacques, ayant porté ses vues sur une fille trop riche qu'il désespérait d'obtenir, ne s'était pas juré à lui-même de n'être à personne, puisqu'il ne pouvait être à celle-là. Ils avaient dit : « Jacques est un mauvais gars ; » c'était plus tôt fait ; et depuis lors on en avait si bien pris l'habitude, qu'il n'y avait plus à revenir là-dessus.

Jacques Fauvel était un mauvais gars.

Il habitait, à l'entrée du village, une maisonnette de pauvre apparence, au milieu d'un petit clos qui tenait d'un côté, comme disent les notaires, à la commune, de l'autre à la route du Plessis, et du côté du village, au potager de Claude Pichard, dont il n'était séparé que par une haie.

Claude Pichard, adjoint au maire, était un des gros bonnets du pays. On le disait riche. Il tenait à ferme les terres de M. de La Haudraye, et cultivait en outre son bien à lui, qui s'arrondissait tous les jours. En dépit de la distance morale qui les séparait. Jacques Fauvel et Claude Pichard, sans être à tu et à toi, n'avaient jamais fait, à proprement parler, mauvais voisinage. Jacques se tenait chez lui, restait dans son droit, et tout allait bien. Quelques mots un peu vifs échangés de temps à autre ne comptent pas ; entre voisins qui ne sont séparés que par une haie, c'est chose inévitable et qui ne tire pas à conséquence. Mais cela suffisait à Claude Pichard pour déclarer avec tout le monde que Jacques était un mauvais gars. Aussi, quand il le voyait sourire à ses mioches et faire mine de les appeler, s'écriait-il à pleine voix :

— Rentrez, galopins !

Claude Pichard avait quatre enfants, dont une fille de son premier mariage, Etiennette, qu'on appelait Tiennette, une belle fille qui pouvait avoir alors une

vingtaine d'années. C'était l'âge pour la marier. Mais
Claude ne se pressait pas. Il arrondissait la dot, es-
timant que Tiennette pouvait attendre et qu'elle y
gagnerait. Quand Jacques, bêchant son coin de terre,
entendait par hasard dans le potager du voisin ré-
sonner sur le sable les sabots de Tiennette, il en-
fonçait sa bêche en terre d'un grand coup de pied,
croisait ses deux bras sur le manche, et, sans en
avoir l'air, la suivait un moment des yeux ; puis il
s'essuyait le front d'un revers de main et se remet-
tait à la besogne en murmurant :

— Travaille, vieille bête !

Quant à la belle Tiennette, cela va de soi, elle ne
songeait pas plus au voisin que si le voisin n'eût
jamais existé. Elle n'en parlait que pour dire avec
tout le monde : « C'est un mauvais gars. » Elle l'a-
vait si souvent entendu dire par tout le monde et
par son père !

Mais que pouvait donc reprocher Claude Pichard
à ce pauvre Jacques Fauvel ? D'où venait — sans
parler de sa mauvaise réputation, un fait acquis —
cette animosité sourde que l'adjoint dissimulait mal
et qui se faisait jour, deci delà, par des mots acérés
et des menaces ?

D'une chèvre, tout simplement ; — la Grise,
comme l'appelait Jacques, une vieille chèvre maigre,
pelée, d'aspect misérable ; le seul être vivant pour

lequel il eût des paroles douces et des caresses. Ah !
c'est qu'il l'aimait, la Grise ! Songez donc ! Quand
il paraissait à un bout du clos, la Grise, attachée à
l'autre bout, tournait la tête, agitait les oreilles en
bêlant, et tirait sur sa longe pour venir à lui ! Elle
l'aimait, cette bête ! Ce que les hommes lui avaient
toujours refusé, une bête le lui donnait. N'était-ce
pas justice de l'aimer ?

Une véritable communion d'idées s'était à la
longue établie entre ces deux êtres. Ils se compre-
naient. Parfois, pendant les grandes chaleurs de
l'été, quand, sous les feuilles immobiles, l'air
alourdi n'est plein que du bourdonnement sourd des
insectes, à cette heure où l'on ne travaille pas, Jacques se couchait dans l'herbe à côté de la Grise, lui
prenait la tête, et, gravement, à demi-voix, lui contait ses peines, tous les secrets qui lui remplissaient
le cœur, qu'il n'avait jamais dits à personne et que
personne n'aurait voulu entendre. Quand il cessait
de parler, la Grise allongeait son mufle luisant et
humide et lui effleurait le visage. Et le pauvre
homme pleurait là, tout seul, en face de sa chèvre.
Pour sa chèvre il aurait donné sa maison, son
clos, tout ! Il aurait, lui, supporté peut-être des
injures, des coups même ; mais il ne fallait pas
toucher à la Grise. Aussi, quand il entendait parfois,
contre la haie, le voisin Pichard s'écrier : — Veux-

1.

tu t'en aller, sale bête ! le rouge lui montait au
visage, et il répliquait Dieu sait comment. Pour son
malheur, la pauvre chèvre était devenue la bête
noire de l'adjoint. Disons tout ; ce n'était pas sans
raison. Jacques tenait habituellement sa chèvre à
l'attache. Mais quand elle avait brouté toute l'herbe
dans le circuit de sa longe, elle bêlait si plaintive-
ment, elle s'étranglait de si bon cœur, que la pitié
lui en venait et qu'il lui donnait sa liberté. Le premier soin de la Grise était alors de courir à la haie
mitoyenne, derrière laquelle on entrevoyait un Eden
plein de tentations. Elle allongeait le cou dans le
fouillis épineux, jouait des cornes, jouait des pattes,
finissait par passer la tête et par saisir à tout hasard
quelque bonne aubaine ; et, dame, un bourgeon de
pommier ne pesait pas plus devant elle qu'un bourgeon de saule. A la longue elle avait fini par se
frayer dans la haie un ou deux passages où elle
glissait la moitié du corps, puis le corps tout entier,
et à plusieurs reprises elle avait gambadé et brouté
à plein gosier dans le potager. De là les grandes
colères de Pichard, qui avait dit à Jacques :

— Méfie-toi ! Si elle y revient...

Effrayé par cette menace, Jacques, pendant quelque temps, serra la corde. Mais tout le monde sait
ce qu'il faut croire des feintes sévérités d'un père
pour son enfant gâté. Il se trouva, comme par ha-

sard, que la corde était vieille et peu solide. La Grise, en tirant un peu, la cassa et recommença ses escapades.

Il était écrit que, sans le savoir, la pauvre bête rendrait à son maître le mal pour le bien, et qu'elle payerait cher elle-même son ingratitude inconsciente.

Un jour, c'était au printemps de 1869, Jacques, parti dès l'aube pour aller travailler aux champs, avait, comme de coutume, attaché la Grise. Il avait choisi l'endroit du clos où l'herbe nouvelle était la plus verte et la plus douce. Il avait laissé la corde assez longue pour que la Grise eût sous la dent déjeuner, dîner et au besoin souper tout ensemble. Mais les bêtes sont comme les gens : ce qu'elles ont ne vaut jamais ce qu'elles voudraient avoir. L'herbe nouvelle était tendre et appétissante sous le gai rayon de soleil qui glissait à travers les branches des pommiers ; une brise tiède en courbait doucement les tiges flexibles ; toutes sortes de bonnes senteurs se dégageaient de ce coin de terre. Où la Grise pouvait-elle être mieux que là ? où ? Mais précisément où elle n'était pas ; dans le potager du voisin Pichard, où brillaient les longues traînées des poiriers, des pommiers, des pêchers en fleur. C'était une immense nappe blanche, comme s'il y avait neigé pendant la nuit ; et le soleil, resplendissant sur tout cela, dorant de reflets inattendus les petits points roses de toutes ces fleurs amoncelées, en faisait jaillir d'irrésistibles tentations. La Grise, mâchonnant son herbe à petits coups, avec ces airs dédaigneux si jolis, même chez une chèvre vieille et pelée, roulait ses deux yeux et regardait le potager du voisin Pichard. De temps en temps elle bêlait en sourdine, tirait sur sa corde, puis, subitement étranglée, se secouait et revenait à son herbe. Mais ce n'était que de l'herbe. Et là-bas il y avait de si belles et de si bonnes choses de toute espèce ! Quel régal ! Et le nouveau coup sur la corde était un peu plus fort que le précédent. Bref, l'heure de la sieste n'était pas encore venue, que la corde était cassée ; autant dire que la récolte du voisin Pichard était perdue. Pendant toute une journée la Grise piétina dans les plates-bandes, mâchonna les bourgeons, rongea les fleurs ; — un vrai carnage !

On se lasse de tout cependant. Quand Jacques rentra, il trouva sa chère Grise détachée, il est vrai, mais couchée bien tranquillement à l'ombre de son pommier, l'air calme, comme si elle avait eu la conscience nette. Le voisin Pichard, qui était dans son potager, ne dit rien, ne souffla mot, et Jacques, ignorant tout, se coucha sans rattacher la Grise. A quoi bon ? Elle ne bougeait pas, la pauvre bête, et ne gênait personne.

Le lendemain, quand il s'éveilla dès l'aube, la première pensée de Jacques fut pour sa chèvre, comme toujours. Il ouvrit la porte et cria :

— Viens dire bonjour, la Grise ; viens, ma fille !

La Grise ordinairement ne se le faisait pas répéter. Elle était plutôt la première à donner le bonjour du matin, et le plus souvent Jacques la trouvait bêlant à sa porte si elle était libre ; dans son étable, s'il l'y avait attachée la veille. Mais ce matin-là rien ne lui répondit.

— Ah ! la coquine ! pensa-t-il, elle a fait quelque mauvais coup... Pourvu qu'elle ne soit pas allée chez Pichard... ça en serait une histoire !

Il s'approcha de la haie, regarda dans le potager et ne vit rien ; il appela de nouveau ; rien. Est-ce qu'un mauvais drôle était venu pendant la nuit lui voler sa chèvre ? Il en eut froid jusque dans la moelle des os. Mais non ; à quoi eût-elle servi au voleur, la pauvre bête ? le peu de lait qu'on en pouvait tirer ne valait pas le prix de la nourriture et du gîte, et pourtant la Grise n'était pas là. Jacques fit le tour du clos, regarda dans l'étable, fit un tour en plaine en criant : — La Grise ! hé ! là Grise ! et rentra, triste, inquiet, n'ayant rien trouvé. Comme il traversait son clos pour rentrer chez lui, les yeux machinalement tournés vers le potager du voisin Pichard, il crut voir, dans l'épaisseur de la haie mitoyenne, une tache noire par terre. Son cœur battit dans sa poitrine. La Grise ! c'était elle ! Il se baissa et doucement :

— Viens donc, grosse bête, lui dit-il, voilà plus d'une heure que je t'appelle.

Comme la Grise ne répondait pas, il allongea la main.

La Grise était froide — morte ! Effaré, il prit le corps de la pauvre bête et l'attira vers lui, mais sans pouvoir l'arracher à cette haie maudite où la retenait un lien invisible. A demi fou il plongea, tête en avant, pour voir dans cette forêt d'épines. La Grise avait le cou pris dans un nœud coulant en fil de fer. Le voisin Pichard avait mis un collet dans la haie ! le voisin Pichard avait tué sa chèvre ! Un flot de rage lui monta à la face. Il prit le corps de la Grise dans ses bras, d'un bond escalada la haie et se précipita chez Pichard en criant :

— Ah ! le gredin ! il a tué ma chèvre !

Pichard mangeait la soupe en famille avant de partir aux champs. Tout le monde était là, Tiennette, les garçons de ferme et les mioches. Jacques était bien effrayant sans doute, car toutes les cuillers restèrent en chemin, comme par enchantement, toutes les bouches béantes, et les enfants se mirent à pleurer.

— C'est toi, Pichard, qui as fait ça ? demanda-t-il.

— Je t'avais prévenu, répondit l'adjoint.

— Tuer ma chèvre !

— Va voir un peu mon potager et tu m'en diras des nouvelles... Elle n'y a rien laissé, ta sale bête.

— Sale bête !

L'homme qui avait tué la Grise, le seul être qu'il aimât, osait la traiter de sale bête ! Jacques en eut comme un éblouissement ; il laissa tomber la pauvre morte, et sans rien répliquer, sans crier gare, se jeta furieux sur Pichard. La lutte n'était pas égale. Jacques était grand, nerveux, solide ; Pichard était un petit homme replet sans grande vigueur. Du premier coup il l'envoya rouler dans un coin, et, tombant sur lui, se mit à cogner sans savoir où. Les garçons de ferme avaient beau le tirer en arrière, Tiennette avait beau supplier, les enfants avaient beau crier, les coups de poing pleuvaient dru, et Dieu sait ce qu'il en serait advenu si Jacques, sentant son adversaire râler sous sa main, n'avait de lui-même lâché prise.

Il se releva, ramassa le corps inanimé de la Grise, et rentra chez lui en pleurant comme un enfant. Sa colère était apaisée ; il s'était vengé. De ce désastre, il ne lui restait plus que la douleur.

Mais ce n'était pas fini. La rixe avait fait tapage. Du dehors on avait entendu des trépignements et des cris. On avait vu sortir Jacques affolé, sa chèvre dans les bras ; et lorsqu'on vit à son tour Pichard, les vêtements en désordre, la face ensanglantée, ce ne fut qu'un cri :

— Jacques a tenté d'assassiner Claude Pichard !

Aveuglé par la rage, celui-ci n'était pas et ne pouvait pas être d'humeur à atténuer les faits. Le procès-verbal qu'il en fit dresser par le maire en présence du garde champêtre et des témoins était accablant. Jacques l'avait à demi étranglé. Sans ses garçons de ferme, il était mort. Le soir même un exprès fut chargé de remettre la plainte de la victime et les dépositions des témoins entre les mains du procureur impérial.

Jacques était dans son clos pendant ce temps-là. Il avait creusé une fosse, y avait couché sa chèvre, et, après l'avoir longuement enveloppée d'un dernier regard, avait rejeté sur elle, en pleurant, les quelques pelletées de terre qui l'en séparaient pour toujours. Puis il était resté là, immobile, stupide, hébété par cette grande douleur dont on riait dans le village. Tant de bruit pour une vieille chèvre pelée !

Oui, mais dans les yeux de cette vieille chèvre Jacques avait trouvé ce qu'il n'avait trouvé dans aucun œil humain : un regard qui cherchait le sien, un embryon d'âme qui venait chercher son âme.

Il en fallait prendre son parti cependant, et se remettre au travail. Huit jours après, s'il n'avait pas oublié la Grise, s'il ne passait pas sans un frémissement douloureux près du pommier où la pauvre bête dormait de son éternel sommeil, il avait oublié du moins, ou semblait avoir oublié le voisin Pichard. Un peu plus triste seulement, un peu plus sauvage, il avait repris le cours de sa vie accoutumée, sans se douter qu'un épouvantable orage s'amoncelait sur sa tête. Comment s'en serait-il douté? Le voisin Pichard était là, lui aussi, comme autrefois, dans son jardin, vaquant à ses travaux de tous les jours. Rien n'était changé. La belle Tiennette, comme autrefois, lui apparaissait de temps en temps, sans plus se soucier de lui qu'autrefois. On ne semblait chez le voisin ne l'aimer ni le haïr plus qu'avant cette échauffourée. Dans le pays, quand il y mettait le pied, c'était toujours le même accueil : un peu de gêne mêlée à beaucoup de peur. Rien de changé, enfin.

Aussi fut-ce pour lui un coup de foudre sans éclair lorsqu'un matin d'août il se vit brusquement en face de deux gendarmes.

— Qu'est-ce que vous me voulez ? demanda-t-il.

— On vous dira ça là-bas.

— Vous m'arrêtez ?

— Il paraît.

— Pourquoi ça ?

— Ce n'est pas notre affaire. En route !

Jacques eut un moment l'idée de résister. Il fit un pas en arrière, allongeant le bras pour saisir sa cognée. Mais les gendarmes étaient prévenus : « Jacques était un homme dangereux. » Avant d'avoir pris son arme, il fut désarmé. Un des gendarmes lui mit les menottes, l'autre le poussa dehors, et en route !

Vaincu par la douleur et par la honte, Jacques, sans même jeter un dernier regard sur la pauvre maison qu'il abandonnait, baissait la tête pour ne pas rencontrer les regards curieux qui le harcelaient. Mais il les sentait, chargés de raillerie ou de haine, se glisser jusqu'à son cœur et le déchirer. Derrière lui, les gamins ameutés couraient. Jusqu'au bout du village il entendit le bruit de leurs sabots sur la route, le murmure confus de leurs voix ; puis tout s'éteignit ; il n'entendit plus que le pas des deux chevaux à côté de lui et le cliquetis des sabres contre l'étrier.

Arrêté ! il était arrêté ! Qu'allait-on faire de lui ? L'avenir l'effrayait, mais confusément. Ses idées n'étaient pas bien nettes. Il y avait en lui plus de surprise que de peur, plus d'abattement que de colère. Ah ! s'il avait été méchant, quels projets de vengeance ! quels serments de n'oublier jamais ! S'il avait été méchant, Claude Pichard, à compter de ce jour-là, aurait sagement fait de se tenir sur ses gardes.

Et c'était précisément le conseil que tout le monde lui donnait déjà. L'avis général était, à Vaudoy, qu'il aurait été plus sage de ne pas donner suite à l'affaire.

Avec un homme tel que Jacques, c'était jouer bien gros jeu. Poussé à bout par ce procès et l'iné-vitable condamnation qui en devait être la suite, ne devait-on pas craindre que, le jour où il sortirait de prison, il ne sacrifiât au désir de se venger le peu d'avenir qui lui restait? Et dans ce cas il y allait, pour Claude Pichard, de la vie, ou tout au moins d'une part de son bien. C'est bientôt fait de mettre le feu, ou d'empoisonner un troupeau, l'hiver, quand les bêtes sont au fourrage sec. Pichard, quand on lui parlait de tout cela, faisait le brave et haussait les épaules, mais il n'était pas tranquille au fond. Quant à la belle Tiennette, toute pleine de cette idée que le voisin Jacques Fauvel était un méchant homme capable de tout, elle tremblait franchement pour son père.

Ce qui les rassurait un peu, c'est qu'ils se croyaient loin, bien loin de toutes représailles possibles. Ils comptaient avec tout le monde sur une condam-nation exemplaire, en cour d'assises bien entendu. La police correctionnelle était trop peu pour un

chenapan de cette espèce. Ce n'étaient pas de méchantes gens pourtant que les Pichard; mais ils ju-
geaient dans leur propre cause, et avec les préven-
tions enracinées depuis vingt ans, ou plus, dans le
pays.

Heureusement pour Jacques, après le garde champêtre et les gendarmes, il y avait les juges. Au cours
même de l'instruction, le parquet n'avait pas tardé
à découvrir le mal fondé de tous les méchants bruits
qui couraient sur le compte du prévenu. Cancans
de village, rien de plus. Les antécédents écartés,
l'affaire se simplifiait, la tentative de meurtre se
réduisait à un mouvement de colère, à quelques
coups de poing trop vigoureusement appliqués. Il
ne s'agissait plus que d'une comparution en police
correctionnelle.

Jacques n'en fit pas moins un mois de prévention,
au bout duquel les juges, croyant user d'indulgence,
le condamnèrent à trois mois de prison, décision
qui le frappa aussi cruellement qu'une condamnation aux travaux forcés.

Sait-on ce que c'est que trois mois de prison pour
un pauvre diable ? les juges qui prononcent l'arrêt
le savent-ils bien eux-mêmes, habitués qu'ils
sont à ne voir que des misérables, hôtes habituels
de toutes les prisons, qui ne sortent de l'une que
pour rentrer dans une autre, et qui remercient le

tribunal de leur assurer un gîte en les condamnant?
Trois mois de prison ! c'est la ruine, la misère quand
on en sort, avec la misère le découragement peut-
être ; c'est une vie brisée qui finira par le suicide
ou par le bagne.

Mais on ne pouvait pas acquitter Jacques. Jacques
fit ses trois mois de prison. On trouvait à Vaudoy
que ce n'était guère ; il trouva, lui, que c'était trop,
et cela, sans savoir encore, le pauvre homme !
qu'après ce châtiment il en devait subir un autre que
la loi n'a pas voulu prévoir.

Le jour où on l'avait arrêté, c'était en août, il
venait de faucher sa petite moisson, toute en blé
cette année-là, c'est-à-dire qu'il avait fait rendre à
sa terre tout ce qu'elle pouvait donner. Tandis qu'il
était en prison, sa récolte, que personne ne prit
soin de rentrer, pourrit sur place. Les fruits de son
clos, que personne ne prit soin de cueillir, pourri-
rent sur l'arbre et tombèrent. Sa provision de pom-
mes de terre, qu'il avait laissée dans un sac devant
sa porte, exposée à la pluie pendant quatre mois,
s'était changée en une masse boueuse sans forme
et sans nom. Le jour enfin où, sortant de prison, il
rentra chez lui, il n'y trouva plus rien que la misère,
la misère effrayante, car elle arrivait avec l'hiver.
De la neige partout; pas de travail possible; pas
un sou de réserve au logis, pas de pain dans la

huche; pas de crédit chez le boulanger! Lorsque,
après un moment d'hésitation et de stupeur, il eut
enfin conscience de tout cela, Jacques, debout sur
le pas de sa porte, étendit le bras vers Claude Pichard, qui traversait son potager, et, le poing fermé,
lui cria :

— Malheur à toi !

Et cela d'une telle voix, avec un tel accent, que
Pichard en frissonna de peur. Il se barricada chez
lui cette nuit-là. Il ne sortit plus qu'armé d'un
gourdin et suivi de son chien. Encore un peu, il
aurait prié le garde champêtre de ne s'occuper plus
de rien que de sa sûreté personnelle.

C'était se donner bien du mal inutilement.

Jacques, sa première colère épuisée, n'avait plus
songé qu'à vivre. Il était allé vendre à Provins le
plus clair du peu qui lui restait, quelques hardes,
une vieille montre d'argent, des riens; il en avait
le jour même échangé le produit contre les choses
les plus indispensables à la vie, et depuis on ne
l'avait pas revu. Il ne sortait pas. Mais à quoi pouvait-il songer, tout seul, sinon à tirer vengeance
de ses trois mois de prison et de sa ruine? A quoi?
Le pauvre garçon lui-même aurait peut-être eu
grand'peine à le dire. Il était malheureux, voilà
tout, misérable et seul. Tout l'accablait; et sans
résignation ni révolte, machinalement, il subissait

sa destinée. Comme tous les êtres d'instinct, il souffrait sans analyser sa souffrance, et comme tous les êtres nés bons, sans en accuser personne. Ce qui se détachait le plus nettement dans sa pensée, c'était le souvenir de la Grise, une morte, et l'image de la belle Tiennette, une vivante celle-là, mais plus morte que l'autre pour lui. Et, tout en soupirant à fendre l'âme, avec des larmes parfois — car ces rudes natures pleurent aussi — il travaillait pour faire face aux besoins du printemps qui allait venir.

Aux premiers rayons du soleil d'avril, on le vit, la bêche sur l'épaule, partir aux champs et reprendre sa vie d'autrefois. Il ne se montra pour le voisin Pichard ou pour les gens du pays ni plus acerbe ni plus humble. En cela du moins il avait conscience de sa force. Sa condamnation ne le déshonorait pas à ses propres yeux. Il avait le droit de ne baisser la tête devant personne, et ne la baissait pas. C'en était assez pour justifier une fois de plus la haine et les soupçons qu'il inspirait.

C'était un mauvais gars toujours ; et l'on se préoccupa fort des secrètes pensées qu'il roulait dans sa tête, jusqu'au jour où des préoccupations autrement graves détournèrent de lui l'attention.

On était à la fin de juillet 1870. La guerre venait d'être déclarée. Quinze jours après, l'armée française avait fondu comme un flocon de neige au soleil ; il n'en restait rien.

Les Prussiens, n'ayant plus personne à combattre, marchaient sur Paris. D'un jour à l'autre, on allait les voir à Vaudoy. Il y eut une minute d'affolement. Les vieux, il y en avait encore quelques-uns qui se rappelaient l'invasion de 1815, avaient beau dire : « Restez chez vous, c'est le plus sage, » une partie des habitants, — ce fut le plus petit nombre, il est vrai, — empaquetèrent à la hâte le plus précieux de leur bien et se sauvèrent dans la forêt de Chenoise. Les autres s'assemblèrent en tumulte à la mairie pour délibérer. Délibérer ? à quel propos ? pourquoi ? Les Prussiens étaient les plus forts. On était vaincu, il n'y avait qu'à subir la loi du vainqueur. Tel parut être, du moins, au bout de cinq minutes, le résultat de la délibération. On ne s'était assemblé que pour se demander mutuellement un peu de courage ; et tout semblait dit, quand une voix s'écria :

— Il n'y a donc pas de fusils dans la commune ?

C'était Jacques Fauvel, qui, tranquillement, sans forfanterie, demandait cela du fond de la salle.

— Pourquoi demandes-tu ça ? riposta sèchement Claude Pichard.

— Parce que, s'il y a des fusils dans la commune, nous sommes bons pour nous en servir.

— Et après?

— Après...? dame, nous nous serons conduits en bons Français..., et c'est quelque chose.

— Et ça nous aura servi...?

— A en démolir une cinquantaine..., autant de moins pour les autres communes qui voudraient faire comme nous.

— Qui de cent mille ôte cinquante..., dit en ricanant Claude Pichard, reste..., fais le compte.

— On ne peut pas tout tuer.

— Et il en restera toujours assez pour mettre le feu aux quatre coins du village et massacrer les habitants.

— Possible! mais, répéta Jacques, s'il y a des fusils dans la commune...

— Oui, ça ferait joliment ton affaire, cette bagarre-là...

— Parce que?

— Parce que, dit Pichard en serrant les dents, ça serait une bonne occasion de me loger une balle dans la tête et de venger la Grise. Ni vu ni connu, pas vrai?

Jacques leva dédaigneusement les épaules, mit ses deux mains dans ses poches, et, sans qu'une lueur de colère traversât même son regard, s'adossa au mur. Si l'on s'était alors prononcé pour la résistance, il n'aurait pas pris de fusil. Mais on n'y

2

songea pas. Jacques avait été seul à prendre au sérieux sa proposition. Il fut décidé qu'on allait rentrer chacun chez soi et attendre. C'était bien la
peine de délibérer.

On n'attendit pas longtemps. Dans les premiers
jours de septembre, un soir, vers six heures, à la
brune, des gens qui passaient en carriole, à toute
bride, crièrent sans s'arrêter :

— Les Prussiens !

Il pleuvait à verse. En plaine, l'horizon disparaissait derrière un rideau d'un gris laiteux, sur lequel,
çà et là, quelques arbres se dessinaient, vaguement
estompés, comme des ombres chinoises.

Dans le village, les rues étaient devenues des
ruisseaux où la pluie s'éclaboussait et faisait, en
tombant, des milliers d'étoiles. Sous le ciel bas et
lourd qui semblait toucher les toits, on n'entendait
que le susurrement monotone et triste de l'eau, le
clapotement des mares et le ron-ron des gargouilles.
Une soirée sinistre !

Au premier cri d'alarme, tout le monde était accouru, — l'angoisse était trop vive, on ne sentait
pas la pluie. — Qu'allaient faire les Prussiens ?
Massacrer, piller, incendier ? On avait peur. Tous
ces pauvres gens n'en avaient pas encore vu, de
Prussiens. Ah ! comme ils devaient en voir après
ceux-là !

Des gamins qui s'étaient aventurés jusqu'à l'entrée du pays revinrent tout à coup en criant :

— Les v'là ! les v'là !

Derrière eux, en effet, retentit bientôt un roulement sourd qui s'approchait, puis le bruit cadencé d'une troupe en marche. L'avant-garde entrait dans le village, cinq minutes après sur la place. C'étaient des Bavarois. Le bleu clair de leurs uniformes semblait noir sous la pluie qui les avait traversés ; les chenilles de leurs casques pendaient effilochées sous l'averse ; leurs bottes à mi-jambes étaient blanches de boue. Ils marchaient par files de quatre, alignés, impassibles comme à la parade, sans souffler mot, sans tourner la tête. En moins de rien, la place en fut couverte ; le détachement s'arrêta, l'arme au pied. Pas un homme n'avait bougé de son rang. Harassés de fatigue, mourant de faim, grelottant sous cette pluie glacée d'automne, ils attendaient un ordre et restaient là comme des statues. L'officier qui les commandait, un major, mit pied à terre devant la mairie. C'était un grand et bel homme, blond, comme presque tous, les yeux bleus, barbe en éventail, qui n'avait rien de dur ni d'effrayant. Grandes manières, du reste, et belle prestance de soldat.

— Le maire ? dit-il d'une voix brève.

— C'est moi, répondit Claude Pichard.

— Bon. Suivez-moi, reprit le major en gravissant les marches du perron.

Il parlait le français en homme qui le parle depuis longtemps, correctement et presque sans accent. Les habitués du boulevard des Italiens l'auraient reconnu sans doute ; ils avaient dû le voir plus d'une fois au café Anglais ou chez Bignon.

Il avait pris une chaise et s'était assis dans la salle de la mairie, devant la table, au-dessous du buste de l'empereur, à la place du maire.

— Huit cents hommes à loger, dit-il, et quarante chevaux. Distribuez ça, que tout soit prêt dans une demi-heure.

— Mais...

— Les observations sont inutiles. Vous me fournirez deux cents bottes de paille et dix sacs d'avoine. Le pain de mes hommes est mouillé, huit cents rations ; pour la viande, quatre vaches et dix moutons.

— On ne peut pourtant donner que ce qu'on a.

— Les Allemands payent, riposta fièrement le major.

Et il allongea la main pour prendre sur la table une feuille de papier. Il allait sans doute donner à Pichard un bon sur la commandature. Mais il n'eut pas plutôt jeté les yeux sur la feuille, qui portait comme en-tête : « Commune de Vaudoy, mairie ».

qu'il défonça la table d'un coup de poing en s'é-
criant :

— Vaudoy!... nous sommes à Vaudoy?

— Mais, dame, oui, répondit Pichard.

C'était clair, le major ne se croyait pas à Vaudoy.
Il avait fait fausse route. Ce n'était guère, on le
sait, dans les habitudes de nos ennemis, mais une
fois n'est pas coutume. D'un bond, il se précipita
dehors, échangea vivement quelques paroles en
langue allemande avec ses officiers et rentra dans
la mairie.

Pendant ce temps-là, toujours alignés sous la
pluie, toujours immobiles, toujours silencieux, sans
même un signe d'impatience, les soldats attendaient,
l'arme au pied.

— Combien d'ici à Courpalais? demanda le major.

— Quatre bonnes lieues par les routes.

— Et par les traverses?

— On peut gagner une lieue.

— En partant d'ici à trois heures du matin, nous
pouvons y être au petit jour?

— Dame... oui... quand on sait les chemins.

— Vous me donnerez quelqu'un pour me guider.

Un des deux garçons de ferme de Pichard se
trouvait là.

— Colinet, lui dit l'adjoint, peux-tu conduire ces
messieurs?

2.

— Tout de même, répondit Colinet en se balan-
çant d'un air bête que démentaient ses yeux vifs et
le sourire gouailleur de ses lèvres.

— A trois heures, dit le major, et fais attention...
il fera nuit noire... mais j'y verrai assez clair pour
te brûler la cervelle en cas de besoin.

Colinet ricana bêtement et répondit :

— Faudra voir.

Une demi-heure après, tout dormait ou semblait
dormir à Vaudoy ; hommes et chevaux étaient dans
leur gîte. On n'entendait plus rien que la pluie qui
tombait toujours, et d'instants en instants, un hen-
nissement ou un coup de pied de cheval impatient
dans la porte de son écurie... Çà et là des lueurs
brillaient aux fenêtres et dansaient dans les flaques
d'eau de la route. Un passant ne se serait pas douté
que l'invasion venait de commencer et que l'ennemi
veillait dans ce village silencieux et calme. Les sen-
tinelles mêmes étaient invisibles. Il y en avait pourtant. On aurait pu, en prêtant l'oreille, entendre
plusieurs fois pendant la nuit leur *Wer da ?* impérieux.

A trois heures du matin, toutes les portes s'ouvrirent.

A la lueur des lanternes, les Bavarois remirent
sac au dos, et, toujours sans bruit, se massèrent
sur la grande place ; puis le détachement, guidé par

Colinet, se mit en marche, pour arriver à Courpalais avant le jour.

Claude Pichard, qui s'était levé pour assister au départ, se refourra dans ses draps en se frottant les mains et en se disant :

— Après tout, si ce n'est que ça, l'invasion !... Ça nous coûtera quelques bottes de paille... et encore... s'ils les payent...

Tout s'était bien passé, oui. Mais Pichard se hâtait un peu trop de se réjouir.

Au petit jour, comme il rouvrait les yeux, il lui sembla entendre un crépitement de détonations. Il rêvait sans doute.

— Tiennette, cria-t-il à sa fille, qui couchait dans la pièce voisine, entends-tu?

— Oui, père, on dirait qu'on se bat.

Il s'habilla à la hâte et courut sur la place ; on savait peut-être quelque chose. Il y avait déjà beaucoup de monde, en effet. Mais on ne savait rien, sinon que la fusillade, qui avait commencé vers quatre heures du côté des bois du Plessis, se rapprochait sensiblement, et les conjectures allaient leur train, lorsqu'une vingtaine de Bavarois débouchèrent tout à coup sur la place, par les ruelles.

Ils étaient couverts de boue et de sang ; l'un d'eux tomba devant l'étal du boucher et ne se releva plus ; puis on entendit quelques coups de feu très rapprochés et la colonne entière qui était partie cette nuit-là même de Vaudoy y rentra, mais visiblement réduite. Il y devait manquer plus de cent cinquante hommes.

Le major arriva le dernier, à cheval, surveillant sa retraite. Il était pâle comme un mort; un mince filet de sang lui coulait du front sous son casque. Il mit pied à terre, marcha droit sur Pichard, le prit par sa blouse et, sans rien dire, le colla au mur de la mairie, où deux soldats, sur un signe de lui, vinrent se placer à ses côtés; puis il escalada les marches, entra dans la salle et en ressortit bientôt, un papier à la main.

— Le garde champêtre? cria-t-il.

Le garde champêtre, qui se trouvait là, s'approcha tremblant.

— Prenez votre caisse, lui dit-il, et tambourinez ça dans le pays.

Le garde obéit, ébaucha un roulement; — ses mains tremblaient si fort! — et lut à haute voix :

« Le 2ᵉ bataillon du 4ᵉ régiment bavarois a été volontairement égaré cette nuit et jeté dans une embuscade de francs-tireurs, par un guide appartenant à la commune de Vaudoy.

« En conséquence, le major Schlembach a décidé que le maire de la commune, ou l'homme qui s'est donné comme tel, serait fusillé. Ordre à tous les habitants de la commune d'assister à l'exécution, qui aura lieu dans un quart d'heure. »

Tiennette, que tout ce bruit avait attirée dehors, arrivait sur la place, avec les enfants, au moment même où le garde champêtre donnait lecture de cet arrêt de mort.

Elle se jeta désespérée au cou de son père, en disant :

— Je ne veux pas ! je ne veux pas !... Mon père !

Les enfants, voyant pleurer leur grande sœur, se mirent à sangloter et s'accrochèrent avec elle aux vêtements du pauvre Pichard. C'était comme une grappe humaine suspendue à son cou, et qui le couvrait de larmes et de baisers affolés.

Le major Schlembach roulait une cigarette, appuyé à la balustrade de l'escalier. Le peloton d'exécution était déjà sorti des rangs et s'était venu placer à dix pas devant Pichard, toujours enveloppé dans l'étreinte désespérée de ses enfants. Autour d'eux, il y avait un grand espace vide. Personne n'osait approcher. Seul, Jacques Fauvel avait eu l'audace de venir se planter debout à côté du major, appuyé comme lui à la balustrade de l'escalier de la mairie. Il regardait le pauvre Pichard, et dans son regard il y avait comme de l'envie. « Est-il heureux d'être aimé comme ça ! » semblaient dire

ses yeux ; « mourir comme lui vaudrait mieux que
vivre comme moi. »

Sur un geste du major, on avait arraché Tiennette et les enfants des bras de leur père ; et le
regard de Claude, qui les suivait, rencontra celui
de Jacques.

— Ah ! lui dit-il amèrement, ce n'est pas toi, Jacques, qui vengeras la Grise. On s'en charge, tu vois !

Jacques haussa les épaules. Tranquillement il
s'approcha du major et lui mit la main sur l'épaule.

Rien que cela, c'était risquer sa vie. Il y eut,
dans la foule amassée déjà sur la place, un frémissement de surprise. Que voulait Jacques à cet Alle-
mand ?

Jacques n'était capable de rien de bon, et cependant on lui savait presque gré de son audace.

— Vous allez fusiller cet homme-là ? dit-il enfin
au major, d'une voix calme, au milieu d'un silence
de mort.

L'officier, frappé malgré lui de l'attitude imposante et ferme de ce paysan, hésita une seconde et
répondit :

— Oui.

— Et qu'a-t-il fait ? que lui reprochez-vous ?

— J'ai perdu cent cinquante hommes cette nuit.
Je n'en prends qu'un ici. Vous devriez me remercier. J'aurais pu vous fusiller tous.

— C'est pour l'exemple alors?

— Oui.

— Si ce n'est que pour ça, qu'est-ce que ça vous ferait d'en fusiller un autre à sa place?

Le major ne répondant pas, Jacques reprit :

— C'est un homme bien inoffensif. Tandis qu'il y en a dans le pays qui pourraient bien aller vous guetter en plaine et vous loger une balle dans la tête. Un homme vaut un homme pour l'exemple... J'en ferais peut-être autant à votre place... mais, voyons, lui ou un autre...

— Hé! peu m'importe! dit le major en tournant le dos, comme impatienté. S'il trouve quelqu'un pour ça, qu'il s'arrange.

Jacques alors, toujours impassible, toujours calme, alla droit à Pichard, et l'arrachant de la muraille où le clouait la peur :

— Sauve-toi, lui dit-il, et vivement...; l'affaire est arrangée.

En même temps il avait pris sa place contre le mur et s'y plantait debout, les bras croisés, devant le peloton.

Pichard, ahuri, le regardait sans bien comprendre et murmurait :

— Non... non... c'est trop!... ça ne se peut pas!

Mais Tiennette, qui avait tout vu, tout entendu, tout compris, l'entraînait folle de joie; les en-

fants le tiraient de leur côté; et il s'éloigna en répétant :

— Ça ne se peut pas! ça ne se peut pas!

Jacques, immobile entre les deux Bavarois, avait,
lui, regardé toute cette scène sans émotion apparente. Mais une larme pendait à ses cils; et quand
Tiennette disparut à l'angle de la ruelle, on aurait
pu l'entendre murmurer :

— Ça se comprend.

Et cependant il y avait un amer reproche dans ce
pardon. Reproche injuste, car Tiennette revint. La
tête haute, elle traversa l'espace vide qui la séparait de Jacques. Quand elle fut tout près de lui, elle
s'agenouilla dans la boue et, comme Madeleine au
Christ, lui baisa les pieds en disant :

— Pardon! pardon! pardon!

Elle sanglotait, la pauvre fille.

— Pardon, oui, répondit doucement Jacques;
mais à une condition, c'est que vous mettrez sur
ma tombe une croix de bois noire, et que sur cette
croix on écrira : « Ci-gît un mauvais gars! »

— Oh! Jacques! Jacques! murmura Tiennette
en s'enveloppant la tête dans sa blouse; vous étiez
trop grand pour nous autres.

En ce moment le major regarda sa montre, la
remit dans sa poche, jeta sa cigarette et se retourna. Occupé avec ses officiers, il n'avait cer-

tainement rien vu de tout ce qui venait de se passer; car, en apercevant Jacques devant le peloton
d'exécution, il s'écria :

— Qu'est-ce que vous faites là, vous?

— Dame, répondit Jacques, vous voyez, j'attends.

— Quoi?

— Qu'on me fusille... et même, si ça vous était
égal d'en finir... j'aimerais mieux ça.

— Vous avez pris la place de cet homme?

— Il paraît.

— Vous voulez mourir à sa place?

— Écoutez donc... je n'ai pas d'enfants, moi.

Il y avait dans ces quelques mots, dans le ton
dont ils étaient dits, une si sublime résignation, un
si amer regret de toute une vie manquée, tant
de larmes refoulées, une telle explosion du cœur
enfin, que le major, involontairement, se redressa et fit le salut militaire à l'homme qui allait
mourir.

Qui allait mourir? Même à ce Bavarois, la chose
parut impossible alors. D'un geste, il écarta les soldats, renvoya le peloton, et s'adressant à Jacques :

— Va-t'en! lui dit-il, que je ne te revoie plus !

Une acclamation s'éleva dans la foule.

— Silence! cria le major, ou je mets le feu aux
quatre coins du pays!

Il sentait comme une rage secrète d'avoir été vaincu par ce paysan.

. . . .

Une heure après, les Bavarois étaient partis ; la place était vide. Les gens de Vaudoy étaient rentrés chez eux commentant cette aventure incroyable, dont le dénouement était bien facile à prévoir.

Dans les premiers jours du printemps suivant, Jacques épousa Tiennette ; et si quelqu'un s'était avisé de dire que c'était un mauvais gars, Claude Pichard, au risque de faire à son tour six mois de prison, aurait assommé ce quelqu'un-là.

LA PERLE DES BONNES

« ... Enfin, mon cher garçon, je te recommande
Mélanie. Les trois cents francs de rente viagère que
je lui laisse ne peuvent suffire à tous ses besoins.
Si tu ne la gardes pas à ton service — je te laisse
entièrement libre à cet égard, — veille du moins à
ce qu'elle soit à l'abri de la misère. N'oublie pas
qu'elle est depuis trente ans dans la famille ; qu'elle
t'a élevé et qu'elle m'a soigné avec un dévouement
qui ne s'est jamais démenti. C'est une bonne comme
on n'en voit plus !... Ne t'effraye pas outre mesure
de ces recommandations. Peut-être ai-je encore
des années à vivre ; peut-être aussi... Je suis

depuis longtemps malade, la mort peut me sur-
prendre, et je ne veux pas m'en aller sans avoir
réglé le sort de tous ceux que j'ai aimés. »

Ainsi finissait la dernière lettre que Raymond
Lemarchand reçut de son père. Quelques jours
après l'avoir écrite, le pauvre malade mourut subitement. Raymond, qui achevait à Poitiers ses
études de droit, n'eut pas même la consolation
d'un baiser d'adieu. C'était fini quand il arriva.

De toutes les douleurs qui suivent la mort, la
plus cruelle peut-être est dans les détails de la sépulture : démarches à la mairie, démarches au ci-
metière, lettres à envoyer. Vivre pendant deux jours
près d'un être inanimé qu'on ne reverra plus, et ne
pouvoir pas même goûter en paix cet amer bonheur
de s'emplir les yeux de son image, le cœur de son
souvenir !

Cette torture fut épargnée à Raymond. Mélanie
s'était chargée de tout. La triste cérémonie s'acheva
sans que rien l'eût distrait de son chagrin ; et lorsque, le soir, il rentra seul, les yeux pleins de larmes, dans l'appartement silencieux, ce fut encore
la pauvre vieille Mélanie qu'il y trouva prête à le
consoler.

— Je suis là, monsieur Raymond, lui dit-elle.
Je ne vous quitterai pas, moi !... Nous parlerons de
lui...

Raymond ouvrit ses bras à la vieille bonne, qui s'y jeta en sanglotant et en murmurant :

— Vous me gardez, n'est-ce pas ?

— Oui, oui, Mélanie, répondit Raymond ; vous êtes de la famille.

Un observateur trop scrupuleux aurait remarqué peut-être que ce seul mot avait, comme par enchantement, séché les larmes abondantes de la vieille fille. Nous verrons plus tard ce qu'il y aurait eu de vrai dans ce méchant soupçon.

Mélanie était une femme de soixante ans environ, maigre, alerte, vive, remuante. Ses yeux, petits, ronds, d'un éclat tout juvénile et d'une incroyable mobilité, mettaient des lueurs sur sa face terne et pâle, si pâle que les deux bandeaux de cheveux blancs qui la couronnaient semblaient jaunes. Sa bouche, habituellement souriante, prenait facilement et comme à volonté des airs fâchés ou attendris ; son visage enfin se prêtait merveilleusement, selon qu'il convenait, à toutes les expressions, comme ces jouets de caoutchouc qu'une simple pression de la main fait brusquement passer de la joie à la douleur, de la tendresse à la colère.

Sa mise avait quelque chose de monastique : robe noire, tablier blanc montant jusqu'au col, bonnet à large bordure tuyautée, fausses manches sur les bras. Toujours propre avec cela, tirée à quatre

épingles et soigneuse de tout comme d'elle-même,
mais avec l'exagération méticuleuse et froide du
cloître ou de l'hôpital. Pas de poussière, mais pas
de fleurs. Tout, dans la maison, semblait, grâce à
elle, rivé à sa place ; et, de ce tout, une sorte d'ennui glacial se dégageait. Mais c'était ainsi depuis
trente ans ; il n'y fallait rien changer. « Madame
mettait ça là » était sa réponse invariable.

« Madame », c'était Mme Lemarchand, qui l'avait
prise toute jeune, l'avait dressée, puis, à l'époque
de sa mort, léguée à son mari avec l'appartement
et les meubles.

M. Lemarchand, docteur en médecine, n'exerçant
pas, avait consacré sa vie à des recherches scienti-
fiques et s'y absorbait au point de négliger les menus détails de chaque jour. Aussi n'avait-il jamais
eu à se plaindre de Mélanie, qui se trouvait, elle,
parfaitement heureuse, ayant les clefs, réglant la
dépense, payant les fournisseurs, maîtresse d'elle-
même enfin, et dispensée d'obéir, par la bonne
raison qu'elle commandait. De cette vie commune,
étroite, sans horizon, qui avait duré près de trente
ans, était née une sorte d'affection réciproque, résultat de l'intérêt et de l'habitude. M. Lemarchand
disait : « Mélanie est de la famille », et Mélanie
disait, de son côté : « *Nous* n'avons dépensé que
tant le mois dernier... Madame une telle *nous* a fait

une sottise... *Nous* ne sommes pas contents de
monsieur un tel..., etc. » Partie de si bas, arrivée
à l'indépendance relative, au bien-être quasi bourgeois, elle ne se serait pas résignée facilement à
redescendre. Aussi la crainte de voir s'écrouler ce
bel échafaudage avait-elle augmenté d'un peu sa
douleur. Elle n'en avait pas conscience, en tout cas.
Elle était de bonne foi ; elle aurait tressauté d'indignation, si on lui eût dit que son intérêt person-
nel était pour quelque chose dans l'affection qu'elle
témoignait à M. Lemarchand. Lui mort, de droit et
aussi bien que tout le reste, meubles et immeubles,
cette affection revenait par héritage à Raymond.
Elle l'avait bercé d'ailleurs, presque nourri. A peine
sevré, des bras de sa nourrice c'était dans ses bras
à elle qu'il était passé. Enfin elle l'avait tutoyé, et,
de tous les mauvais souvenirs du passé, le plus
mauvais à coup sûr était celui du jour où madame
lui avait dit :

— Mélanie, à compter d'aujourd'hui, je vous
défends de tutoyer Raymond. Il est trop grand.

Il lui avait fallu des mois, des années, pour pardonner cette cruelle atteinte à ses droits acquis, à
sa dignité. L'ordre donné, elle s'y était soumise en
regimbant. Puis, elle s'était aperçue que l'on peut
aimer les gens sans les tutoyer et garder le bénéfice de l'autorité sans en avoir les marques exté-

rieures. Elle avait, et au delà, regagné le terrain perdu, surtout depuis la mort de madame.

Raymond était-il disposé à prendre sans y rien changer la suite des habitudes paternelles ? Sa première réponse avait presque rassuré Mélanie à cet égard, et ce qu'elle savait du caractère de son nouveau maître n'était pas de nature à l'effrayer beaucoup pour l'avenir.

Raymond était un grand garçon de vingt-huit ans, doux, timide et sans énergie. L'hésitation semblait le propre de sa nature. Il lui fallait quelqu'un toujours là pour dire : « Faites ceci, ne faites pas cela. » Les conseils le trouvaient docile ; on lui évitait la peine de prendre une décision. Il n'avait eu du reste, jusqu'alors, que bien peu de décisions à prendre. Son père, si absorbé qu'il fût par ses travaux, avait pensé et agi pour lui. Au sortir du collège, il lui avait fait suivre les cours de l'École de droit à Paris. Reçu licencié, il l'avait envoyé à Poitiers faire son doctorat ; cela, pour deux raisons. Il avait à Poitiers une parente collatérale, une cousine, dont il tenait, dans l'intérêt de Raymond, à n'être pas oublié ; l'un de ses meilleurs amis, en outre, venait d'y être nommé professeur de droit romain. En même temps que les bons conseils d'une personne sûre, Raymond devait donc trouver là plus de facilités pour les difficiles épreuves qu'il allait subir.

Au moment de la mort de son père, il venait d'être reçu docteur. Rien ne le rappelait à Poitiers. Les formalités inévitables de la succession le retenaient au contraire à Paris. Il s'y installa.

Mélanie avait été d'avis que l'on devait garder l'appartement ; il faisait partie de ses habitudes. Raymond garda l'appartement. La tristesse qui s'en dégageait pour lui se mêlait aux souvenirs heureux du passé, et c'était avec calme, sinon avec bonheur, qu'il y rentrait le soir après les affaires de la journée.

Mélanie avait profité de ce moment de transition douloureuse pour se faire une place dans le cabinet même de son maître. Un soir, en rentrant — c'était quelques jours seulement après la perte douloureuse qu'il venait de faire — Raymond la trouva installée près de la cheminée, dans une bergère. Elle avait retiré son tablier, et, vêtue de noir, coiffée de son bonnet blanc, ses lunettes sur le nez, l'air patriarcal, elle tricotait avec une ardeur fiévreuse. Raymond ne prit pas garde à ce qu'il y avait d'insolite et de dangereux dans cet empiètement. Il ne souffla mot, se débarrassa, mit ses pantoufles et vint s'asseoir de l'autre côté de la cheminée, en face de Mélanie. Au bout d'un moment de silence :

— Ah ! dit-elle avec un soupir, il s'est assis là pendant longtemps, vot' pauv' cher père !

3.

Raymond soupira et ne répondit rien. Alors, comme se parlant à elle-même, elle reprit d'une voix traînante :

— C'est que ce n'est pas d'aujourd'hui que je suis dans la maison... et j'en ai vu depuis que j'y suis !... 1839 !... C'est en août 1839 que vot' bonne chère mère, que Dieu garde ! m'a prise à gages... là-bas... à Villethierry... Je gardais les oies... j'étais jeune, dans ce temps-là... Elle aussi... Je la vois encore... Ah ! elle était bien gentille, allez, vot' mère... Elle avait un grand chapeau de paille, une robe blanche en mousseline à petits pois bleus avec des manches à gigot, comme on les portait dans ce temps-là... Elle venait de se marier... Il y avait un an... et quand vous êtes venu au monde, c'est dans mes bras qu'on vous a mis... Quel chérubin vous étiez !... Ah ! pas bon tous les jours... Dieu du Seigneur ! m'en avez-vous fait des misères !... Mais ça passait vite... Et puis, dame, voyez-vous, vous m'en auriez fait des mille et des cent, que je n'aurais pas quitté madame... En voilà un agneau du bon Dieu !

Tout en parlant, Mélanie piquait dans ses cheveux, dans son corsage, un peu partout, ses longues aiguilles à tricoter. Elle remua le feu, rangea les cendres, s'arrêta sur un long soupir et reprit encore :

— C'est en 1843 que nous sommes venus loger
ici... Vot' pauvre cher père avait voulu faire de la
clientèle. Il n'avait pas pu y tenir... Je l'avais dit à
madame : Ça le tuera !... Se lever la nuit, sortir
par tous les temps, être à la disposition du premier
venu ! Si vous aviez vu le parquet !... Je passais
ma vie à frotter... Il y a renoncé. Pourquoi se
serait-il donné tant de mal ? Il avait une bonne
petite aisance ;... et je sais acheter, moi. Madame
me l'a dit bien souvent : « Mélanie, avec une fille
comme vous, un ménage a toujours assez... » Et
ça n'empêchait pas de recevoir... Je me rappelle les
dîners du 28 juillet, la fête de madame... Quatorze
à table !... Votre chinois d'oncle Perrel y était
toujours... Il n'y manquait pas... Ah ! en voilà un
qui nous en a fait, des scènes ! Et la cousine Le-
dru !... Ah ! ah !... Sans moi, comme on l'aurait
grugé vot' pauv' père, quand not' pauv' madame
n'a plus été là !

Etc... etc... etc... etc... Et tous les jours ainsi !

Pendant une heure, quelquefois plus, Mélanie,
comme si elle avait songé à bercer la rêverie douloureuse de Raymond, parlait, parlait, du même
ton monotone et doux, réveillant un à un, avec une
précision scrupuleuse, tous les menus détails de la
vie de famille ; détails insignifiants, puérils, qui
n'ont de valeur que pour ceux qui ont été mêlés à

cette vie. Pour ceux-là, chaque minute évoquée a son prix ; c'est comme l'anneau d'une chaîne qui, de proche en proche, les guide à travers les jours écoulés. Toutes les joies imperceptibles du passé semblent d'immenses bonheurs évanouis ; les amertumes du présent s'y fondent et s'y effacent.

Raymond en était là. Ces longs bavardages mettaient comme un baume sur la plaie encore saignante de son cœur. Chaque soir, Mélanie était près de la cheminée, à la même place, tricotant les mêmes bas de laine, dans la même bergère. Elle s'y était incrustée comme les coquillages de mer sur les rochers de la côte ; et, chaque soir, elle reprenait les propos de la veille, se répétant naïvement, ressassant les mêmes histoires, les mêmes détails d'intérieur ou de cuisine avec dates à l'appui.

Mais Raymond, à mesure que s'atténuait sa douleur, sentait moins le charme de ces rabâchages. Peu à peu, la fatigue vint.

— Vous m'avez déjà conté ça, lui dit-il un soir.

— Ah ! riposta Mélanie, en se redressant comme si elle avait été, à l'improviste, mordue par un reptile, je vous ennuie ?... Pauv' bon cher monsieur !... Ah ! comme on les oublie vite les morts !

Par quelle étrange liaison d'idées en venait-elle à accuser Raymond d'ingratitude et d'oubli ? Nous ne chercherons pas à l'expliquer. Pour lui, ce ne fut qu'une preuve de l'affection qu'elle avait vouée à sa famille, et il ne répondit rien. Mélanie bouda une demi-heure, puis plia son bas de laine et se leva en murmurant :

— Je ne suis qu'une domestique, je le sais bien ; mais c'est égal…!

« Pauvre femme ! pensa Raymond, elle est un peu ennuyeuse, un peu fatigante… mais elle m'aime tant ! »

— Vous êtes de la famille, lui répondit-il, je ne devrais pas avoir à vous le répéter.

Mélanie daigna sourire, pardonner, et revenir le lendemain soir avec un bas de laine et ses aiguilles à tricoter. L'antienne recommença. Raymond ne trouva rien de mieux que de laisser faire et de laisser dire.

Il était temps néanmoins qu'un hasard vînt rompre la monotonie de ses soirées. Il y avait plus d'un an que M. Lemarchand était mort; et, sans l'oublier — comme le lui reprochait Mélanie — Raymond pouvait et devait, c'est la loi humaine, reprendre sa part de la vie commune et donner un peu de lui-même aux vivants.

Dans le nombre, il en était un qu'il n'avait pas vu depuis plusieurs années, et qu'il avait souvent

désiré revoir : un camarade de collège, un ami
d'enfance, Maurice Lajarriette. D'autant plus qu'à
son souvenir se mêlait celui de sa sœur, Mlle Berthe
Lajarriette, qu'il se rappelait, gamine encore, en
robe courte, les cheveux au vent, et qui devait
être maintenant une grande et belle jeune fille.
Plusieurs fois, il avait entendu son père dire en
souriant à Mme Lajarriette :

— Nous marierons ces deux enfants... quel
gentil ménage !

Peut-être n'aurait-il pas été fâché de savoir ce
qu'il restait de ces beaux projets-là.

Mélanie, en revanche, n'aimait pas du tout les
Lajarriette. « Madame » les aimait trop. Quand ils
venaient, tout était sens dessus dessous dans la
maison.

Raymond, seul, garçon, ne devait pas, elle le
pensait, songer à les recevoir ; mais le danger ne
lui en paraissait pas moins grave — pour son cher
M. Raymond, bien entendu. Le soustraire à l'existence régulière, correcte, monacale et froide qu'elle
lui avait faite, c'était vouloir sa perte. Elle se méfiait. Aussi ne chercha-t-elle pas même à dissimuler une grimace significative le jour où, arrivant
à l'improviste, Maurice tomba dans les bras de son
ami.

— Laissez-nous, Mélanie, dit Raymond.

Mélanie sortit en battant les portes jusqu'à ébranler la maison.

— Je te gêne? demanda Maurice.

— Toi ! par exemple !... pourquoi ?

Ce n'était pas le moment d'une explication. On a, quand on ne s'est pas vus depuis cinq ans, tant de choses à se dire !... Qu'es-tu devenu? Qu'as-tu fait?... Pourquoi m'avoir écrit si rarement?... La famille ?... Tout le monde va bien?... Et le reste.

Maurice n'était que de passage à Paris. Il repartait le soir même pour le Midi, où son père achevait de mettre en plein rapport un petit domaine qui leur était venu par héritage. Il avait pendant cinq ans vécu là, surveillant les ouvriers, vendant les foins, courant la plaine à cheval, chassant quelquefois. A cette vie de gentilhomme campagnard, il avait gagné une franchise d'allures, une bonhomie, parfois brutale, qui choquaient d'abord et ne tardaient pas à séduire. Sous l'écorce, un peu rude, on sentait un cœur généreux, comme sous le hâle du visage on retrouvait le Parisien.

C'était un grand, gros et solide gaillard, taillé en Hercule, qui pouvait accuser quarante ans, quoiqu'il en eût trente à peine, mais qui devait, par contre, arrivé à soixante, pouvoir n'en réclamer plus que quarante-cinq. Il riait volontiers, à bouche que veux-tu, d'un rire éclatant et sonore qui trahissait l'homme heureux. Et il l'était. Aimé des siens, les adorant, à peu près riche, sans regrets dans le passé, sans craintes pour l'avenir, il n'avait qu'à se laisser vivre. De là peut-être était venu le long silence que Raymond lui reprochait. En cinq ans, il n'avait reçu de lui que trois lettres. Mais les gens heureux n'ont rien à écrire. Une lettre ! et de quoi l'emplir, mon Dieu ? Chaque jour est uni et calme comme la veille. Pas de nouvelles, bonnes nouvelles.

Pour tout dire, enfin, il y avait peut-être un peu de paresse dans son fait, et il l'avoua de si bonne grâce, que Raymond le lui pardonna.

Il y avait plus d'une heure qu'ils échangeaient ainsi questions et réponses, et, préméditation ou hasard, le nom de Berthe n'avait pas encore été prononcé. Raymond prit son courage à deux mains : nous avons dit que, naturellement timide, il ne se décidait à rien sans effort.

— Et Berthe ? demanda-t-il en tremblant.

Maurice partit d'un joyeux éclat de rire.

— Ah ! ah ! enfin !... s'écria-t-il. J'ai cru que tu n'y arriverais pas... Berthe ?... Mais elle va très bien, Berthe... Elle a dix-huit ans.

— Oui... je le sais.

— Elle est charmante ;... ni trop grande ni trop petite ;... brune, l'air vif ; un bon sourire ;... de jolies dents.

— Ah !

— Regarde, au fait ; voilà qui vaudra mieux que toutes les descriptions.

Et Maurice tendit à Raymond une carte photographique ; une de ces jolies cartes émaillées qui font bénir la photographie... que l'on est tout près de maudire si souvent. Berthe devait être charmante en effet, plus que charmante ; car Raymond, en dépit de ses vingt-huit ans largement sonnés, devint rouge comme une cerise, et sa pensée était si clairement écrite sur son visage, que Maurice, lui frappant le bras amicalement, crut devoir le rassurer :

— On ne t'a pas oublié, mon bon ami, lui dit-il. Papa Lajarriette, maman Lajarriette et la petite Berthe savent ce que tu vaux. Un cœur d'or... nature un peu molle, pas d'énergie pour un sou, mais un cœur d'or !... On va loin avec ça... et tu deviendras mon beau-frère... quand tu voudras.

— Ah ! mon ami, s'écria Raymond, tu sais bien...

— Que tu ne demandes pas mieux... oui... oui... Eh bien, nous revenons dans six mois... huit au plus tard... Mettons ça pour la fin de l'année... Tu feras ta demande en règle... elle sera bien accueillie... c'est moi qui te le dis !... Au revoir, beau-frère.

— Ah ! mon cher ami... mon cher ami !

Raymond ne trouvait pas autre chose à dire. il était radieux. Maurice s'était levé et se disposait à partir.

Il l'accompagna dans l'antichambre, où, tandis qu'il endossait son pardessus, il lui répéta encore :

— Ah ! mon ami... je suis bien heureux !

La porte était entr'ouverte ; on échangea une dernière poignée de main ; Maurice sortit ; puis, revenant brusquement sur ses pas :

— Ah çà ! dit-il d'un ton bourru, tu gardes donc Mélanie décidément ?

— Mais... oui... sans doute.

— Eh bien, veux-tu mon avis ? Tu as tort.

— Elle est depuis trente ans dans la famille.

— Raison de plus.

— Elle a soigné mon pauvre père.

— Une autre l'aurait soigné tout aussi bien.

— Elle m'est très dévouée.

— Tu lui payes des intérêts.

— Si peu de chose.

— Quarante pour cent.

— Ah ! Maurice !... Maurice !... Que t'a-t-elle donc fait, cette pauvre Mélanie ?

— A moi ?... rien.

— Ne la punis donc pas du bien qu'elle me fait.

— Non;... mais je voudrais te garer du mal qu'elle peut te faire.

— Je ne vois pas..

— Hé! parbleu, c'est précisément là qu'est le danger! Mélanie, qui est depuis trente ans dans la famille, qui regarde tes meubles comme ses meubles, ton appartement comme le sien, est en train de te mettre à la patte un nombre incalculable de petits fils imperceptibles qui deviendront un câble avec le temps. Rompre les fils ne serait rien; mais quand il s'agira de rompre le câble,... tu verras!... Ou plutôt nous verrons;... car je crois que si je ne m'en mêle pas...

— Qu'arrivera-t-il? demanda Raymond en souriant.

— Il arrivera, mon bon ami, que, sous prétexte de dévouement, Mélanie dirigera les moindres actions de ta vie; éloignera de toi, contre ton gré, les gens qui n'auront pas l'heur de lui plaire, et fera de toi sa chose, un pantin dont elle remuera les fils. Tu ne seras plus que l'ombre de ta bonne. Tu la payeras, et c'est toi qui la serviras. Et, à trente-cinq ans, brouillé avec tes amis, sans relations dans le monde, sans volonté pour t'en créer, tu seras rayé de la liste, classé parmi les vétérans à trois chevrons, parfaitement oublié et parfaitement malheureux.

— D'ici là, j'aurai épousé Berthe.

— Si Mélanie le veut bien.

Maurice se sauva sur ce mot, laissant Raymond quelque peu décontenancé. Sous l'exagération de la forme, il sentait la vérité du fond. Il referma la porte en se disant :

— Un homme averti en vaut deux.

Or, au même instant, Mélanie se tenait à voix basse le même propos :

— Une femme avertie en vaut deux.

Par l'entre-bâillement de la porte — celle de la cuisine se trouvant ouverte — elle avait sinon tout, du moins presque tout entendu. Nous laissons à penser si c'était là de quoi lui faire aimer les Lajarriette, et si elle devait être d'humeur à laisser patiemment s'accomplir un pareil mariage !

Mais elle se garda d'en rien montrer. Elle se fit au contraire plus affectueuse et plus douce que de coutume. Elle eut même, au dîner, l'attention d'une petite gâterie, un certain plat sucré qui était son triomphe.

Tout en servant, elle causait, comme à l'ordinaire ; mais des Lajarriette, pas un mot.

Raymond n'aurait pas été fâché, lui, d'en parler un peu. C'était, pour le moment, ce qui le touchait le plus. Mais, soit qu'elle s'en doutât, soit qu'elle mûrît un plan de sa façon, Mélanie laissa volon-

tairement échapper toutes les occasions. Au dessert, son service achevé, tandis que Raymond
buvait à petits coups son café, elle reparut dans
la salle, tenant à la main un bol plein de soupe
qu'elle posa sur le bord du buffet, et, debout,
elle se mit à manger.

— Pourquoi ce déménagement? demanda en
souriant Raymond.

— On ne peut pas tenir dans ma cuisine.

— Parce que...?

— La cheminée ne tire pas... et c'est une odeur
de charbon !... Quand on travaille, ça va encore...
j'ouvre ma fenêtre... mais, pour manger... le chaud
d'un côté, le froid de l'autre... à mon âge...!

— Il fallait prévenir le fumiste.

— Vous ne me l'aviez pas dit.

— Si j'avais su...

— J'irai le chercher demain en faisant mon
marché.

— Oui... mais, en attendant, ne mangez pas
debout... asseyez-vous là.

— Moi ! monsieur, dit-elle humblement... Je ne
suis qu'une domestique.

— Vous savez bien, répéta machinalement Raymond pour la millième fois, que je ne vous considère
pas ainsi... Asseyez-vous et dînez... J'aurai souvent
et j'ai déjà eu des convives qui ne vous valent pas.

— Et qui ne vous aiment pas comme je vous aime !

Elle avait dit cela d'une voix attendrie, et, en même temps, le sourire lui était revenu sur les lèvres. Elle était assise à table, dans la salle à manger ! C'était là peut-être tout ce qu'elle voulait pour le moment, car elle ajouta, sachant bien répondre aux secrets désirs de son maître :

— Ça ne veut pas dire que vous n'avez pas de bons amis.

— Oui, Maurice m'aime bien.

— Quoiqu'il ne vous écrive pas souvent... Mais, au fond, c'est un bon garçon... Je l'ai vu tout petit, lui aussi... Il est né en 1843... Il y avait quatre ans que j'étais chez madame... Il était bien gentil !... Ah ! il a changé.

— Naturellement.

— Pas en bien... Il est trop *mastoc* à présent... Ils sont toujours dans le Midi ?

— Oui, jusqu'à nouvel ordre... Ils comptent revenir définitivement à Paris dans quelques mois.

— Ah !... Berthe n'est pas mariée ?

— Pas encore.

— Je l'appelle Berthe tout court... ça se comprend... quand on a bercé quelqu'un !... Elle doit être bien changée aussi.

— Tenez, dit Raymond en lui présentant la carte.

Mélanie la prit, n'y jeta qu'un coup d'œil, et la lui rendit en disant :

— Elle est gentille... Des beautés qui ne durent pas... Mais bast !... la beauté s'en va, les qualités restent. Vaut mieux avoir une femme bonne qu'une femme jolie.

— Sans doute, et je crois que sous ce rapport...

— Oh ! elle n'était pas facile étant petite... J'en sais quelque chose... Ils étaient souvent chez nous dans ce temps-là, les Lajarriette !... Ils n'ont pas toujours roulé sur l'or... Ils étaient bien aises de nous trouver... Je ne sais pas où ils en seraient aujourd'hui, sans vot' pauv' père.

Quoique le bavardage de Mélanie ne fût point sans une pointe d'amertume, Raymond y prenait plaisir. On lui parlait de Berthe et il laissait dire. Pendant une bonne heure, Mélanie compulsa le livre de ses souvenirs et y puisa une foule de petits faits oubliés qu'elle rétablit détail par détail, comme Cuvier reconstituait ses animaux antédiluviens. L'enfance de Raymond était mêlée à celle de Berthe, et toutes ces bribes du passé lui semblaient si douces, que ce fut Mélanie qui se leva de table en disant :

— Et ma vaisselle !

Sur quoi elle disparut et s'enferma, toute fière d'elle-même, dans sa cuisine.

Le fait est qu'elle venait de remporter une grande victoire.

Raymond, avant de s'endormir, résuma la situation et jugea que Maurice était trop sévère pour Mélanie. Il y avait parti pris contre elle assurément. Il récapitula ses longues années de dévouement, les mille preuves d'affection qu'elle lui avait données à lui-même, et se dit que cela valait bien quelques concessions, au besoin quelques faiblesses. N'était-il pas un homme, après tout? Et, le jour où sa liberté d'action serait compromise, ne trouverait-il pas en lui-même la force nécessaire pour la dégager?

Il entrait d'autant plus volontiers dans cette voie, que les critiques de Maurice étaient les premières et les seules qu'il eût rencontrées... Partout, chez ses plus vieux amis, dans sa famille, chez ses simples connaissances, il ne récoltait que des éloges:

— Vous avez gardé Mélanie, au moins?

— Vous ne la remplaceriez pas.

— C'est une fille précieuse.

— Nous en souhaiterions une pareille.

— C'est la probité même.

— Et un cœur!

— La perle des bonnes!

Sous le rapport du ménage et du service, il était impossible, en effet, de rêver mieux. Tous les jours debout à six heures du matin, elle nettoyait sa cuisine, préparait le travail de la journée, allait aux provisions. A huit heures, Raymond, encore dans son lit, prenait son café au lait, vieille habitude de famille qu'il n'avait pu perdre. A onze heures, le déjeuner ; à six heures, le dîner ; cuisine vraiment bourgeoise, saine à l'estomac, agréable au goût, et relevée, nous l'avons dit, par une propreté scrupuleuse. Le ménage se faisait sans bruit. Raymond, quoi qu'il voulût, le trouvait prêt, sous sa main, à l'heure dite. Que pouvait-il reprocher à cette pauvre Mélanie ? N'était-ce pas, en effet, la perle des bonnes ?

Le lendemain du jour où, pour la première fois, elle s'était assise à table, les fumistes n'étaient pas venus :

— Je déjeunerai dans la salle après vous, dit-elle à Raymond.

— Non pas, Mélanie, non pas !... Déjeunez avec moi.

Elle ne se le fit pas répéter. Le soir, elle mit son couvert sans rien demander.

Le jour suivant, les fumistes étaient venus ; on avait mis sa cuisine à l'envers ; force était de faire comme la veille. Le travail dura toute une semaine, et pendant toute une semaine, Mélanie mit son couvert dans la salle.

4

Raymond avait déjà pris l'habitude de la voir assise en face de lui, se lever pour servir, revenir à sa place ; tant et si bien, que, le travail fini, lorsque la cheminée tira bien, qu'il n'y eut plus dans la cuisine d'odeur de charbon à craindre, il n'osa pas ou ne voulut pas l'y renvoyer. D'ailleurs, c'était une distraction pour lui ; — c'est si triste de manger seul !... Et puis, personne ne le voyait. Cette petite condescendance restait un secret d'intérieur... Et puis, enfin, il était le maître chez lui. Telles furent les excuses qu'il se trouva lorsqu'il s'aperçut qu'en moins de quinze jours il avait déjà donné prise à Maurice et rivé à son pied un des petits fils en question. Il ne se repentait pas ; il se promettait seulement d'en rester là.

Mais il arriva qu'un matin Mélanie, en descendant de sa chambre, fit un faux pas dans l'escalier. Elle rentra chez lui, le pied droit emmitouflé de linge et boitant à faire peur.

— Que vous est-il donc arrivé ? s'écria-t-il.

— J'ai glissé, Jésus, mon Dieu !... Il est si raide, cet escalier de service !... Cinq étages à descendre !... Avec ça qu'on n'y voit goutte... Et je ne suis plus jeune, mon pauv' monsieur Raymond... J'aurai soixante-trois ans à la Saint-Martin.

— Avez-vous vu le docteur ?

— Oh ! ce n'est pas la peine ! dit vivement Méla-

nie. J'ai mis de l'eau-de-vie camphrée. J'en ai pour
une huitaine. Mais c'est mes cinq étages qui me
gênent... Qu'est-ce que vous deviendriez si je
tombais malade et si je ne pouvais plus marcher ?

Mélanie ne songeait donc pas à elle-même. Elle
ne songeait qu'à lui. Cette pensée toucha profondément Raymond, qui s'empressa de répondre :

— Mais rien ne vous empêche. Mélanie, de prendre la petite chambre grise.

— La chambre de vot' pauv' petite sœur que nous
avons perdue à trois ans... pauv' chérubin !... Jamais !

— Cette chambre est inoccupée... prenez-la.

— Jamais !

— Pourquoi ?... puisque je vous le dis.

— Je ne suis qu'une domestique, voyez-vous...
Ça n'est pas ma place.

— Je vous ai répété cent fois...

— Oui... oui... je sais bien ;... vous êtes bon
comme le bon pain !... La mère Piperoux, la concierge, me le disait encore ce matin : « Vot' maître,
c'est la bête au bon Dieu... » Mais votre intérêt
avant tout... Ça ferait jaser.

— Mais...

— Je sais ce que je dis... ça ferait jaser !

Elle n'en voulut pas démordre. Mais, le soir, il lui

fut impossible de remonter dans sa petite chambre mansardée.

Elle s'improvisa, en rechignant, un lit de sangle dans la chambre grise. Il fallut que, le lendemain, Raymond lui intimât l'ordre de coucher dans le lit d'acajou qui s'y trouvait. Elle parut n'y consentir qu'avec peine. Mais le lit de sangle disparut et ne reparut pas ; et l'entorse disparut comme le lit de sangle.

A peine installée, Mélanie ne boitait plus.

Elle grimpa comme une chèvre l'escalier de service et le redescendit cinq fois de suite pour aménager dans la chambre grise ses effets de corps, son linge, ses robes, ses malles.

La prise de possession était définitive, irrévocable, complète ; plus complète même que ne l'eût souhaité Raymond. Mais il ne pouvait rien reprocher à Mélanie. Elle n'avait agi qu'à contre-cœur et sur ses instances réitérées. Elle avait été la première à lui dire : « On en jasera ! »

Et cependant, lorsqu'il vit Mélanie — dont la mise se modifiait peu à peu — vêtue d'une robe puce, coiffée d'un bonnet à rubans, assise tantôt dans sa chambre, tantôt dans le salon, ou dans son cabinet, il ne put se défendre d'un certain malaise. Sans doute, il devait beaucoup à Mélanie ; mais la reconnaissance a des bornes ; et, comme elle le

disait elle-même si volontiers, ce n'était qu'une
domestique.

Que dirait Maurice?... Il en était à craindre son
retour presque aussi ardemment qu'il le souhaitait.

Par bonheur, ou par malheur, comme on voudra, une lettre lui apprit que les intérêts de la
famille Lajarriette exigeaient une prolongation de
leur séjour dans le Midi. Ils ne devaient revenir
que dans les premiers jours de l'année suivante.

Raymond avait donc quelque temps devant lui.
Il résolut d'en profiter pour se soustraire à l'influence étouffante du milieu dans lequel il s'était
plongé maladroitement. Ce n'est pas à trente ans
que l'on se résigne à la vie claustrale des vieux garçons. Son avenir exigeait d'ailleurs qu'il vît le
monde, qu'il se créât des relations. Quoique riche
d'une douzaine de mille livres de rente, il n'avait
jamais compté vivre dans une inaction complète.
Son titre de docteur en droit lui ouvrait toutes les
carrières; il ne s'agissait que de se montrer.

Tout danger lui semblait ainsi écarté. Jusqu'à
nouvel ordre, Mélanie pouvait garder son empire à
l'intérieur; une fois dehors, il reprenait possession
de lui-même; et quand il s'agirait de se marier,...
eh bien... on verrait; — décision de ceux qui n'ont
pas le courage d'en prendre une.

4.

Raymond, qui sortait rarement, se mit donc tout
à coup sur le pied de sortir presque tous les jours.

Tant qu'il ne disposa que de ses matinées ou de
ses après-midi, tout alla bien. Lorsqu'il fut question pour lui de dîner en ville, ce fut une autre
affaire. Il se heurta contre un obstacle inattendu ;
obstacle imperceptible, il est vrai ; — mais les cail-
loux du chemin font trébucher comme les grosses
pierres.

De toutes les servitudes qu'il avait contractées au
profit de sa bonne, une de celles qui tenaient le
plus au cœur de Mélanie était son journal du soir.
Après dîner, sous le prétexte, — inadmissible, —
que sa vue était trop faible, que ses lunettes la fatiguaient, elle se faisait lire le journal à haute voix ;
petit service rendu complaisamment par Raymond,
que cela n'amusait peut-être pas toujours, mais qui
se serait fait scrupule de refuser une si légère satisfaction à la pauvre vieille qui l'avait bercé. Lorsqu'il parla de dîner dehors :

— Et mon journal ? s'écria Mélanie, moitié riant,
moitié pleurant.

— Ce sera pour demain, ma pauvre Mélanie,
riposta Raymond sur le même ton.

Mélanie ne répliqua pas et le laissa partir. Le
soir, lorsqu'il rentra, vers minuit, il la trouva sur
une chaise, au pied de son lit. Elle l'avait attendu.

— J'avais ma clef, lui dit-il ; vous le saviez bien.

— Oui... mais plus souvent que je me coucherai sans vous savoir dans vot' lit !... Pour moi, vous êtes toujours un bambin... Du temps de madame, c'était moi qui vous bordais... Ah ! c'est loin !... Mais j'ai de la mémoire, — moi !

Ce « moi » était tout un poème plein de tristesse, de reproches.

— N'importe... Mélanie ; à l'avenir, couchez-vous.

— Pour ça, monsieur Raymond, jamais !... Si, de là-haut, vot' pauv' cher père me voit, je ne veux pas qu'il puisse dire que, lui mort, la vieille Mélanie n'a pas eu soin de son fils.

— Soit !... si vous y tenez, grommela Raymond.

— Seulement... minuit, c'est un peu tard... Je ne suis plus jeune.

Si bien que Raymond, hésitant d'une part à priver la pauvre Mélanie de son journal, craignant de l'autre de la faire coucher trop tard, n'acceptait qu'à regret les invitations ou s'esquivait plus tôt que ne l'eût exigé la politesse. De là, chez ceux qui le recevaient, un mécontentement qui se trahissait par une froideur mal dissimulée, et chez lui-même un malaise dont il commençait à souffrir. Sans

doute Mélanie n'agissait que par affection et par
dévouement ; mais tout a des bornes, et sa dette
lui semblait trop payée au prix de sa liberté.

Pour le retenir, Mélanie employait tous les
moyens. Tantôt, d'une voix grave :

— Vous avez tort, monsieur Raymond, d'aller
dîner dans cette maison-là... Ils ont dit pis que
pendre de vot' pauv' père, dans le temps... Il a été
forcé de ne plus les voir ;... il y a eu des scènes !...
Ça sera la même chose pour vous ;... ils se fâchent
avec tout le monde.

Ou bien, d'un air amical et familier :

— Ah ! ah ! vous ne dînerez pas là-bas comme
ici... Il n'y en a pas dans beaucoup de maisons, du
bouillon comme le mien ; Rothschild n'en a pas !...
Il n'y a encore tel que la cuisine de la bonne vieille
Mélanie... Vous y reviendrez... c'est moi qui vous
le dis.

Et elle fermait la porte en hochant la tête.

Le hasard voulut qu'un soir, après avoir dîné en
ville, Raymond se trouvât indisposé. L'entendant
gémir pendant la nuit, Mélanie accourut.

— J'en étais sûre ! s'écria-t-elle éplorée ; ça devait arriver ! Cette vie-là vous tuera !... Vous
n'êtes pas fort... Faut pas croire que vous êtes
taillé pour faire des tours de force ;... ah mais
non !... ça tient de famille... Si je n'avais pas été

là pour veiller sur vot' pauv' père, nous ne l'aurions pas gardé si longtemps !

Tout en parlant, elle préparait le thé, la tisane
pour la nuit, ranimait le feu, arrangeait l'édredon,
trottait deci, delà par la chambre. Elle ne se coucha
pas. Il se fût agi d'une fièvre cérébrale, Raymond
eût été en danger de mort, qu'elle n'aurait montré
ni moins d'inquiétude ni plus de zèle.

Avec le jour, Raymond fut debout. Mélanie, en
revanche, était au lit, d'où elle ne put bouger,
exténuée par une nuit de fatigue. Raymond lui
porta sa soupe, et, pour manger lui-même, fut
obligé de se faire monter le premier plat venu par
un gargotier voisin. Piètre déjeuner ; dîner exé-
crable ; la maison en l'air ;... tout cela parce qu'il
avait dîné en ville. S'il s'était tenu tranquillement
chez lui, tout cela ne serait pas arrivé. La belle
mine à exploiter pour Mélanie ! et comme elle
l'exploita !

— Vous voulez donc vous tuer ?... et me tuer
aussi ?... Qu'est-ce que nous deviendrons, quand
nous serons malades tous les deux ? Qui est-ce qui
vous soignera ? Et le ménage ? l'argent ira bon
train !... On a bien raison de dire que les gens heureux ne connaissent pas leur bonheur, et qu'on
n'est jamais content de son sort !

Raymond, intimidé par ces objurgations qui le

fatiguaient, avait beau regimber contre Mélanie et contre lui-même ; c'était une grosse affaire que de s'absenter. Il y songeait trois jours d'avance ; il y préparait Mélanie comme on prépare les enfants dont on veut obtenir quelque chose. Mais cela n'allait jamais sans un long échange de propos qui tournaient à l'aigre quelquefois. Ces petites altercations commençaient à dégénérer en querelles ; et, pour avoir la paix, Raymond cédait le plus souvent.

Le moment était venu où il lui aurait fallu les conseils, l'appui de Maurice, le levier puissant que devaient lui fournir son affection pour Berthe et sa volonté bien arrêtée de l'épouser.

Son mariage seul pouvait mettre fin à cette situation fausse, où il ne voyait déjà plus d'issue. Renvoyer Mélanie était impossible. Sous quel prétexte ? Que pouvait-il lui reprocher ? Tout ce qui était, ne l'avait-il pas en quelque sorte voulu lui-même ? Et d'ailleurs il lui devait trop pour agir ainsi envers elle.

Mélanie était de la famille !

Cependant il fallait réagir. Quelques mois encore, et il était annihilé, absorbé par Mélanie ; — l'ombre de sa bonne !

Une occasion de faire montre d'énergie ne tarda pas à se présenter.

Au nombre des amitiés que lui avait léguées son père, Raymond comptait celle d'un membre de l'Institut, vieux savant qui n'avait jamais eu l'heur de plaire à Mélanie, pour avoir affiché devant elle des théories à dormir debout. Mélanie avait en hygiène, en médecine et en chimie des opinions personnelles très arrêtées. Elle connaissait des remèdes pour les panaris, pour les engelures et pour bien d'autres choses ; remèdes de bonnes femmes, dont il n'était pas permis de sourire et dont le vieux savant avait ri, sans gêne, aux éclats. Elle ne le lui avait jamais pardonné. Les grandes haines viennent, plus souvent qu'on ne le croit, de ces blessures légères à l'amour-propre.

Raymond avait reçu une invitation de ce vieil ami et l'avait acceptée. Il achevait de s'habiller.

— Où donc dînez-vous ce soir ? demanda Mélanie d'un ton aigre.

— Chez M. Brunel.

— Ah ! vous allez chez cet homme-là !

— Oui... et je suis heureux de passer une heure agréable près d'un vieil ami, que j'aime, que je respecte... et que vous devriez respecter un peu.

— Pourquoi ça ?

— Mais... parce que...

Raymond s'arrêta court. Mélanie reprit la phrase au vol et s'écria :

— Parce qu'il est membre de l'Institut et que je ne suis qu'une domestique ?

Quelque vent d'orage soufflait dans l'air ce jour-là ; car Raymond, le doux et patient Raymond, ne put s'empêcher de répliquer :

— Il y a un peu de ça.

Mélanie sauta, comme cinglée par un formidable coup de fouet.

— Sacrifiez-vous donc pendant trente ans, s'é-cria-t-elle, pour qu'au bout de trente ans on vienne vous jeter ça dans la figure : « Vous n'êtes qu'une domestique ! »

— Vous vous êtes sacrifiée, dites-vous? essaya de répondre Raymond.

— Sacrifiée ! oui!... Vous croyez donc que je n'aurais pas pu m'établir dans mon temps, si j'avais voulu ?... J'ai été gentille, allez.

— Je ne dis pas non ; mais...

— On m'a demandée en mariage,... et plus d'une fois !... En 1842, — il y avait trois ans que j'étais avec madame, — j'ai été demandée par un conducteur des ponts et chaussées qui avait seize mille francs à lui.

— Il fallait l'épouser.

— Il est aujourd'hui ingénieur de première classe à Montélimar ;... l'année d'après, ç'a été l'épicier de madame,... une forte maison, qui m'a dit : « Mélanie, on ne trouve pas souvent des femmes de ménage comme vous. Si vous voulez quitter vos maîtres, v'là la main d'un honnête homme. »

— Rien ne vous empêchait...

— Quitter mes maîtres !... Ah ben oui... J'étais trop bête pour ça... Voilà ma récompense !... Tu as sué, peiné, travaillé, trimé pendant trente ans ;... tant pis pour toi, ma fille ;... tu n'es qu'une domestique !

— Ecoutez-moi, Mélanie...

— Oh ! vous avez assez de moi, je le sais bien !... J'ai bien vu que c'était fini pour moi dans la maison le jour où vot' Maurice Lajarriette y a remis les pieds.

— Ah !... taisez-vous.

— Me taire ?... et pourquoi donc ?... Est-ce que vous lui avez dit de se taire, à lui... quand il vous a dit de vous méfier de moi ?

— Vous prenez ça sous votre bonnet.

— Et mes deux oreilles ?... A quoi servent-elles, mes deux oreilles ?... J'ai tout entendu !... Mélanie t'accapare ;... tu ne seras plus que l'humble serviteur de ta bonne ;... tu te mets des fils à la patte... et patati et patata !

— Cela ne m'a pas empêché...

— J'aurais dû m'en aller ce jour-là... Mais on est bête, je vous dis !... On ne peut pas oublier du

5

jour au lendemain qu'on a vu mourir la mère, soigné le père pendant vingt ans, et bercé le fils... et on reste.

— Je ne sache pas que vous ayez eu à vous en repentir.

— Ne vous manquait plus que ça... de me reprocher ce que vous avez fait pour moi !... Est-ce que je vous la reproche, moi, ma peine ?

— Assez ! Mélanie, assez !... on m'attend ; je sors.

Et Raymond fit un pas vers la porte. Mais, une fois lancée, Mélanie ne s'arrêtait plus.

— Ah ! vos Lajarriette !... Il y a longtemps que je connais leur jeu... Vous verrez ce qu'il restera, dans quelques années, de vos douze mille livres de rente, s'ils réussissent à vous mettre leur petite sur les bras.

— Leur petite ! gronda Raymond. Mélanie, vous n'êtes qu'une....

— Une domestique ! riposta ironiquement Mélanie. Mais si je vous gêne, rien ne vous oblige à me garder.

— Rien, en tout cas, ne vous oblige à rester.

— Soyez tranquille !... je ne me le ferai pas dire deux fois... je n'attendrai pas que vous me chassiez.

Sur cette fière réplique, Mélanie, l'écume aux

lèvres, le regard flamboyant, se précipita dans la
chambre grise en battant l'une après l'autre toutes
les portes de l'appartement.

Raymond, peu soucieux de pousser plus loin les
choses, sortit et alla dîner chez son vieil ami de
l'Institut.

Vers dix heures du soir, il rentra. Il lui sembla
que Mme Piperoux, la concierge, le regardait de travers, et que la bonne du premier, qui causait dans
la loge, avait un mauvais sourire sur les lèvres. Il
monta et entra chez lui. Personne pour le recevoir.
Obscurité profonde ; silence complet.

— Est-ce qu'elle est partie ? se demanda-t-il.

Se poser une pareille question, c'était avouer sa
faiblesse. Car sa pensée pouvait se compléter ainsi :

— Je serais désolé qu'elle fût partie.

Calmé, en effet, par la marche, le repas, la conversation douce et tranquille de son hôte, Raymond
avait oublié les impertinentes sottises de Mélanie
pour ne se souvenir que de sa propre dureté. Mélanie avait soixante ans ; c'était une femme ; elle
était presque de la famille ! L'éternelle antienne,
si souvent chantée à ses oreilles par sa vieille
bonne, lui revenait, chantée par sa conscience, et
il s'accusait de dureté. Sans doute, il souhaitait
d'être débarrassé de cet esclavage, plus pénible
de jour en jour ; mais il aurait voulu que la rupture

fût douce, acceptée d'un commun accord, et franchement consentie par celle qui, dans sa pensée, devait en souffrir le plus. La savoir partie à la suite d'une querelle, sous le coup de paroles violentes, eût été pour lui un chagrin, presque un remords.

Sa chambre était au fond de l'appartement, séparée de celle de Raymond par le salon et la bibliothèque. Raymond, qui n'avait pu se résoudre encore à se mettre au lit, chaussa ses pantoufles et, sans lumière, sur la pointe du pied, se glissa dans le salon, qu'il traversa, puis dans la bibliothèque. Là, il prêta l'oreille, n'entendit rien; et, doucement, comme un voleur qui craint d'être surpris, tourna le bouton de la porte et la poussa lentement pour qu'elle ne grinçât pas sur ses gonds. Il avança un pied, puis la tête, écouta d'abord et regarda. La porte de la chambre grise était entr'ouverte et l'entre-bâillement dessinait sur le parquet une ligne droite lumineuse.

Mélanie n'était pas partie. Cela devait lui suffire il aurait dû se méfier de cette porte entr'ouverte, de cette lumière à pareille heure. Il y avait là comme une vague odeur de piège; mais les souris ne s'aperçoivent en général du piège que lorsqu'elles sont dedans; et les hommes, quelquefois, ne sont pas plus fins que les souris. A coup sûr, Mélanie l'attendait; elle avait préparé ses batteries; elle était prête. Entrer chez elle, c'était faire le premier pas, avouer ses torts et tendre le cou au collier.

Mais l'excellent Raymond ne songea qu'à une chose :

— Pourquoi n'est-elle pas couchée?... Elle est malade peut-être ?

Et, tout doucement, il entra.

Mélanie était assise au pied de son lit, le visage baigné de larmes, les mains pendantes. Devant la commode il y avait une malle ouverte, et tout autour, sur le parquet, des robes, du linge, des hardes, pêle-mêle. La mise en scène était d'une incontestable habileté. Ce désordre parlait. Après le départ de Raymond, Mélanie, bien résolue, avait commencé sa triste besogne et s'était arrêtée, vaincue par le désespoir.

Au bruit de la porte, elle ne tourna pas la tête; elle ne bougea pas, et attendit pour tressauter, comme surprise, que Raymond fût tout près d'elle, assez près pour bien voir ses larmes et l'expression navrée de son visage.

— Ah! c'est vous, murmura-t-elle d'une voix éteinte.

Puis elle laissa retomber ses mains et reprit sa pose de martyr.

— Ah çà, dit Raymond d'un ton presque bourru pour cacher les larmes qui lui venaient, j'espère

bien que vous n'allez pas vous en aller!... Je vous
le défends !

Mélanie ébaucha un sourire, leva les yeux sur
lui, et d'une voix accablée :

— Ah ! vous m'avez fait bien du mal ! lui dit-elle ;
je ne résisterais pas à beaucoup de scènes comme
ça... J'ai soixante-trois ans à la Saint-Martin.

— Quelle folie aussi de rester là !... Il fallait vous
reposer...; demain matin, nous aurions arrangé
tout ça.

— Et vous croyez que j'aurais pu dormir !

C'était dit avec un tel cœur, d'une voix si attendrie, avec une telle langueur dans le regard, que
Raymond l'embrassa en lui disant :

— Eh bien, maintenant que c'est fini, dormez...
et dormez bien !

Après quoi, il rentra dans sa chambre, satisfait
d'avoir obéi à un mouvement de pitié, et furieux
de n'avoir pas su profiter de l'occasion pour re-
conquérir sa liberté. La chose, il le sentait bien,
allait devenir plus difficile que jamais. La chaîne
était rivée ; il venait lui-même de donner le dernier
coup de marteau ; et lorsqu'il eut soufflé sa bougie,
il crut entendre une voix railleuse lui crier :

— Tu n'es plus un homme ; tu n'es plus que
l'ombre de Mélanie !

La pensée de Berthe, en même temps, se mêlait

à ce vilain songe. Les Lajarriette allaient revenir. Il n'était pas d'humeur à sacrifier ceux-là comme les autres ; il fallait s'attendre à des scènes, à une lutte sans trêve. Que serait-ce donc lorsqu'il prononcerait ce terrible mot : mon mariage ! Quel parti prendre ? Certainement Maurice s'opposerait à ce que le nouveau ménage gardât Mélanie. Il sentait lui-même l'impossibilité d'une pareille combinaison. Habituée à ne faire qu'à sa guise depuis trente ans, Mélanie était trop vieille pour se plier à l'obéissance. La paix de la maison serait compromise. Bon gré, mal gré, il lui faudrait donc remercier Mélanie avant cette époque. Comment ? A quel propos ? Après lui avoir dit en propres termes :

— Je vous défends de me quitter.

Et elle serait peut-être partie de son plein gré !

— Quelle sottise j'ai faite ! murmura Raymond.

Cette pensée amère troubla son sommeil. Quant à Mélanie, elle dormit à poings fermés et reprit le cours de la vie habituelle comme si rien ne s'était passé. Elle se sentait plus forte depuis cette scène ; elle avait mesuré la solidité de ses grappins, et « son cher M. Raymond » ne devait plus lui échapper. Elle avait maintenant des armes nouvelles ; les pleurs lui avaient réussi. Elle se mit à pleurer à tout propos.

Raymond faisait-il mine de sortir, c'étaient des airs penchés, des regards humides à faire pitié ;... et il restait ; et il lisait le journal à Mélanie ; et quand Mélanie était fatiguée, il l'aidait à faire le ménage. Disons même que Mélanie, vieillissant de plus en plus, travaillait de moins en moins et laissait à son maître le plus gros et le plus désagréable de la besogne.

Mais cela n'allait pas pour lui, bien entendu, sans des soubresauts intérieurs dont il souffrait. Avoir conscience de son abaissement et ne trouver pas la force de réagir est une des plus poignantes angoisses qu'il y ait.

Raymond commençait à maigrir ; son teint prenait des nuances jaunes ; une sorte de poussière monacale l'enveloppait et le glaçait. Sa jeunesse, comme une plante sans eau, se fanait au contact de la vieillesse de Mélanie.

— Et Berthe ? Berthe ? murmurait-il de temps en temps. Quand elle va revenir, comment faire ?

Le pauvre garçon, esclave de sa bonté, esclave de sa reconnaissance, dévoué à cette vieille, parce qu'il ne voyait en elle que la personnification du dévouement, en vint cependant à un tel point de désarroi moral, qu'il se sentit perdu s'il n'appelait pas quelqu'un à son aide. Il avait besoin d'un bon conseil et d'un appui solide pour le suivre. Il prit sa meilleure plume, quelques gouttes de sa meilleure encre, et écrivit :

« Eh bien, oui, mon ami, tu avais raison ; je m'en aperçois trop tard. Je suis pris ; les mille petits fils imperceptibles dont tu me menaçais ont été attachés un à un ; ils sont devenus un câble, qui s'est enroulé autour de moi comme un immense serpent, et dans lequel je me débats sans réussir à me dégager. En d'autres termes, je suis à présent la chose de cette pauvre Mélanie, qui croit avoir réalisé pour son cher M. Raymond l'idéal de la vie heureuse, et qui a, sans le savoir, tari en moi jusqu'aux sources de la vie ; il y a des jours où la mort ne m'effrayerait pas, si grand est le malaise dont je souffre ! Et je ne puis ni l'en accuser ni l'en punir. Je tourne dans un cercle vicieux. Au secours ! mon cher Maurice ; aide-moi, conseille-moi, mais surtout garde-toi de débuter en me disant : « Ouvre la porte et « montre-la-lui toute grande ouverte. » S'il ne s'agissait que de cela, je n'aurais parbleu besoin de l'avis ni des conseils de personne. Non ; ce que je veux, c'est un moyen sage, pratique, d'en venir à mes fins sans imposer à cette pauvre fille pleine d'affection et admirable de dévouement une souffrance imméritée, sans m'imposer à moi-même le remords d'une méchante action. Sois-en sûr, si je renvoyais Mélanie, elle n'y survivrait pas ; le chagrin et l'en-

5.

nui l'auraient tuée en six mois. Quels qu'aient été
pour moi les résultats de cette longue existence en
commun, je dois reconnaître, — et tu n'oseras pas
me démentir, — que tous les actes, toutes les paroles de cette bonne vieille ont été dictés par une
profonde et sincère affection. Mélanie, — que je
maudis par instants, — personnifie pour moi cet
admirable type, aujourd'hui disparu, des domesti-
ques du temps passé, qui s'inféodaient à leurs
maîtres et faisaient partie intégrante de la famille
et de la maison. Tu dois donc comprendre que je
veuille lui épargner la brutalité d'un congé. Je
souhaiterais que l'idée première de la séparation
lui fût propre ; j'aurais l'air alors de ne céder qu'à
ses instances en reprenant ma liberté ; cela concilierait tout... Mais le moyen ? Voilà ce que je te
demande ; car il est temps d'en finir.

« Je compte que votre séjour dans le Midi touche
à sa fin. Si je m'en rapporte à ton habituel : « Pas de
« nouvelles, bonnes nouvelles ! » rien n'est changé ;
notre charmant projet tient toujours ; et je puis
espérer qu'après t'avoir si longtemps appelé mon
ami, j'aurai enfin le droit de t'appeler : mon frère.
C'est mon plus cher désir. Une vie nouvelle com-
mencera pour moi ce jour-là ; et si ma timidité na-
turelle m'a destiné au rôle d'esclave, je ne cher-
cherai pas du moins à secouer le joug d'une chaîne

qui sera tenue par les petites mains blanches de notre chère Berthe. Allons, mon ami, un peu d'indulgence, et hâte de toutes tes forces ce dénouement que je hâte de tous mes vœux. »

La réponse ne se fit pas attendre. Elle arriva, poste pour poste, trois jours après. Raymond était à table, Mélanie en face de lui. Son impatience l'empêcha de remarquer le regard farouche qu'elle jeta sur la bienheureuse enveloppe. Il en brisa le cachet et lut :

« Mon brave Raymond, tu me fais l'effet d'un homme qui, forcé de se faire couper la jambe, n'y consentirait qu'à la condition que le sang ne coulât pas. On ne fait pas d'omelette sans casser des œufs, et, dans les situations difficiles, les résolutions brusques, brutales au besoin, sont les meilleures. Résumons-nous ; que veux-tu ? Etre débarrassé de Mélanie. Voilà. C'est clair, net et précis. Tu auras beau entortiller ta pensée dans tous les méandres de la reconnaissance, de l'affection..., etc., il te faudra toujours en venir là : je voudrais bien être débarrassé de Mélanie. Eh bien, mon bon, le seul conseil que je puisse te donner est précisément celui dont tu ne veux pas. Ouvre la porte et montre-la-lui toute grande ouverte. Hors de là, pas de salut ! Et j'imagine que tu n'en es pas à vouloir sacrifier ton avenir et nos plus chères espérances à quel-

ques larmes de ton vieux crocodile de bonne! Le
mot est parti, je ne le biffe pas. Non que je la croie
méchante; elle est de très bonne foi, j'en tombe
d'accord. Mais chez elle, comme chez toi, ce n'est
qu'habitude. Il y a trente ans qu'elle triture la paille
de ce nid-là; le rond lui en paraît commode et
moelleux; elle s'y pelotonne, voilà tout. Sans compter
que les profits y sont peut-être meilleurs que tu ne
le supposes. Ceci, sous toutes réserves. Mais ga-
geons que, partie de chez toi, elle ne manquera de
rien et se gardera de mourir. Elle ira aux champs,
dans quelque coin, élever des poules, planter des
choux et dire pis que pendre de toi, — si elle n'a
pas déjà commencé. — Du courage, que diable;
mets-y des formes, ajoutes-y des rentes, si tu veux;
mais la porte, la porte! et quand elle sera refermée
derrière elle, mets le verrou pour qu'elle ne rentre
pas.

« Mais tu n'auras jamais cette force-là; et, comme
il faut en finir, je saute en express. J'arriverai en
même temps que ma lettre. C'est bien le diable si,
à nous deux, nous ne venons pas à bout de cette
reconnaissance... étouffante.

« Berthe va bien. Je n'ai pas le droit de t'en dire
plus. »

Raymond, vivement désappointé, regrettait presque d'avoir écrit; et, tout en chiffonnant le papier,

il relisait machinalement cette lettre, que Mélanie
n'avait pas quittée des yeux. Elle aurait donné gros
pour la tenir.

Elle songeait même au moyen de s'en emparer,
quand un coup de sonnette retentit. Elle se leva,
alla ouvrir, et revint en disant :

— C'est votre tailleur ; il apporte sa note…, je
l'ai fait entrer au salon.

— On ne vient pas à pareille heure ; grommela
Raymond ; c'est absurde !… Je ne la lui ai pas demandée, sa note !

Il se leva cependant, replia la lettre de Maurice,
la remit dans son enveloppe, et, distraitement, la
jeta sur la table.

Régler la note d'un tailleur, la faire acquitter,
répondre aux offres de service, tout cela ne demande pas grand temps. Raymond n'en eut pas
pour plus de cinq minutes. Il reconduisit son four-
nisseur, poussa la porte de la salle à manger, et…
resta pétrifié sur le seuil.

Mélanie, crispée, tremblante, d'une pâleur verte,
était debout, froissant dans ses mains la lettre,
qu'elle avait bel et bien lue. Ses traits étaient con-
vulsés, ses yeux injectés de sang ; il n'y avait, cette
fois, rien de voulu ni de joué dans son attitude ;
c'était une vraie colère.

— La voilà donc, la vérité ! s'écria-t-elle ; la

voilà!... Ma bonne Mélanie par-ci, ma pauvre Mélanie par-là!... et par derrière on vous traite de crocodile!... et on n'ose pas vous mettre à la porte!

Raymond, qui aurait eu si beau jeu en lui reprochant cet abus de confiance, avait l'air d'un écolier pris en faute. Abasourdi par cette brusque attaque, il ne trouvait pas un mot; l'eût-il trouvé, d'ailleurs, il n'aurait pas eu le temps de le placer.

— On n'ose pas! hurlait Mélanie; mais pourquoi donc?... Est-ce que vous vous imaginez que je mourrai de faim quand je ne serai plus chez vous? Je suis encore assez jeune pour travailler, si ça me convient... Et je n'aurai pas grand'peine à trouver à me placer... Il ne manque pas de gens qui s'en contenteront, de ce crocodile-là!

— Plus bas! Mélanie; plus bas! fit Raymond.

— Mets-y des formes!... Ah!... ah!... Ajoutes-y des rentes, si tu veux!... Il est franc au moins, vot' Lajarriette; il n'y va pas par quatre chemins... La porte, la porte!... Oui-da, oui, je la prendrai, la porte!... et vous n'aurez pas besoin de me l'ouvrir!... Quant à vos rentes, gardez-les... Je n'en veux pas, de votre argent; il y a des choses qui ne se payent pas.

— Plus bas, encore une fois!

— Plus bas! et pourquoi ça? à cause de la mai-

son?... vous avez peur de ce qu'on dira?... Ah ! il
y a longtemps qu'on vous a jugé dans la maison !...
Je serais partie depuis beau jour, si je les avais
écoutés !... On me l'a dit assez de fois : « Mélanie,
vous semez, vous ne récolterez pas. L'ingratitude
est au bout de tous les bienfaits... » Et je ne les
croyais pas ! Imbécile ! imbécile !

— Voyons, Mélanie...

— Mais, mieux vaut tard que jamais. Vous avez
bien fait de lui écrire, à votre ami Lajarriette...
et il a bien fait de vous répondre ! Il peut se vanter
de m'en avoir rendu un, de service !... Mais ce n'est
pas moi qui l'en remercierai ; je ne serai plus là
quand il arrivera... Le crocodile va faire ses malles.

Et, battant les portes, frappant des pieds, roulant
les meubles, Mélanie se précipita dans sa chambre.
Pendant une grande demi-heure, ce fut un tapage à
mettre en émoi la maison jusque dans ses combles :
malles traînées, tiroirs ouverts et fermés avec fracas,
paquets lancés à toute volée. Un diable dans un
bénitier se démènerait moins que ne se démena
Mélanie pendant cette demi-heure.

Raymond, déconcerté, ahuri, ne sachant que dire,
allait d'une pièce dans l'autre, marchait à grands
pas, gesticulait, fort ennuyé, au fond, de tout ce
bruit. Il hésitait à se féliciter ou à se plaindre du
hasard qui précipitait le dénouement.

Tout à coup Mélanie, échevelée comme une furie, le bonnet de travers, la sueur au front, grise de poussière, reparut traînant un coffre énorme :

— Si monsieur veut visiter mes malles? dit-elle insolemment.

Raymond haussa les épaules, ouvrit la bouche... Mélanie ne lui laissa pas le temps de parler.

Elle ouvrit la porte et, avec une force surhumaine, fit dégringoler le coffre, de marche en marche, du haut en bas de l'escalier. Ce fut un grondement terrible, épouvantable... comme une explosion. A tous les étages les portes s'ouvrirent.

— Qu'est-ce donc? cria le locataire du troisième.

— En v'là un tapage! dit la bonne du premier.

Des voix confuses arrivaient des étages supérieurs, montaient de la loge du concierge, et, dominant toutes ces voix, dominant le bruit de ferraille de son coffre, la voix aigre de Mélanie jetait du haut en bas de la maison ce cri de détresse :

— Après trente ans de service, chassée comme un chien !

Raymond crut entendre en même temps la bonne du premier dire en refermant sa porte :

— Il y a des gens qui ont bien peu de cœur !

C'était un scandale, et qui ne faisait que commencer. Mélanie, pendant sa demi-heure, avait trouvé le moyen d'empaqueter et d'emballer toutes

ses hardes dans quatre malles. Le premier coffre
était le plus petit. Que l'on juge du tapage quand
elle descendit les autres !

Un rassemblement s'était amassé dans la loge,
en bas. Raymond n'y était sans doute pas ménagé.
Il le sentait, et une sorte de fausse honte le retenait blotti dans la salle à manger. Faire entendre
raison à Mélanie dans l'état d'exaspération où elle
était, il n'y fallait pas songer ; s'il avait cru le pouvoir, il l'eût essayé ; une faiblesse de plus en ce
moment ne lui aurait pas coûté. Mélanie le quittait
dans de telles conditions, qu'il était désespéré de
la voir partir. Mais il n'y avait qu'à se résigner.

C'était peut-être un mal pour un bien.

Mélanie, cependant, en était à son quatrième
coffre. Elle le traînait, comme les autres, avec de
sourds grondements sur le palier, quand parut
Maurice Lajarriette.

— Ah ! ah ! vous voilà, vous ! hurla Mélanie ;
eh bien, on les a suivis, vos conseils !

— On a bien fait, riposta tranquillement Maurice.

— Il s'en va, le vieux crocodile !

— Bon voyage.

Exaspérée par ce sang-froid, Mélanie se rua sur
le coffre et lui arracha dans la descente de tels mugissements, que le concierge cria d'en bas :

— Prenez garde !

Il craignait pour l'escalier.

A la voix de Maurice, Raymond était accouru. Il lui serra les mains.

— Tu vois! dit-il avec une sorte de tristesse.

— Ça va bien; ça va bien.

— Quel scandale!... et demain...?

— Hé! morbleu, demain tu déjeuneras, tu dîneras comme à l'ordinaire... et elle aussi.

En ce moment des voix confuses, partant de la loge, arrivèrent jusqu'aux deux amis :

— Elle se trouve mal.

— Faudrait aller chercher le médecin.

— Portons-la chez le pharmacien.

— Ces bourgeois-là ne se soucient guère du pauv' monde.

Raymond avait fait mine de descendre; son cœur parlait plus haut que sa dignité. Mais Maurice le prit par les deux épaules, le fit rentrer et referma la porte.

Une heure après, le calme étant rétabli dans la maison, il l'emmena dîner, lui fit boire du château-larose, lui démontra que la cuisine de Bignon valait bien celle de Mélanie, et, pour lui épargner le souci d'une rechute, le fit monter en voiture, l'emmena droit à la gare de Lyon et le jeta presque de force en wagon. Il était dix heures du soir.

Raymond, alourdi par les fumées du château-

larose, s'endormit à Villeneuve-Saint-Georges et
ne se réveilla qu'à Dijon, de très méchante humeur.
Il avait rêvé de Mélanie. Pendant ces quelques heures
il avait senti des coffres formidables, des malles
homériques, cerclées de cuivre, bardées de fer, lui
bondir et lui rebondir sur la poitrine avec des rou-
lements d'orage. Il lui en restait quelque chose;
et c'est à peine s'il daigna répondre au bonjour de
Maurice, qui, tout fier et tout heureux de sa victoire,
ne demandait qu'à jaser. Raymond était de glace;
un indéfinissable malaise arrêtait le sourire et les
mots sur ses lèvres. Au fond, sans doute, il n'était
pas fâché de se retrouver libre, et pourtant, si tor-
tueux sont les replis du cœur humain, qu'il en voulait presque à Maurice d'avoir écrit cette lettre, —
dans de pareils termes du moins. Il n'était pas
éloigné de plaindre Mélanie, et il la redoutait en
même temps. Il se méfiait de quelque mauvais
tour. N'était-elle pas capable, par dépit, de mettre
obstacle à son mariage? Comment? Il n'aurait pu
le dire, il ne s'en doutait pas... et il avait peur.

Cet assaut de pensées contradictoires lui gâta
tout le charme du voyage de Dijon à Lyon. Mais
quand on aperçut l'admirable vallée du Rhône, le
soleil jetait de si éblouissantes clartés, l'horizon
était noyé dans des teintes si douces, un tel charme
se dégageait de tous les coins de ce paysage, un

des plus beaux qui soient en France, que son âme
s'épanouit malgré lui. Le spectre de Mélanie,
comme un oiseau nocturne effarouché, s'envola de
sa pensée à tire-d'aile, et le sourire lui revint aux
lèvres.

L'aspect de la riante bastide de M. Lajarriette,
où il arriva moins d'une heure après, acheva l'œuvre
du voyage, et il retrouva toutes les fraîches émo-
tions de sa première jeunesse en répondant au
bonjour affectueux de ses hôtes.

Rien de plus coquet et de plus gracieux, en effet,
que cette villa blanche, avec son toit de briques
rouges cannelées, au milieu d'une immense nappe
de verdure où les muriers mêlaient leur vert éclatant au vert sombre et doré de la vigne. Au-dessous,
par une échappée, le regard embrassait toute la
vallée au fond de laquelle le Rhône promène majestueusement ses flots jaunes. Au-delà, sur l'autre
rive, un amoncellement de coteaux verdoyants, semés, çà et là, de taches blanches, villages ou
bastides ; et tout cela si lumineux, si printanier, si
vivant, que l'on y aspirait la vie à pleins poumons.

La maison était digne de son cadre. On y sentait
le bien-être bourgeois dans toute sa poétique placidité ; il s'en échappait comme une bonne odeur de
pot-au-feu familial, et, rien qu'à la voir, on se disait :
« Il y a là des gens heureux. »

Heureux, en effet, et dignes de l'être. M. Lajarriette était bien le plus honnête et le meilleur des
hommes. Malgré ses cheveux gris, il avait gardé
cette bonne et franche gaieté, cette bonhomie ronde,
qui lui venaient d'une conscience calme et que Maurice tenait de lui. Tout à ses mûriers, à ses vignes,
à sa garance, il laissait à Mme Lajarriette l'administration intérieure de la maison et n'avait pas à
s'en plaindre. Mme Lajarriette était ce qu'on appelle
une maîtresse femme, menant rondement ses gens,
veillant à tout : à la cuisine, à l'office, à la cave, à
la lingerie, et donnant ses ordres d'un ton cavalier,
— qu'elle aurait en vain cherché à rendre dur. Elle
était, comme son mari, la bonté même. En dehors de sa maison, elle ne s'occupait de rien,
et pour ainsi dire de personne, que des pauvres
de la commune. Sur toutes choses comme sur
toutes gens, elle ne voyait que par les yeux de sa
fille.

Berthe avait alors vingt ans accomplis. C'était
une grande et svelte jeune fille qui, avec toutes les
grâces acquises de la Parisienne, avait gardé toutes
les fières et solides beautés de la campagnarde. Le
visage, les mains étaient un peu hâlées, mais les
traits d'une exquise délicatesse, les attaches d'une
finesse irréprochable. Raymond, quand il l'aperçut,
en fut ébloui. Il avait peine à la reconnaître ; elle

était restée gentille dans son souvenir, et il la retrouvait plus que jolie.

Mais la beauté est peu de chose. Berthe, heureusement pour elle, avait plus et mieux : l'intelli-
gence et le cœur. Elle avait su, sans mesquine
répugnance, se plier à cette vie de quasi-fermière
que lui imposait le hasard. C'était gaiement qu'elle
s'en allait, en robe de laine courte, le grand tablier
au flanc, dépouiller les mûriers de leurs feuilles
pour les porter à la magnanerie, ou les ceps de leurs
grappes, pour les porter à la cuve. Elle voulait se
rendre utile et se faire aimer. Et Dieu sait si elle y
avait réussi ! son père en était fou ; sa mère l'adorait ; Maurice ne jurait que par elle ; et Raymond
en avait le cœur si plein déjà, qu'elle ne devait pas
avoir grand'peine à gagner avec lui la partie qu'elle
avait gagnée avec tout le monde.

Elle était si bien gagnée d'avance, que, huit jours
à peine après son arrivée, il se déclara et fit offi-
ciellement sa demande, qui fut accueillie sans hésitation ni arrière-pensée, ce dont il ne s'étonna
point, prévenu qu'il était par Maurice. Il avait été
reçu, du reste, avec une si affectueuse cordialité,
que, dès son entrée dans la maison, il s'était senti
de la famille.

L'heure sonnait donc enfin où sa vie allait commencer. Il redevenait maître de lui-même, de sa

pensée, de ses actes ; il se retrouvait jeune ; et cette existence en plein air, en plein bien-être, l'étourdissait après ses deux années de reclusion sous la férule d'une vieille fille.

Pourquoi donc, par moments, et malgré lui, songeait-il encore à Mélanie ? Pourquoi cette rupture brusque lui pesait-elle comme un remords, et laissait-elle une ombre sur la pleine lumière de son bonheur ? C'est que l'habitude creuse des traces dans le cœur comme la passion, et que l'on souffre d'une habitude brisée comme d'un membre amputé.

Mais il n'avait garde, et bien l'en prenait, de souffler mot à Maurice de ces petits retours vers le passé ; ce qui n'empêchait pas Maurice de les happer au vol, ainsi qu'un bon chien de chasse qui d'un coup de nez évente le gibier.

Aussi, pour couper court à tout danger, jugea-t-il sage de forcer Raymond à brûler ses vaisseaux. Il fut décidé que le mariage se ferait à Mornas, commune de laquelle dépendait la bastide. Le secret désir de savoir ce qu'était devenue sa pauvre vieille bonne aurait peut-être poussé Raymond à Paris ; — il consentit cependant à se faire expédier les pièces nécessaires, et, sans trop de peine, se résigna enfin à être heureux.

Les trois mois suivants ne furent, en effet, pour lui qu'une suite ininterrompue de joies saines et

fortifiantes. Tout docteur en droit qu'il était,
entraîné par l'exemple de Berthe, il prit sa part des
travaux communs. Il étudia l'élevage des vers à soie,
la culture de la vigne, du mûrier, de la garance ;
en compagnie de Maurice, il courut la vallée à
cheval ; en compagnie de M. Lajarriette, il passa de
longues heures à la magnanerie ; en compagnie de
Berthe et de sa mère, il récolta les feuilles, les dis-
tribua, tria les cocons ;... autant de jours heureux
sans une inquiétude, sans un nuage. Le soir on se
retrouvait à table, tous gais, rayonnants, fiers du
travail accompli, songeant aux travaux du lendemain et escomptant les résultats. Le temps passe
vite ainsi ; et Raymond, quelle que fût son impatience, vit arriver le jour de la noce, sans croire
qu'il l'avait attendu. Tout fut d'une extrême simpli-
cité ; Berthe l'avait voulu ainsi. On n'avait pas lancé
de lettres d'invitation. Seuls, quelques proches
parents furent conviés ; et le soir on ne se trouva
pas plus de vingt réunis. Le dîner n'en fut pas
moins joyeux.

Le bonheur qui rayonnait sur le front des nouveaux mariés, la confiance qui éclairait le regard
des parents, donnaient plaisir et confiance à tous
les convives.

Raymond s'estimait heureux, franchement heureux. Tout s'était accompli sans encombre. Les

craintes vagues qui l'avaient assiégé un moment
étaient donc puériles. Mélanie, la pauvre vieille,
n'avait pas même tenté de nuire à son cher Monsieur Raymond ! Il lui demanda tout bas pardon de
l'avoir soupçonnée ; entre le potage et les hors-
d'œuvre, il lui accorda un soupir de regret, et,
vers la fin du second service, comme on dégustait
un plat sucré :

— Bon !... très bon ! s'écria-t-il ; mais ça ne vaut
pas ceux de Mélanie.

— Ah ! dit M. Lajarriette, la vieille Mélanie...
une brave fille.

— La perle des bonnes ! ajouta Mme Lajarriette.

— Elle nous aimait beaucoup, hasarda Raymond.

— Trop ! grommela Maurice.

— Rends-lui justice, allons.....

— Soit. Nous en sommes débarrassés ; j'y con-
sens..... bonne cuisinière ; excellente femme de
ménage ; la perle des bonnes ;..... mais n'en par-
lons plus.

On n'en parla plus, en effet ; et pendant quelque
temps on n'eut pas occasion d'en parler. Le mariage
de Berthe modifiait sensiblement la façon de vivre
de la famille Lajarriette. On ne s'occupa guère d'autre chose.

Raymond, en effet, ne pouvait demeurer à Mornas. Le soin de son avenir l'appelait à Paris. M. et

6

Mme Lajarriette ne pouvaient se séparer de Berthe.
Le moment était donc venu de se décider au retour.
Raymond partit d'abord avec sa femme ; M. et
Mme Lajarriette devaient les rejoindre quinze jours
plus tard, et Maurice enfin, dès que tout serait bien
en ordre à la bastide.

Si aimés que soient ceux qui nous entourent, il
y a des instants où nous les quittons sans regret.
L'âme, comme le corps, a quelquefois besoin de
solitude et de repos. Ce fut pour Raymond comme
un renouveau de bonheur de se trouver seul à Paris avec sa chère Berthe, maître de maison, chef
de famille. Il prit part avec une joie d'enfant aux
tracas de l'installation. La journée se passait à courir les magasins ; on dînait au restaurant ; on achevait la soirée au théâtre, et l'on rentrait, joyeux
de l'argent dépensé. Lorsque tout fut acheté, tout
en place, lorsque le moment fut venu d'inaugurer
le nid si minutieusement préparé, il fallut se pour-
voir d'une bonne, — grosse et grave affaire pour un
ménage. Berthe et Raymond s'adressèrent à la famille, aux amis.

— Ah ! ce qu'il vous faudrait, leur dit-on dans la
famille, ce serait une bonne comme Mélanie !

— Quel malheur, leur dit-on chez les autres, que
vous n'ayez plus Mélanie !

La renommée de la vieille bonne survivait à sa

disparition. Berthe, à ces flots d'éloges, se contenta
de répondre par un sourire ; Raymond rougit et
baissa la tête.

Ses remords, assoupis, se réveillaient. Où était-
elle, la pauvre vieille? Qu'était-elle devenue ? Comment avait-elle supporté cette secousse terrible ?
Avait-elle survécu à son abandon ?

Tous ces doutes le harcelaient et la fatigue en devint telle, qu'il courut un beau matin à son ancien
domicile, où Mme Piperoux le reçut froidement, presque sévèrement, comme un de ces êtres frappés de
réprobation, avec lesquels on ne se soucie point
d'être vu.

— Madame, lui dit Raymond, peut-être savez-
vous ce qu'est devenue mon ancienne bonne ?

— La pauvre Mélanie ! soupira Mme Piperoux.

— Oui ;... à la suite d'un malentendu... désagréable, elle est partie sans me dire...

— Où elle allait...

— Précisément ;... et je voudrais aujourd'hui...

— Ah ! la malheureuse ! dit Mme Piperoux en levant les yeux au ciel, à l'heure qu'il est, elle est
peut-être bien... là-haut !

— Comment? Mélanie serait... ?

— En sortant d'ici, c'est à l'hôpital qu'on l'a conduite.

— Et... ?

— Et... Je ne peux pas vous en dire plus... sinon qu'elle n'avait qu'un souffle, la pauvre créature !

— Ainsi, vous n'êtes pas allée vous informer...?

— Et ma loge? dit impérieusement Mme Pipe-roux. Les pauvres ne font pas ce qu'ils veulent.

— Vous ne pouvez donc pas me dire...?

— Ah ! elle vous aimait bien, allez !

Raymond, froissé par les impertinences de Mme Pi-peroux, désolé du résultat de sa démarche, rentra chez lui tout maussade.

Berthe avait, le même jour, arrêté une petite Picarde de vingt-quatre ans, dont on lui avait dit le plus grand bien. Mensonge indulgent, sans doute. Le dîner ne fut pas mangeable ; le déjeuner du lendemain valut moins encore ; et la petite Picarde, pour ses débuts, écorna quatre assiettes d'un magnifique service de dix-huit couverts que l'on venait d'acheter. Berthe la congédia, resta une semaine sans bonne, et finit par trouver une Lorraine, qu'on lui recommanda spécialement. A quoi pensait-on ? Huit jours après, l'anse du panier dansait des farandoles inimaginables ; le beurre fondait sans aller au feu ; les bouteilles se vidaient sans avoir été débouchées. A 50 francs de gages, la Lorraine ne devait pas coûter moins de 1 800 francs par an ! Impossible de la garder. Berthe se remit en campagne.

— Ah ! dit mélancoliquement Raymond au bout
d'un mois de ce manège, si je savais ce qu'est devenue cette pauvre Mélanie.

Berthe sourit encore et ne put s'empêcher d'a-
jouter :

— Le fait est...

Elle n'acheva pas ; mais sa pensée était assez
claire ; et, s'il avait su où la trouver, Raymond serait allé chercher Mélanie.

Par bonheur, Berthe avait enfin mis la main sur
une fille précieuse, une Bourguignonne dans la
force de l'âge, appuyée auprès d'elle par des personnes très recommandables. Tout alla bien d'a-
bord ; mais Raymond crut s'apercevoir bientôt qu'à
l'heure du dîner sa bonne était d'un rouge plus vif
que le matin. Berthe, de son côté, remarqua dans sa
démarche quelques particularités inquiétantes ; elle
semblait parfois tout à fait brouillée avec la ligne
droite. Que voulez-vous ! on n'a pas été impuné-
ment habituée dès son enfance aux crus vénérés de
la Bourgogne. La malheureuse buvait ! elle buvait
trop ! elle buvait tant, qu'on la mit dehors, sans
même accepter ses huit jours !... Et ce fut à recommencer.

Et plus on recommençait, plus Raymond sentait
vivement l'absence de cette pauvre Mélanie.

La perle des bonnes !

6.

Sur ces entrefaites, M. et Mme Lajarriette arrivèrent de la bastide avec Maurice. Raymond, craignant d'instinct les railleries ou les reproches de
son beau-frère, ne souffla mot de ces petits ennuis
de ménage. Mais Berthe, que rien n'obligeait au
silence et dont c'était alors la plus grave préoccupa-
tion, en confia le secret à sa mère, qui dit tout à
M. Lajarriette, lequel ne cacha rien à Maurice ; si
bien qu'un soir, à dîner, comme on en parlait, Raymond s'oublia jusqu'à dire :

— On ne trouve plus de bonnes comme Mélanie.

— C'est vrai, riposta sérieusement Maurice.

— Et je puis bien le dire maintenant ; je la regrette, ajouta Raymond.

— Je comprends ça.

— Et si je savais où la trouver...

— Cherche-la.

Maurice ne riait pas, ne souriait pas même ; c'é-
tait très sérieux ; si sérieux que Raymond, enhardi,
s'écria dans un soupir :

— Je l'ai cherchée.

— C'est cependant plus facile à trouver qu'une
aiguille dans une botte de foin.

— Comment faire ?

— Ton père n'a-t-il pas laissé une rente viagère
à Mélanie ?

— Oui, trois cents francs.

— Qu'elle touche?...

— Chez Mᵉ Bardin, notaire.

— A Paris?

— Oui.

— Eh bien, va chez Mᵉ Bardin; il te dira où réside actuellement sa cliente, qui ne doit pas manquer de venir tous les trois mois...

— C'est, ma foi, vrai! s'écria Raymond; je n'y avais pas songé. J'irai demain.

Et il y alla, en effet, tout en cherchant l'explication de l'inexplicable placidité de Maurice, que le nom de Mélanie aurait dû faire bondir. Comment se pouvait-il qu'il eût accepté sans protestation l'éventualité de son retour? Lui rendait-il enfin justice? Ou bien...? Et, forcé de s'en tenir là, Raymond, comptant sur l'avenir pour lui donner la clef de l'énigme, entra chez Mᵉ Bardin, qui lui apprit que Mélanie était en bonne santé; qu'elle touchait régulièrement sa pension viagère et qu'elle en dépensait le montant à Morcerf, petite commune du département de Seine-et-Marne, où elle avait fixé sa résidence.

— Eh bien, allons à Morcerf, dit Maurice, quand Raymond lui eut rendu compte de sa démarche; allons-y en famille, c'est une promenade.

— Allons! dit Raymond de plus en plus surpris.

Cette pauvre Mélanie sera bien heureuse de me revoir !

— C'est probable, répondit tranquillement Maurice.

Berthe, soit qu'elle entrât dans les vues de son mari, soit que Maurice lui eût fait la leçon, n'objecta rien ; M. et Mme Lajarriette se laissèrent emmener ; et, un beau matin, toute la famille débarqua gaiement à Morcerf, petit village perché à mi-côte sur le versant d'une vallée de la Brie ; ravissant endroit, propret et coquet comme toutes les bourgades de ce pays, avec quelques coins oubliés où l'on retrouve les vieilles cabanes couvertes en chaume, vestiges du passé qui s'émiettent et qui finiront bientôt par disparaître.

A l'entrée du village, en bas de la côte, Raymond avisa une bonne femme qui battait son linge dans un ruisseau grossi par la pluie des jours précédents.

— Pardon, la mère, lui demanda-t-il, connaissez-vous ici une demoiselle Mélanie Buchais ?

— Ah ! ah ! dit la vieille, vous venez pour la noce ?

Raymond regarda Maurice ; Maurice ne sourcillait pas. Il regarda Berthe ; Berthe souriait. M. et Mme Lajarriette semblaient tout entiers au charme du paysage.

— Vous faites erreur sans doute, répondit-il

alors, la personne dont je parle a une soixantaine d'années.

— Oui, dit la vieille ; mais bien conservée ! Elle épouse not' maire, M. Lerond.

— Ah ! ah !

— Un ancien épicier de Paris... qui a du bien !

Et elle accentua sa phrase à coups de battoir.

Epicier ! ce mot avait été pour Raymond un trait de lumière.

L'épicier d'autrefois, « la forte maison », qui avait demandé la main de Mélanie.

— Va pour la noce ! dit-il en riant, quoique, à ses yeux, ce dénouement eût tout l'air d'une mystification.

Il commençait à comprendre pourquoi Maurice ne s'était pas fait tirer l'oreille ; pourquoi il avait si facilement accueilli ses ouvertures au sujet de Mélanie. Il s'était renseigné sans doute et savait comment tout devait finir.

— Tu aurais pu, lui dit-il, nous épargner ce voyage.

— Non pas ; je serai enchanté que tu revoies Mélanie... et Mᵉ Cornivet, son notaire.

— Cornivet?... un de nos anciens camarades?

— Lui-même... tiens ! le reconnais-tu ?

Mᵉ Cornivet sortait en ce moment de chez lui, et, cravaté de blanc, se dirigeait vers l'église.

— Raymond ! s'écria-t-il ; comment vas-tu ?

Et l'on chemina de compagnie.

Au bout d'un moment :

— Et notre mariée? dit Maurice.

— Ah ! mon ami, bel établissement... bonne affaire... Lerond a du bien.

— Oui... on nous a dit ça.

— Huit mille francs de rente, en terres... ; c'est solide.

— Et la future ?...

— Hé ! hé !... la future... une fourmi qui a économisé.

Raymond baissa la tête et poussa un long soupir ; sa dernière illusion s'envolait.

Cinq minutes après, on arriva sur la place de l'église. Le cortège sortait de la mairie. Mélanie, toute pimpante dans une robe de soie grise, coiffée d'un bonnet à rubans blancs, un bouquet au corsage, s'avançait majestueusement au bras de M. Lerond.

En apercevant Raymond, elle ne put se défendre d'un tressaillement ; elle rougit, pâlit et finit par ébaucher un sourire qui ressemblait fort à une grimace. Puis, ne sachant que dire, évidemment gênée par cette rencontre imprévue et désagréable en pareil cas, elle tira son mouchoir, essuya quelques

larmes et se jeta dans les bras de Raymond en lui
disant :

— Ah ! c'est égal, voyez-vous, on ne vous aimera
jamais comme je vous aimais !

Puis, satisfaite, sans doute, d'avoir ainsi pour
toujours enseveli le passé sous ces fleurs du souvenir, elle reprit le bras de M. Lerond et fit dignement
son entrée à l'église.

Raymond, beaucoup plus calme, revint en famille
à Paris, où Berthe arrêta le lendemain une Proven-
çale qu'on lui conseilla de prendre les yeux fermés.

L'a-t-elle gardée ? Nous n'en savons rien.

MADEMOISELLE PAPA

Tous les matins, quand les mineurs employés aux travaux du fond se réunissaient autour du puits Bérard pour répondre à l'appel, on voyait arriver, le dernier toujours, un grand et solide gaillard, qui tenait par la main une gamine de sept ou huit ans. C'était Michel Pierron et sa fille. Avant de mettre le pied sur la plate-forme du puits, l'homme enlevait l'enfant dans ses bras, lui appliquait sur les joues deux baisers sonores, et la reposait à terre. L'enfant criait : « Au revoir, papa ! » Quand il était sur le puits, elle le regardait de ses deux grands yeux fixes, étonnés, anxieux, et lui répétait : « Au

7

revoir, papa! » Au coup de cloche qui annonçait la
descente, elle serrait l'une contre l'autre ses petites
mains, tortillait ses doigts et ne répétait plus que
ce mot : papa, jusqu'au moment où, bien sûre que
papa ne pouvait plus l'entendre, elle gagnait la
maison d'école pour y passer la journée.

Le soir venu, elle était la première à l'orifice du
puits, d'où Michel Pierron sortait le premier toujours. Comme au départ, il enlevait l'enfant dans
ses bras, et l'enfant s'accrochait à lui en criant :
« Papa! » Et tous les éclairs de sa petite âme jaillissaient comme un éblouissement dans son sourire et dans ses regards. On l'avait si souvent entendue répéter ces deux syllabes, on avait été si
frappé de l'étrange passion qu'elle y mettait à
son insu, qu'on l'avait surnommée *Mademoiselle
Papa.*

Et certes, jamais surnom ne fut mieux trouvé.
Son père était tout pour elle. Sa mère était morte,
il y avait longtemps, bien longtemps ; elle l'avait
à peine connue ; elle n'avait que lui. Dans tous les
souvenirs de sa première enfance, c'était lui qu'elle
retrouvait. Pour elle, ses mains rudes avaient été
douces ; pour elle, son dur visage s'était attendri ;
pour elle, l'homme était devenu femme et enfant à
la fois. Ah! mais aussi comme elle l'aimait son
père, et comme elle avait peur, chaque matin, quand

elle le voyait descendre dans ce trou béant, dont on ne voyait pas le fond !

Il avait pris fantaisie un jour à un mineur, un brave homme pourtant, de la pencher au bord de ce puits ; et devant ce gouffre obscur, à perte de vue, elle avait jeté un cri de terreur et s'était sauvée. « Papa descend là dedans, pensait-elle : s'il ne remontait pas ! »

Et ce jour-là, quand Michel la prit dans ses bras comme de coutume et l'embrassa, elle s'accrocha plus fortement que jamais à son cou et lui dit à demi-voix, toute tremblante :

— Tu remonteras, n'est-ce pas ?

— Parbleu ! fifille.

— Il n'y a pas de danger, dis... papa ?

— Mais non, peureuse.

— Est-ce que... on ne peut pas... mourir là dedans ?

— Sois tranquille, dit Michel en riant, je ne mourrai pas sans te le dire.

— Ah !... Au revoir, papa !

C'était parole d'Evangile, tout ce que disait son père ; et elle s'en fut à l'école, presque rassurée. Mais le souvenir de ce gouffre noir dans lequel avaient plongé ses yeux ne s'effaça pas, et depuis elle eut peur tous les matins, elle trembla tous les soirs ; elle craignait toujours que de ces profondeurs mystérieuses, où elle l'avait vu descendre, son père ne remontât pas.

Pressentiment?... Qui sait?

Un jour, le bruit se répandit tout à coup qu'une explosion de grisou venait d'avoir lieu. En moins de temps qu'il n'en faut pour le dire, les abords du puits Bérard furent envahis. De tous côtés, on voyait accourir des gens affolés. De tous ces vivants ensevelis, combien en devait-on revoir?

La fille de Michel était à l'école. Elle ne savait rien, et d'ailleurs, eût-on parlé devant elle, est-ce qu'elle aurait compris? Pouvait-elle savoir, la pauvre petite, ce que c'était qu'une explosion de grisou? Non. Mais, à son âge, on sait déjà ce que c'est que la mort; on comprend à son âge, quand on voit par terre étendus des corps blêmes, inanimés, meurtris; et les abords du puits Bérard en étaient jonchés quand elle y revint, le soir, chercher son père. Elle eut un moment de stupeur; puis la lumière se fit tout à coup; elle avait vu descendre vivants ces hommes-là, qu'elle connaissait bien, qui l'avaient tous tant de fois embrassée; on les remontait morts. Est-ce qu'on allait remonter son père... comme eux?... Cette pensée l'affola. Elle se mit à courir, les cheveux au vent, à travers tous les débris qu'on avait tirés de la mine, en criant : Papa! papa! papa!

Il y en avait bien d'autres, certes, qui criaient et qui appelaient : Papa ! mais pas une dont la voix eût cet accent désespéré. On avait écarté les autres. Il ne se trouva personne pour la chasser. On la laissa courir, la pauvre enfant, d'un corps à l'autre, s'arrêtant parfois, comme si devant un visage défiguré elle hésitât à reconnaître celui qu'elle cherchait. Son père n'était pas parmi les morts. La confiance lui revint. Elle se calma, et chercha parmi les vivants. Personne. Elle s'informa. On n'avait pas revu son père. Des soixante ouvriers descendus le matin, quarante-cinq étaient remontés ; quatorze étaient morts. Il n'en restait qu'un à retrouver : c'était Michel. Elle s'était fait expliquer tout cela ; elle avait bien compris ; et elle avait battu des mains comme si on lui avait dit : Tu vas le revoir. Ah ! c'est qu'elle espérait bien le revoir, en effet ! C'est qu'elle venait de se rappeler tout à coup qu'un matin son père lui avait dit :

— Je ne mourrai pas sans te le dire.

Et il n'en avait pas fallu plus pour lui donner la certitude que son père était vivant. Les enfants ont la foi robuste. On ne chasse point aisément de leur esprit une idée qui y a pris racine. Aussi, lorsque, le lendemain matin — elle avait passé là toute la nuit — on essaya de lui faire comprendre que tout était fini, qu'elle ne reverrait plus son père, qu'on

avait exploré toutes les galeries, sondé tous les
coins et qu'on ne l'avait pas retrouvé, elle secoua
la tête et se mit à pleurer en disant : Cherchez
papa !...

On y fit à peine attention. Pendant quarante
heures, n'avait-on pas épuisé tous les moyens ?
Sans doute, il y avait dans cette disparition quelque chose d'étrange. Vivant ou mort, on aurait dû
retrouver Michel, et on ne l'avait pas retrouvé. Ses
plans à la main, l'ingénieur en chef avait lui-même
dirigé les recherches ; on avait minutieusement
fouillé jusqu'aux moindres recoins des galeries. De
l'aveu de tous, il fallait y renoncer et admettre que,
dans l'épouvantable bouleversement causé par l'explosion, le malheureux mineur avait été englouti,
sans qu'il fût possible de dire où ni comment. L'in-
dustrie, comme la guerre, a ses batailles et ses soldats *disparus* à côté de ses soldats morts.

Pendant quarante-huit heures, Mlle Papa avait
attendu fiévreusement, mais sans se lasser. A chaque figure humaine qui apparaissait à l'orifice, elle
faisait un mouvement, et ne reconnaissant pas celui qu'elle attendait, retombait assise, avec un grand
soupir et des larmes. On avait essayé de l'emmener,
et elle avait poussé tant de cris, que l'on s'était ré-
signé à la laisser là. On comptait sur la fatigue pour
la vaincre. Mais d'où vient aux faibles tant de force,

dans les crises douloureuses de la vie? Demandez à
Dieu, c'est son secret.

Le troisième jour, l'enfant était encore à l'orifice
du puits.

— Il faut en finir, dit l'ingénieur en chef, et,
s'approchant d'elle : Voyons... sois raisonnable,
petite.

— Papa !... cherchez papa !

— Hélas !... il est mort.

— Non.

Elle avait donné à ce « non » une telle énergie,
que l'ingénieur en fut frappé.

— Comment, non ? lui demanda-t-il.

— Il me l'aurait dit.

— Pauvre petite ! murmura l'ingénieur.

Et il fit un signe pour qu'on l'emmenât. Mais elle
s'accrocha désespérément à lui en criant:

— Papa n'est pas mort... Je veux descendre !
Je le trouverai !

On l'emporta ; on la mit sous bonne garde à
l'école. Une heure après elle était au puits Bérard
et, crispant ses mains aux jambes de l'ingénieur,
lui répétait : Je veux descendre ! je le trouverai !

C'était un brave homme, cet ingénieur : il eut
pitié d'elle.

— Après tout, se disait-il, cela vaut peut-être
mieux. Quand elle aura vu de ses yeux, elle croira.

Cette crise, si elle durait, la tuerait peut-être...

Et, la prenant dans ses bras, il monta sur la plate-forme et fit signe au mécanicien.

— En route.

A huit ans! descendre dans ce gouffre dont le souvenir seul l'épouvantait! Comme elle l'aimait, son père!... Elle eut un frisson pourtant quand elle se vit dans l'obscurité, quand elle sentit au-dessous d'elle cette profondeur béante, d'où montait un air fade qui la suffoquait. L'ingénieur sentit se raidir autour de lui ses petites mains effarées, sa tête blonde se blottir contre la sienne, et deux larmes lui glisser dans le cou. Lorsque l'on fut en bas, elle se dégagea, sauta à terre et s'élança tout droit devant elle en criant : Papa! papa!

Deux heures durant, elle parcourut ainsi les galeries, interrogeant les hommes qu'elle connaissait, frappant de son petit poing la muraille noire, y collant son oreille, plongeant ses mains et ses yeux dans la moindre fente, en répétant toujours : Papa!

L'ingénieur, — un père lui aussi, — qui l'avait suivie à grand'peine, était las de lui expliquer ce que vingt fois il lui avait expliqué déjà, de lui montrer ce que vingt fois il lui avait montré : comment avait eu lieu l'explosion, où elle avait eu lieu; ce que l'on avait fait pour retrouver les victimes, —

et l'enfant l'interrogeait toujours, et répétait : Il est vivant ! cherchez-le !

Comme à l'orifice du puits, elle serait restée là trois jours encore, si on ne l'avait emportée de force et remontée.

L'ingénieur donna des ordres pour qu'elle fût reconduite et gardée à la maison d'école, des ordres aussi pour que, si elle paraissait au puits Bérard, on l'empêchât de descendre dans la mine. Toutes ses mesures avaient été pour cela scrupuleusement prises, et le lendemain, sans y plus songer, il inspectait les travaux du fond, quand il se sentit brusquement saisi et tiré par le pan de sa redingote. C'était Mlle Papa !

Elle s'était pour la seconde fois échappée de la maison d'école. Repoussée à l'orifice du puits, ne trouvant personne qui voulût se charger pour elle d'une désobéissance aux ordres donnés, elle s'était glissée sous un wagonnet vide et s'était fait descendre ainsi dans la mine.

Elle eut bientôt fait de conter tout cela et d'en obtenir le pardon. Cinq minutes après elle recommençait son manège de la veille ; toujours pleine de sa foi ardente, elle sondait, comme la veille, le mur de houille, passant et repassant vingt fois au même endroit, sans désespérer, sans se lasser. Déjà on n'y faisait plus attention. Les mineurs la

7.

suivaient d'un regard de pitié en levant les épaules
et en disant :

— Pauvre petite Papa !

La petite Papa cherchait toujours... Tout à coup,
on la vit accourir pâle, effarée, suffoquée. Elle
criait : Là-bas ! là-bas !... papa !

— Quoi ? là-bas ? dit un mineur.

— Sa blouse !

— Bah !... où çà ?

— Là-bas !

En une seconde tout le monde fut averti, la mine
fut en rumeur. L'enfant affirmait avoir découvert
dans un trou un morceau de toile bleue, qu'elle
n'avait pu enlever, tenu qu'il était par un énorme
bloc de charbon.

— Où ? lui demanda-t-on encore.

Elle retourna sur ses pas suivie de tout le monde,
hésita, s'arrêta, repartit.

Elle ne retrouvait plus l'endroit. Tous les blocs
de houille se ressemblaient ; toutes les cavités
étaient pareilles, toutes les galeries semblables. Et
cependant elle était bien sûre de l'avoir vu, ce morceau de toile bleue. Où était la blouse, l'homme
devait être, — vivant sans doute, — et cet homme,
c'était son père !... et elle ne retrouvait rien !

Un à un, las de cette recherche inutile, persua-
dés que la pauvre petite fille était affolée par sa dou-

leur, les hommes s'éloignèrent et retournèrent à leurs travaux. Mais à peine avaient-ils eu le temps de reprendre le pic ou la pioche, qu'un cri désespéré les rappela.

La petite fille, haletante, l'œil fixe, la bouche ouverte, la main dans un trou de la muraille, criait :

— Je la tiens ! je la tiens !

On l'écarta, on regarda. Oui ! c'était un lambeau de toile, de toile bleue. C'était une blouse... Il y avait là un homme !... Comment ? N'importe ; on se mit à l'œuvre ; et quels coups de pioche on donna ! En un clin d'œil la muraille fut abattue, et dans une excavation profonde on aperçut un homme étendu : c'était Michel Pierron. Il était là depuis trois jours et quatre nuits !

Des cris s'élevèrent de tous côtés, et plus strident que tous les autres un cri s'échappa des lèvres de la petite fille. Elle sauta d'un bond sur le corps, l'étreignit de ses deux bras, à demi folle, en pleurant et en répétant :

— Papa ! papa !

Il était bien bas, le pauvre Michel ! Exténué par la privation d'air et de nourriture, il ne revint à lui que pour s'évanouir encore ; mais il vivait. Elle avait dit vrai, Mlle Papa... L'homme n'avait pas voulu mourir sans l'avoir dit à l'enfant ; et le souvenir de celle qu'il sentait vivante au-dessus de lui avait décuplé ses forces. Il avait vaincu la mort !

Huit jours après il était debout, amaigri, mais déjà solide et tout prêt à recommencer.

La veille du jour où il devait reprendre les travaux du fond, un grand banquet fut donné par tous les mineurs à Mlle Papa... La place d'honneur lui avait été réservée. Un hourra formidable et des battements de mains frénétiques l'accueillirent quand elle entra donnant la main à Michel. Il y en eut, des baisers donnés ! Il y en eut, des éclats de rire, et des vivat en l'honneur de la petite reine !

Et savez-vous ce qu'elle répondit à tout cela, en souriant et en battant des mains, la petite reine ?

Elle répondit : Papa.

Sur quel ton et comment le répondit-elle ? Ce serait difficile à expliquer. Mais tous ces braves gens, qui ne pleuraient guère d'habitude, vous diront qu'ils ont pleuré ce jour-là.

LE FEU DES CROATES

On ne sait généralement pas en France, ou l'on sait mal, ce que fut, de 1815 à 1859, la domination autrichienne dans le royaume lombard-vénitien. Peut-être chercherait-on vainement dans l'histoire pareil exemple de cruautés à la fois ridicules et odieuses. Un jour, à Milan, c'était un boucher qui, venant d'abattre un bœuf, était arrêté porteur de sa massue de fer et exécuté pour port d'armes prohibées. Le lendemain, à Vérone, on fusillait un bourgeois chez qui l'on avait trouvé une boîte de capsules. Quelques jours plus tard, à Bologne, on fouettait publiquement, nues, exposées aux quoli-

bets des officiers de la garnison, deux pauvres filles
coupables d'avoir chanté un couplet où l'on avait pu,
en cherchant bien, trouver une allusion blessante
pour Sa Majesté. Des vieillards, des femmes, des
enfants même, étaient emprisonnés sans jugement
ou mouraient sous le bâton. Et, chaque année, d'un
bout de l'année à l'autre, c'était ainsi ! Implantée
en Italie par une ruse diplomatique, l'Autriche, ne
pouvant se faire aimer, voulait se faire craindre.
Elle n'arrivait qu'à se faire haïr ; et cette haine était
si violente, si implacable, que, du haut en bas, des
premiers rangs de l'aristocratie jusqu'aux derniers
du peuple, on n'aurait pas trouvé un Italien qui
consentît à serrer la main d'un Autrichien. Dans
toutes les grandes villes, les théâtres étaient vides
et n'avaient de spectateurs que les officiers de la
garnison ; dans les cafés, dès qu'un Autrichien venait s'asseoir, tous les Italiens se levaient ostensi-
blement et s'éloignaient. Impuissante, désarmée,
abandonnée à elle-même par l'Europe qui laissait
faire, l'Italie n'avait qu'un but, qu'un espoir, qu'un
rêve : la délivrance. Un jour elle put croire que cette
heure bénie avait sonné. Toutes les villes s'étaient
soulevées ; Milan, où l'on n'aurait pas alors, en
fait d'armes, trouvé cent fusils de chasse, avait,
après une bataille de quatre jours, vaincu et repoussé 30000 hommes de garnison : Venise était

affranchie ; l'Italie, pour un jour, était redevenue
italienne et luttait courageusement, soutenue par le
roi de Sardaigne Charles-Albert, qui, aux premiers
bruits du soulèvement, avait mis ses troupes en
marche et déclaré la guerre à l'Autriche. La désas-
treuse bataille de Novare, en 1849, éteignit brusquement cette lueur d'espoir. Les villes furent reprises une à une, l'Italie retomba sous le joug, et
la chute fut d'autant plus dure que l'espérance avait
été plus vive, la répression d'autant plus cruelle
que la résistance avait été plus longue et plus
acharnée. Les arrestations furent si nombreuses,
que les prisons regorgeaient. A Milan, à Venise, on
n'y trouvait plus de place pour loger les prisonniers
qu'on expédiait par troupes tous les jours. La fa-
meuse forteresse de Laybach était pleine aussi, et
le jour vint où le gouvernement autrichien se vit
obligé d'établir çà et là des prisons provisoires où
les condamnés attendaient qu'on leur eût trouvé une
place définitive dans une prison de l'Etat. Pour la
forteresse de Laybach, c'est à Trieste que fut établi
ce dépôt, dans un vieux ponton qu'on aménagea
tant bien que mal à cet effet, et que l'on ancra à
quelque distance en mer, sous la surveillance de
deux croiseurs.

Trieste est une charmante ville toute blanche
dans la verdure, au bord de l'Adriatique, dans le

bleu profond de laquelle se reflètent les côtes mon-
tagneuses de l'Istrie que le ciel teinte d'un bleu pâle
dans les vapeurs de l'horizon. Vue de loin, riante et
gaie sous le soleil, elle n'a rien d'une place de
guerre, malgré la forteresse qui la domine. Le noir
ponton démâté y faisait tache et semblait sinistre.
Mais il n'y a, relativement, que peu d'Italiens à
Trieste, et l'arrivée fréquente de convois n'y soule-
vait pas, comme en Italie, des murmures de haine
et de rage. L'Autriche, là, n'avait pas à craindre de
rébellion ou de tentatives de délivrance. Elle n'en
avait pas moins pris et bien pris ses précautions.
Outre les deux croiseurs spécialement chargés de la
surveillance du ponton, on avait établi à quelque
distance, entre Santa Croce et Trieste, sur un bas-
fond, à une lieue environ de la côte, un phare dont la
lueur devait guider la poursuite en cas d'évasion, et,
en même temps, mettre les croiseurs en garde contre
un long banc de sable où ils pouvaient se perdre.
Sur la côte, devant le phare, un poste de quelques
hommes avait été établi ; et comme, alors, les troupes
en garnison de ce côté étaient des Croates, les pê-
cheurs de la côte appelaient ce phare *le feu des
Croates*. La garde en était confiée à deux hommes qui
se relevaient l'un l'autre, de semaine en semaine.
De l'un nous ne nous occuperons pas. L'autre était
Italien et se nommait Giacomo Zappa. C'était un

homme grisonnant, courbé avant l'âge, silencieux
presque toujours, un peu triste, mais d'humeur ac-
commodante et douce ; bien avec tout le monde,
même avec les Croates de la côte, tout Italien qu'il
était, ou qu'il avait été ; car il habitait depuis si
longtemps Santa Croce, qu'on avait fini par oublier
d'où il était venu, si tant est qu'on l'eût su jamais.
Si on l'avait su, peut-être ne lui aurait-on pas donné
ce poste, qui pouvait, à certaine heure, devenir un
poste de confiance. Il s'acquittait, du reste, de ses
fonctions avec une ponctualité machinale ; chaque
soir, le phare s'allumait pour ne s'éteindre que le
lendemain, aux premières lueurs du jour ; et dans
le cas, d'ailleurs, où l'on aurait eu de lui quelque
défiance, un événement qui se produisit devant témoins, peu de jours après son installation, eût suffi
pour la dissiper.

Un convoi de prisonniers arrivant de Venise et se
dirigeant sur Trieste s'était arrêté en avant de Santa
Croce, à la porte d'une petite auberge, où les troupes autrichiennes qui l'escortaient n'étaient pas
fâchées de se rafraîchir. Giacomo se trouvait là par
hasard ; libre pour un jour encore, il y était venu,
comme souvent, causer avec l'hôte, une vieille connaissance, un Italien comme lui, Antonio Scotti.
Tandis que les soldats autrichiens, à grands cris,
ou à coups de crosse de fusil, se faisaient brutale-

ment servir, sauf à ne pas payer, Giacomo, tout triste, regardait ses malheureux compatriotes, brisés de fatigue, les pieds sanglants, étendus sur la route, désespérés, abattus ; à l'un il portait du vin, à l'autre un morceau de pain, à tous une parole dans cette chère langue italienne qui amenait un sourire sur leurs lèvres, un éclair de joie dans leurs cœurs. Tout à coup son visage, si placide ordinairement et si bon, se crispa, convulsé par un élan soudain de colère et de haine. Il bondit sur un des prisonniers et, de ses deux mains, lui serra la gorge en criant :

— Je te tiens enfin, misérable !... je te tiens !

Et il serrait plus fort. Le prisonnier, affaibli par les mauvais traitements et la fatigue, râlait sans se défendre, sous l'étreinte de ces deux poignets vigoureux ; les autres laissaient faire ; et Giacomo l'aurait étranglé tout à fait, si les hommes de l'escorte n'étaient accourus au bruit et ne le lui avaient arraché.

Pour eux et pour l'administration autrichienne dont dépendait Giacomo, c'était une bonne note ; étrangler un prisonnier italien, quelle meilleure garantie pouvait-il offrir ? Pour les quelques Italiens présents qui le connaissaient, c'était une lâcheté inqualifiable et incompréhensible, incompréhensible surtout. On le savait patriote dans l'âme ; on se souvenait des larmes qu'il avait secrètement versées lorsque son fils cadet, Marcello, son petit Marcello, son bien-aimé, était parti, appelé par le sort sous les drapeaux autrichiens ; on se rappelait maintes paroles de haine prononcées par lui tout bas à la vue d'un uniforme blanc ; on le savait généreux enfin, et bon ; et c'était lui qui sautait à la gorge d'un prisonnier italien !

Tout le monde, excepté l'aubergiste, s'était brusquement écarté.

— Es-tu fou, Giacomo ? lui dit celui-ci... Que t'a fait ce pauvre homme ?

— Ce qu'il m'a fait ?... répéta Giacomo, les dents serrées.

Il n'acheva pas. Ses yeux, toujours fixés sur le prisonnier, étincelaient d'une joie farouche ; tout son visage convulsé respirait la haine ; un méchant sourire entr'ouvrait ses lèvres et faisait voir ses dents serrées par la rage.

Le convoi venait de se remettre en marche ; sans un mot d'adieu à Scotti, sans se retourner même, il suivit le convoi, se faufilant à travers la haie des soldats de l'escorte pour être plus près du malheureux qu'il avait aux trois quarts étranglé. Il marcha ainsi les yeux fixés sur lui jusqu'à Trieste, lui criant parfois avec un ricanement sinistre :

— Chacun son tour, Pietro Parelli !

Parfois aussi, d'un mouvement brusque, il s'é-

lançait comme pour le saisir encore ; et, sans les
soldats, Pietro Parelli, à coup sûr, ne serait point
arrivé vivant au terme de son lugubre voyage.

Ne pouvant se venger lui-même, Giacomo, du
moins, tenait à ne rien perdre de la vengeance que
lui apportait le hasard. Côte à côte avec le convoi, il
traversa toute la ville et atteignit le quai au bout
duquel se détache le môle. Il assista à l'embarque-
ment des prisonniers, les vit disparaître tous dans
les flancs noirs du ponton, et, seul, assis les jambes
pendantes sur le parapet du quai, regarda longuement la prison flottante, comme si, de loin, à travers l'épaisseur de la muraille de bois, il avait pu
voir encore la face blême, amaigrie et souffrante de
son ennemi. Ses traits avaient gardé leur expression de joie haineuse et farouche. Mais, peu à peu,
du ponton, ses regards se détournèrent sur les
vagues bleues de l'Adriatique, puis se relevèrent
lentement pour se fixer sur l'horizon, qui lui cachait
la côte d'Italie. Son visage alors se détendit ; ses
bras tombèrent, son regard se voila et deux larmes
lui vinrent aux yeux. Cette côte invisible, là-bas,
c'était la patrie, c'était la jeunesse, c'était le passé.
Sur cette terre d'Italie qu'il ne devait plus revoir,
il avait aimé, pleuré, souffert ; et les souvenirs douloureux qu'avait brusquement réveillés la rencontre
de Pietro Parelli lui remontaient tous ensemble

du cœur à la tête. C'était loin pourtant tout cela. Plus de trente ans s'étaient écoulés depuis ; mais il y a des choses qu'on n'oublie pas.

Il avait vingt ans alors : c'était un fier et joyeux compagnon, solide à l'ouvrage et brave au plaisir quand la semaine avait été bonne. Maître Tazzoli, le forgeron, pensait et disait quelquefois que ce serait un bon patron à son tour ; et Fiamma, la fille de Tazzoli, pensait, mais n'avait pas dit encore que ce serait un bon mari. Ce que disait le patron n'était pas perdu pour tout le monde, et ce que pensait la fille, il se trouvait des gens pour le deviner. Jusqu'au jour où Giacomo avait mis le pied dans l'atelier de Tazzoli, Pietro Parelli, son premier et son meilleur ouvrier, avait nourri ce rêve de lui succéder en épousant sa fille. C'était un homme de petite taille, sec et nerveux. Il avait les lèvres minces, le nez en bec d'aigle, l'œil petit, rond, étrangement perçant ; une mauvaise figure. Quoique l'on n'eût rien à lui reprocher, quoique ce fût un ouvrier honnête et laborieux, on avait pour lui plus d'estime que d'affection ; et Fiamma ne l'aimait pas. Il le savait bien ; mais il était tenace et comptait, pour réussir, sur son travail, sur sa connaissance du métier, et aussi sur un peu de bien qu'il possédait, et dont l'apport devait, selon lui, peser d'un bon poids auprès de maître Tazzoli. L'arrivée de Giacomo,

la subite influence qu'il prit sur l'esprit du patron
et — la chose était assez visible — sur le cœur de
la jeune fille, lui furent un coup terrible. Il se sentit
battu, et, pour ne pas perdre sa dernière chance,
résolut de jouer son va-tout.

Un beau matin donc, comme il entrait à l'atelier, personne encore n'étant là que Tazzoli, son
patron, il l'aborda et lui fit carrément part de ses
projets. Tazzoli, pris à l'improviste, se gratta légèrement le bout du nez, puis l'oreille, cligna les
yeux, ôta et remit son bonnet et lui répondit
enfin :

— Diable ! Pietro, comme tu y vas, garçon ! La
forge et la fille ! Hé, hé... c'est beaucoup à la
fois.

— Je suis homme à bien conduire l'une et à bien
aimer l'autre.

— Je ne dis pas, je ne dis pas... Quant à la
forge... dame, ce serait à voir, et cela ne regarde
que moi... si je songeais à vendre...

— Et quant à la fille ?

— Ah ! la fille, garçon, ça la regarde, j'imagine,
et... ma foi... je doute qu'elle soit disposée à aller
si vite en besogne.

— Vous croyez qu'elle refuserait ? dit Pietro avec
un méchant sourire.

— Mais, dame ! on a vu des choses plus étonnantes, répondit d'un air un peu narquois le maître forgeron.

— M'autorisez-vous à le lui demander?

— Demande, mon garçon, mais promets-moi...

Pietro, qui ne voulait rien promettre, et que la rage tenait au cœur déjà, s'était retourné et frappait l'enclume à tour de bras.

Tazzoli haussa légèrement les épaules et s'éloigna. Giacomo entrait au même instant ; il lui tendit la main, échangea quelques mots avec lui et sortit. Pietro et Giacomo se trouvèrent seuls dans l'atelier. Pietro cessa brusquement de travailler et s'approchant de son compagnon :

— Je viens, lui dit-il, de demander au patron s'il voulait me vendre la forge.

— Ah! dit Giacomo tranquillement, et que t'a-t-il répondu?

— Qu'il verrait.

— Eh bien, nous verrons. Bonne chance.

— Je lui ai demandé encore s'il voulait m'accorder la main de sa fille.

Giacomo fit un bond en avant, et s'arrêtant court :

— Sa fille! A toi! s'écria-t-il en ricanant.

— Et pourquoi donc pas? riposta aigrement Pietro Parelli. Ne suis-je pas un homme comme les autres? meilleur que d'autres, peut-être?

— Peut-être n'est pas de trop... Et que t'a répondu le patron ?

— Que cela regardait sa fille.

Pietro laissa échapper comme un soupir de satisfaction.

— Consulte-la, dit-il.

— C'est ce que je compte faire.

— Et comptes-tu sur une bonne réponse ?

— Je n'en sais rien... Mais si elle refuse...

— Elle en épousera un autre.

— Oui, pourvu que ce ne soit pas...

— Qui donc ?

— Toi !

— Ah ! pardieu, compagnon, si cette heureuse idée lui venait de me choisir, ce ne serait certes pas pour tes beaux yeux que je la refuserais.

— Ecoute-moi bien, dit Pietro d'une voix sourde et les dents serrées, malheur à toi, et malheur à elle, si jamais...!

— Tu feras bien de t'en tenir à la menace, répondit froidement Giacomo, en le saisissant par le poignet et en lui faisant, d'une seule étreinte, tomber son lourd marteau de la main.

Pietro ne répondit rien. Pâle comme un mort, l'œil ardent, il ramassa son marteau et se mit à la besogne.

Ce soir-là, ou les jours suivants, parla-t-il à

Fiamma? fut-il évincé? Peut-être. On n'en sut rien. Il n'en souffla mot à personne ; et Giacomo, le seul intéressé dans cette affaire, ne parut pas s'en inquiéter.

Que lui importaient la haine et les menaces de ce Pietro Parelli?

Le patron lui accordait toute sa confiance ; Fiamma lui avait laissé entendre qu'elle avait sur le bout des lèvres un oui qui ne demandait qu'à tomber : c'était l'avenir d'un côté, le bonheur de l'autre. Que pouvait à cela Pietro Parelli?

On était alors à cette époque où l'Autriche, affectant dans tous les actes publics de n'apporter à l'Italie qu'un protectorat temporaire, permettant chaque jour le retrait de ses armées, lassait la patience des Italiens qui commençaient à sentir le poids du joug et se demandaient avec anxiété s'ils étaient protégés ou conquis. Leur doute ne devait plus être de longue durée. Quelques troubles ayant éclaté à Milan, à Bologne et ailleurs, l'Autriche ôta son masque et dit ouvertement : Je suis chez moi ! Aux protestations des malheureuses victimes de cette trahison, elle répondit par des coups de fusil et commença ce régime de véritable terreur qui ne devait finir que quarante ans plus tard.

Dans presque toutes les villes du royaume, ce changement d'attitude fut le signal d'une prise de

8

possession officielle, avec cérémonies publiques et déploiement de forces militaires. A Milan, le gouvernement, pour bien montrer aux Italiens qu'ils avaient changé de maître, et que l'empereur et roi Napoléon avait un successeur, fit ériger sur une des places de la ville une statue équestre de S. M. l'empereur François II. Il y eut réjouissances publiques, illuminations par ordre, feu d'artifice et jusqu'au soir salves d'artillerie. Les habitants étaient restés enfermés dans leurs maisons, derrière leurs volets fermés. Pas un Italien peut-être n'avait pris part à cette fête tout autrichienne, et dans les rues il n'y avait eu de curieux que ceux, nombreux encore à cette époque, qui ne croyaient pas à la durée des suites de ce coup de main, et qui guettaient une occasion de repousser par la ruse ou par la force cette audacieuse invasion. La nuit était à peine venue, du reste, que les lanternes allumées aux fenêtres par ordre de la police s'étaient éteintes, et que la ville tout entière était retombée dans le silence et l'obscurité.

Mais il y eut un grand scandale au lever du soleil, le lendemain. Le général commandant la place put voir, en ouvrant sa fenêtre, la statue de son maître, l'empereur François II, coiffée, en guise de couronne impériale, d'une corde à nœud coulant, au bout de laquelle se balançait une petite potence en bois ; et sur le socle en marbre on avait écrit en lettres énormes : On la plantera !

Cela s'était fait pendant la nuit. Les factionnaires placés à quelque distance n'avaient rien vu ; personne n'avait pénétré sur la place, dont tous les abords étaient gardés. L'un d'eux, cependant, pensait avoir vu une femme se glisser le long des maisons dans l'obscurité. La police fut sur pied immédiatement. On promit cent ducats de récompense à qui ferait découvrir les coupables, et l'on attendit. On n'attendit pas longtemps : à dix heures du matin, le même jour, les coupables étaient arrêtés.

C'était la fille du maître forgeron Tazzoli et son fiancé, Giacomo Zappa !

De la nuit, ils n'avaient mis le pied dehors ; mais ils n'en étaient pas moins coupables, puisque Pietro Parelli en avait fait serment sur l'Evangile au feld-maréchal de Welden, commandant la place. Le malheureux Tazzoli eut beau protester et jurer que sa fille était restée sous sa garde ; Giacomo eut beau citer des témoins qui affirmaient devant Dieu son innocence ; comme il fallait des coupables et que, ceux-là perdus, on n'était pas sûr d'en trouver d'autres, Fiamma et Giacomo furent condamnés tous les deux, sans même avoir été jugés, sinon pour la forme.

Le lendemain matin, au milieu des troupes de la

garnison rangées autour de la statue de l'empereur, un échafaud était dressé, et la pauvre Fiamma, nue jusqu'à la ceinture, y montait pour recevoir les cinquante coups de bâton que portait la
sentence. Par pitié pour son sexe et pour sa jeunesse, on ne l'avait condamnée qu'à cela! Giacomo,
après elle, devait en recevoir cent et partir ensuite
pour la forteresse de Laybach. Pour lui, ce n'était
rien ; mais pour elle !

Lorsqu'il la vit arrriver sur la plate-forme, lorsqu'il vit, au milieu des éclats de rire et des quoli-
bets des officiers, la baguette du bourreau s'abattre
sur elle, il poussa un rugissement de bête fauve et
secoua ses liens d'un tel effort qu'il les brisa. D'un
bond, il fut près de Fiamma, saisit le bourreau par
le milieu du corps, et l'envoya presque évanoui sur
le pavé de la place. Mais, cela fait, que pouvait-il,
seul contre les cinq mille hommes de troupes qui
les gardaient? En un clin d'œil, il fut repris et lié
plus solidement. Le bâton du bourreau s'abattit plus
durement sur les épaules de la pauvre fille. Il n'y
avait gagné, le malheureux, que d'aggraver la
souffrance de celle qu'il voulait sauver. Au trentième
coup, elle s'évanouit ; on frappa les vingt autres
sur un cadavre. Puis ce fut son tour. Il était fort,
lui. Sanglant, le dos et les épaules labourés, il ne
broncha pas. La rage, la haine, la soif de ven-

geance décuplaient ses forces. Il descendit, sans être soutenu, les marches de l'échafaud, et s'éloigna au milieu des gardes sans avoir proféré une plainte.

Le soir même, il était en route pour Laybach.

Lorsqu'il en sortit, quatre ans après, sans argent, presque nu ; lorsque, après un voyage de dix mois, dont il avait payé les étapes en travaillant, il revint à Milan, Fiamma était morte ; le maître forgeron Tazzoli, devenu fou, était enfermé ; et Pietro Parelli avait disparu. On ne rend pas la vie aux morts, la raison aux insensés ; mais aux vivants on peut demander compte de leurs crimes. Giacomo n'eut plus qu'une pensée, qu'un but : retrouver Pietro Parelli et se venger ! Il parcourut la Lombardie d'un bout à l'autre, ne trouva personne et ne rapporta de ce long voyage que l'amère certitude de son impuissance et de sa misère. Le meilleur de sa jeunesse et de sa force était resté dans les cachots de Laybach et sur les grandes routes. Vieux avant l'âge, découragé, sans cesse poursuivi par le souvenir du misérable qui l'avait perdu, il quitta Milan, où tout lui rappelait si cruellement le passé ; l'Italie, où nulle espérance ne lui restait, pas même celle de punir le meurtrier de Fiamma, et marcha droit devant lui jusqu'en Istrie, où il s'arrêta, dans ce petit village de Santa Croce qu'il ne devait plus

8.

quitter. De là il apercevait l'Adriatique et, derrière
l'horizon, devinait la patrie absente. Pour vivre, il
avait son marteau.

Santa Croce est la dernière poste sur la route de
Venise à Trieste ; il y passe beaucoup de chevaux.
Il se fit maréchal ferrant et, pendant cinq années,
frappant le fer, économisant, mangeant à peine, ne
trouva de force que dans cette pensée constante
qui le hantait : retrouver Pietro Parelli. Oh ! sa
haine était profonde et vivace ; les années pouvaient
s'amonceler sur elle ; au jour dit, à l'heure dite,
elle devait jaillir !

Moins ardente peut-être que sa haine, sa douleur
s'était presque éteinte. De ses rêves et de ses souvenirs, il ne lui restait pas dans le cœur une trace
assez profonde pour le vouer à une éternelle solitude. Il épousa un beau jour une fille slave des
environs de Trieste et devint père. C'était la joie
que lui réservait Dieu pour le payer des tortures
injustes du passé. Il lui donna deux fils : Francesco
et Marcello ; l'un solide et fort comme son père,
l'autre maigre, petit et grêle comme sa mère. C'est
celui-ci qu'il préféra. Ce visage pâle et chétif lui
rappelait, à son insu même, un visage gracieux et
pâle aussi, entrevu jadis, celui de la pauvre Fiamma, dont les yeux pleins de larmes s'étaient levés
une dernière fois sur lui comme pour le remercier

de l'effort qu'il avait fait pour la sauver. Il aima
Marcello en souvenir d'elle, autant qu'en souvenir
de sa mère, qui était morte le jour même où il était
né. Ce ne fut pas de l'amour qu'il eut pour cet enfant, ce fut de l'adoration ; et toutes les douleurs
s'évanouirent au bruit de ses éclats de rire et de ses
chansons. Giacomo fut heureux alors ; le métier
allait bien, les gamins grandissaient, l'avenir semblait sans nuages, et Giacomo cependant n'oublia
pas Pietro Parelli.

Puis vinrent des douleurs nouvelles : la maladie,
qui le cloua sur son grabat et lui ôta la force de
manier son lourd marteau de forgeron ; la conscrip-
tion, qui lui enleva Francesco d'abord, puis Marcello, qu'il espérait faire exempter, et qu'on lui
arracha presque de force. Et Giacomo n'oublia pas
Pietro Parelli !

Francesco était revenu de l'armée, il avait trouvé
dans les docks de Trieste de l'ouvrage et un bon
salaire ; il l'aidait, lui, en allant en ville vendre des
fruits, des légumes, ou en se louant à la journée.
La maison marchait tant bien que mal, tenue par
une vieille fille, la sœur de sa femme, Antonia,
qu'on appelait communément Tonia.

De l'armée, les nouvelles étaient bonnes ; Marcello ne souffrait pas trop, il se résignait, soutenu
par l'espoir de revenir un jour au pays. Assombri

un moment, l'horizon s'éclairait de nouveau. Et
Giacomo n'oubliait toujours pas Pietro Parelli!

De sa haine, il n'avait jamais parlé à personne,
ni à sa femme, ni à ses fils, ni à Tonia. Comme un
avare son or, il la gardait et la ménageait pour lui-
même. La partager, c'eût été en perdre quelque
chose. Cette haine, pour lui, c'était le coin du cœur
où nul ne pénètre, le secret que Dieu seul connaît.

Vers ce temps, la fortune lui sourit encore. On
alluma le feu des Croates; on lui en confia la garde,
avec bons gages qu'on lui payait régulièrement tous
les mois; il en bénit le ciel. Mais il lui manquait
encore quelque chose : retrouver Pietro ! se venger ! Le crime commis, la douleur soufferte ne
l'excusaient-ils pas? Et ceux-là qui s'étaient écartés
de lui lorsqu'à Santa Croce il avait pris à la gorge
un prisonnier sans armes et sans défense, lui
auraient-ils tourné le dos s'ils avaient su tout cela,
s'ils avaient su que ce prisonnier c'était Pietro Parelli
lui-même ?

Pietro arrêté à son tour ! Pourquoi? Et que lui
importait? Il était pris, il souffrait ! Sur son dos, il
avait vu tomber la crosse des fusils autrichiens ! Il
le savait là, dans ce bâtiment démâté, dans ce ponton mystérieux d'où l'on entendait vaguement la
nuit sortir des gémissements et des cris de dou-

leur. Il ne pouvait pas se venger de ses mains ; mais
le hasard le vengeait ; et tout n'était pas perdu pour
sa haine dans ce châtiment. Son ennemi était là,
sous ses yeux. Du haut de son phare qui dominait
la mer, il pouvait guetter, guetter sans cesse le
ponton, et dans sa pensée l'y voir souffrir. C'était
presque une joie, et Giacomo rayonnait lorsque,
après cette longue rêverie sur le parapet du môle,
après ce douloureux retour vers le passé, il se leva
pour reprendre le chemin de sa maison.

Il traversa la ville, non sans se retourner vingt
fois pour s'assurer que le ponton était encore à sa
place, et gagna la route qui longe la côte, et d'où,
tout en marchant, il dominait la mer et le port.
Pietro Parelli était là.....

Des deux côtés de la route, le soleil illuminait
les villas blanches qui étincelaient sur la nappe de
verdure ininterrompue des oliviers, des mûriers et
de la vigne. Au-dessus et plus loin, les roches dessinaient sur le ciel leurs silhouettes grises, et ne
semblaient là que pour rendre, par la puissance du
contraste, plus joyeux et plus vivant le paysage
qu'elles abritaient. Sur la route, à côté de Giacomo,
les paysans du Carst passaient, assis sur leurs
grands chariots à roues pleines, attelés de bœufs ;
les femmes, vêtues de la dalmatique noire à grandes
manches blanches, poussaient devant elles leurs

troupes de dindons gris à tête rose ; les Cici, ces
Méridionaux de l'Istrie, parlant, jacassant, criant,
piquaient, pour les faire avancer plus vite, leurs
petites mules nerveuses ; et plus d'un, en passant,
criait :

— Hé ! Giacomo !

Mais Giacomo n'entendait rien, ne voyait rien, que
la mer qui, en bas de l'escarpement des roches de
la côte, battait le sable d'un mouvement lent et
régulier ; la mer sur laquelle flottait *son* ponton ;
car c'était à lui maintenant, c'était sa chose.
Pourvu que l'on n'en retirât pas Pietro pour le
transporter à Laybach ! Chaque jour, on emmenait
de là des troupes de prisonniers pour les forte-
resses de l'intérieur. C'était sa seule crainte. Mais
la joie dominait en lui, et ce fut le sourire aux
lèvres qu'il poussa la porte de sa cabane et entra
en criant :

— Bonjour, Francesco ! bonjour, Tonia !

Tonia était une vieille si décrépite, si ridée, si
hâlée par le soleil, que tous les caractères de race
avaient disparu. Son costume seul et sa coiffure in-
diquaient son origine slave. Elle portait les cheveux nattés, avec des rubans rouges, et la grande
pagne blanche ; au cou, deux colliers enroulés ; aux
doigts, des bagues de cuivre. Sa robe à corsage
vert bordé de rouge était couverte d'une double

jupe d'un vert plus foncé, chargée de broderies de laine ; tout cela fané par le temps, mais propre, et presque jeune encore comme elle-même : car ses cheveux étaient restés noirs ; son œil, profondément enfoncé dans l'orbite, brillait encore, et, quoique voûtée par l'âge, elle s'acquittait des soins du ménage sans demander aide à personne.

Quant à Francesco, c'était un grand et solide gaillard qui portait la patrie italienne écrite sur son visage régulièrement beau, encadré de longs cheveux bruns.

Quand Giacomo rentrait, d'ordinaire, ils l'accueillaient tous deux avec quelque joyeuse parole ; la vieille allait et venait, Francesco jasait à bouche que veux-tu, racontant les nouvelles du jour, les bruits de la ville ; et, des trois, le plus silencieux et le plus grave était Giacomo. Ce jour-là, au contraire, son bonjour ne trouva pas de réponse. Francesco et Tonia, tous deux accoudés sur la table à lourds pieds de bois qui couvrait la moitié de la salle, ne bougèrent pas à son arrivée. Ils semblaient en proie à une anxiété terrible et, à la dérobée, échangeaient des regards tristes et craintifs. Giacomo n'en vit rien ; il savourait sa joie, dont les éclats inaccoutumés ne frappèrent pas non plus Tonia et Francesco. Quelque nouvelle grave et pénible leur était arrivée sans doute et les absorbait. On se mit à table ma-

chinalement devant le plat de légumes qui composait le repas du soir. Giacomo n'y toucha que du
bout des doigts ; Tonio et Francesco n'y touchè-
rent pas. Ce fut l'affaire de cinq minutes. Tonia
remit dans le bahut le plat et les assiettes de fer,
puis s'adressant à Giacomo :

— Ta semaine commence demain matin, dit-
elle.

— C'est ma foi vrai, Tonia. Tout est prêt ?

— Comme à l'ordinaire.

— Eh bien, au petit jour, Francesco, nous partirons... Je voudrais y être déjà.

Ces derniers mots, qui pouvaient soulever une
explication, ne furent pas même entendus. Tonia et
Francesco semblaient avoir hâte de se trouver seuls.
La présence de Giacomo les gênait, et ce fut avec
une joie à peine cachée qu'ils le virent passer dans
le réduit qui lui servait de chambre et en tirer la
porte. Cinq minutes après, il était couché et dormait à poings fermés.

— Zaccheo tarde bien, dit Tonia.

— Peut-être a-t-il réussi à lui parler.

— On ne parle pas aux prisonniers du ponton.

— Zaccheo est adroit, et pour nous...

— S'il s'était trompé...

— Ne l'espérez pas, Tonia. Zaccheo connaît
bien mon pauvre frère, et s'il m'a dit : J'ai vu Mar-

cello parmi les prisonniers, c'est que Marcello est prisonnier.

— Si ton père le savait !

— Qu'il ne le sache pas, Tonia ; il ne faut pas qu'il le sache... Il serait dans le cas d'aller faire quelque folie... Pour Marcello, il mettrait le feu aux quatre coins de la ville.

— Chut ! écoute...

On venait de frapper deux coups légers à la porte. Francesco se précipita, ouvrit, et parlant à voix basse :

— Entre, Zaccheo, dit-il, nous t'attendions.

— Avec impatience, ajouta Tonia.

— Eh bien? demanda Francesco quand Zaccheo se fut assis.

— Eh bien, camarade, je ne m'étais pas trompé, c'est bien Marcello, ton frère, que j'ai vu.

— Prisonnier !

— Prisonnier ! condamné à vingt ans.

— Pourquoi? s'écria la vieille en joignant les mains, un si brave garçon !

— Pourquoi, Tonia?... Parce qu'à Bologne, il y a un mois, à la suite d'une échauffourée, ayant reçu l'ordre de fusiller un gamin de seize ans, qu'on venait de prendre armé d'un bâton garni de clous... il a refusé...

— Oh! je le reconnais bien là, Marcello.

9

— Il a bien fait, dit Tonia.

— Oui, mais cela lui coûte cher, reprit Zaccheo. Le voilà sur le ponton. Demain, dans huit jours, dans un mois, on l'expédiera à Laybach ou au Spielberg... et de là, on ne sort pas toujours vivant.

— Sois tranquille, Zaccheo, je n'attendrai pas pour le délivrer que ces misérables aient eu le temps dele tuer.

— Tu songes...

— A délivrer mon frère.

— Plus bas, plus bas, s'écria vivement Tonia, si Giacomo entendait...

— C'est vrai; tu as raison, Tonia.

Et baissant la voix, Francesco reprit :

— Si j'y songe!...

— Et comment t'y prendras-tu ?

— Veux-tu m'aider?

— Moi ?

— Oh ! pas d'hésitation, Zaccheo, nous sommes amis d'enfance ; nous avons joué ensemble sur le sable de la plage, couru la mer et la montagne ensemble ; pas d'hésitation. Veux-tu m'aider ? oui ou non ?

— Oui, répondit Zaccheo en tendant sa main, que Francesco prit et serra énergiquement. Mais comment ?

— Peux-tu approcher du ponton?

— Deux fois par semaine, j'y travaille.

— Surveillé?

— Sans doute.

— Impossible de parler aux prisonniers?

— Impossible, non... mais difficile.

— Eh bien, tâche de voir Marcello demain ; donne-lui une corde. Quand la nuit sera venue — il n'y a pas de lune, le temps sera bon — qu'il descende à la mer par une écoutille, et nage droit devant lui dans la direction du feu des Croates.

— Mais il sera vu.

— Si le feu est éteint?

— Ton père?

— Mon père l'éteindra.

— Il faudra donc, s'écria Tonia, lui dire...

— Je ne lui dirai rien avant que Marcello soit hors de danger, et il éteindra le feu cependant.

— Mais, dit Zaccheo, une fois à la mer, le vent pousse au large ; les vagues sont hautes.

— Je serai avec ma barque à deux cents brasses du ponton.

— Et les croiseurs?

— Les croiseurs ne viendront pas me chercher à la tête du bas-fond... Les croiseurs tirent vingt pieds d'eau... Marcello me trouvera, lui... Je le verrai bien, d'ailleurs, malgré la nuit; nous gagnerons avec mon père et Tonia un point de la côte, et nous partirons à pied ; dans deux jours, nous serons loin, à l'abri des Autrichiens et des Croates.

— Et vivre ? dit Tonia.

— On vit partout en travaillant, répliqua fièrement Francesco.

Et, se tournant vers Zaccheo :

— C'est dit ? lui demanda-t-il.

— C'est dit, répliqua Zaccheo. Demain à deux heures je serai ici, tu sauras ce que j'aurai fait, et si Dieu nous aide...

— A demain et merci.

Zaccheo sortit. Francesco referma doucement la porte, et embrassant Tonia fiévreusement :

— Dieu nous aidera, dit-il.

Le lendemain matin, les premières lueurs du jour bleuissaient à peine l'horizon, quand Giacomo et Francesco descendirent d'un pas rapide le sentier qui menait du village à la côte. Dès le seuil de la maison, ils avaient tous deux embrassé d'un même regard l'immensité de la mer qui se déroulait à leurs pieds et cherché des yeux le même point : le ponton, dont la vue les fit tressaillir tous les deux, l'un de joie haineuse, l'autre de tristesse et de peur. Et pendant longtemps ils descendirent, sans quitter des yeux ce point noir et sans échanger une parole. Mais tout à coup le sentier encaissé dans les rochers de la côte s'enfonça brusquement et leur déroba pour un instant la vue de la mer. Ils se regardèrent alors, et la même question leur vint aux lèvres :

— Qu'avez-vous donc, père ?

— A quoi donc songes-tu, Francesco ?

Et comme ils ne voulaient répondre ni l'un ni l'autre, Giacomo se hâta d'ajouter :

— Il y a bien longtemps que nous sommes sans nouvelles de Marcello.

— Ne vous en inquiétez pas, riposta vivement Francesco ; s'il n'écrit pas, c'est bon signe.

— Dieu le veuille !

— Et peut-être le verrons-nous bientôt...

— Ah ! si tu pouvais dire vrai !

La voix du vieux Giacomo s'était attendrie, son regard s'était voilé. Le souvenir brusquement réveillé de son enfant avait pour un instant chassé la haine de son cœur.

— Tu ne m'en veux pas ? dit-il à Francesco.

— De quoi donc, père ?

— De l'aimer comme je l'aime.

— Plus que moi, n'est-ce pas ? ajouta avec un sourire triste Francesco.

— Plus que toi, mon garçon, non ; ne dis pas cela.

— Ne vous en défendez pas, c'est tout simple, il avait plus besoin que moi d'être aimé.

— C'est un peu vrai;... il était si chétif, nous avons craint si longtemps de ne pas l'élever;... et ça le soulageait, vois-tu, de se sentir cajolé.

— Je ne vous reproche rien, père; je ne l'en aime pas moins pour cela; et je compte bien le lui prouver.

— Le lui prouver?... Que veux-tu dire?

— Moi?... rien, répliqua Francesco vivement; sinon que je l'embrasserai de bon cœur quand il reviendra.

— C'est singulier, pourtant, qu'il n'écrive pas ! nous avions une lettre tous les quinze jours d'habitude, et si je ne me trompe, la dernière est déjà vieille de plus d'un mois.

— S'il écrit pendant votre semaine de garde, je vous porterai la lettre.

— J'y compte bien.

Ils passaient en ce moment près du poste où les Croates de garde dormaient tranquillement couchés à l'ombre. Cinq minutes après, ils étaient au bas de la côte, sur la grève. Devant eux, à une lieue environ, en mer, le phare traçait sur le ciel une mince ligne sombre; à leur gauche, Trieste s'éveillait, toute blanche, dans les vapeurs du matin; à leur droite, la côte, éclairée au sommet par les premiers rayons du soleil, se perdait dans le brouillard à l'horizon et s'y confondait avec le bleu pâle de la

mer. Pour Giacomo et Francesco, c'était un spec-
tacle de tous les jours, dont le charme ne les touchait plus ; et dans ce cercle immense de merveilles
qui les entourait, alors, comme un instant plus tôt,
ils ne voyaient que le même point noir, le ponton.

Giacomo, cependant, avait sauté dans la barque
toujours amarrée là ; Francesco y avait posé le panier de provisions, le caban, la gourde et le reste ;
il allait 's'embarquer à son tour, quand Zaccheo
parut tout à coup, l'air agité. Il courait.

— Qu'y a-t-il donc ? lui cria involontairement
Francesco.

— On fait évacuer le ponton, répondit-il.

Giacomo bondit sur son banc.

— On emmène les prisonniers ? s'écria-t-il.

— Au Spielberg !... ce matin même.

— Tous ?

— Deux cent cinquante, l'ordre vient d'arriver.

— Et combien sont-ils ?

— Deux cent cinquante-cinq.

— Il n'en restera donc que cinq ici ! murmura
Francesco ; en sera-t-il ?

— Nous le saurons tantôt, courage !... Dieu sera
pour nous.

Francesco poussa un long soupir, leva les yeux
au ciel, puis se retourna pour s'embarquer et conduire son père. Son père n'était plus là. Il avait

détaché la barque et de toute sa force ramait dans la direction du ponton. Il s'était dit, lui aussi :

— Sera-t-il parmi les cinq ?

Mais ce n'était pas à un être aimé qu'il songeait ; c'était à son mortel ennemi, Pietro Parelli. S'il était parmi les condamnés qu'on emmenait, il voulait le voir partir, le voir une dernière fois, courbé sous les coups de crosse et les coups de fouet ; s'il devait rester, il voulait savoir du moins qu'il restait, qu'il était toujours là, presque à sa portée, sous ses yeux !

A quelques brasses du ponton, on lui barra le passage ; mais il se fit reconnaître et put s'amarrer à une des chaînes. De là, il voyait dans toute sa hauteur l'échelle de bois par où allaient descendre un à un les prisonniers à bord du croiseur qui les attendait pour les débarquer à Trieste. Son cœur battait à lui rompre la poitrine. Il allait revoir Pietro, le revoir une dernière fois ; et, machinalement, il cherchait un moyen pour arriver jusqu'à lui. S'il avait pu, en nageant, gagner le dernier échelon, prendre son ennemi par les jambes, l'entraîner et le noyer, sauf à se noyer avec lui ! Mais l'échelle était gardée, gardée en bas comme en haut. Il fallait trouver autre chose. Et Giacomo cherchait avec l'ardeur fiévreuse que donne la haine, lorsqu'un prisonnier parut au sommet de l'échelle, puis un second, puis un troisième. Il en compta cent ; puis il y eut un temps d'arrêt et le défilé recommença pour cent cinquante autres. Pietro Parelli était resté dans le ponton. Il était des cinq pour lesquels on n'avait pas de place à Laybach ou au Spielberg. Giacomo lâcha sa chaîne et, d'un coup vigoureux, s'éloigna pour rejoindre Francesco, qui, stupéfait, comme Zaccheo, de son départ, attendait son retour impatiemment.

— D'où venez-vous donc, père ? lui cria-t-il, dès qu'il fut à portée de sa voix.

— Du ponton... Je voulais voir embarquer les prisonniers.

— Et vous les avez vus ?

— Oui.

— Tous ?

— Deux cent cinquante. Zaccheo avait dit vrai.

Son visage n'exprimait ni chagrin ni frayeur ; il semblait radieux, au contraire.

— Marcello est resté, murmura Francesco à l'oreille de son compagnon. Le père ne l'a pas vu.

— Dieu soit loué !...

— Ce sera donc pour cette nuit.

— Je viendrai t'avertir.

Et Zaccheo reprit le chemin de Trieste, pendant que Francesco sautait vivement dans la barque et

9.

s'éloignait de la côte à force de rames pour gagner le phare.

C'était une construction grossière en charpente, solidement assise sur une plate-forme qui permettait d'y aborder quand la mer était calme. Au-dessus de la plate-forme, une porte sans battants s'ouvrait sur un escalier qui menait au phare proprement dit et au logement du gardien, établis tous deux dans une sorte de maisonnette juchée au sommet d'une pyramide quadrangulaire, haute de quelque quarante pieds. Dans la chambre de Giacomo, un lit, un escabeau, une table et quelques ustensiles de ménage composaient tout le mobilier ; quatre lucarnes y donnaient du jour sur les quatre faces et permettaient au gardien de surveiller l'horizon de tous les côtés à la fois. C'était là, dans cette cage suspendue entre ciel et terre, que Giacomo passait quinze jours tous les mois, seul, toujours seul avec le mugissement de la mer au-dessous de lui et les grondements de l'orage au-dessus. Triste métier, qui l'avait fait maugréer souvent, et que, la veille encore, il aurait quitté de bon cœur s'il avait trouvé mieux où gagner sa vie. Mais les choses avaient bien changé en un jour : Pietro Parelli était prisonnier, enfermé dans le ponton, que guettait comme un œil toujours ouvert le feu des Croates ; et Giacomo tenait à son poste. Aussi, quand la barque menée par Francesco toucha la plate-forme, en sauta-t-il d'un bond, et sans s'écrier comme d'habitude avec un soupir de regret :

— En voilà pour huit jours !

Il prit le panier, les vêtements, tout, et s'élança dans l'escalier en criant à Francesco :

— Au revoir, garçon, au revoir !

Francesco, surpris un moment de cette ardeur inaccoutumée, de cette course au ponton, de ces mille riens, gestes, regards, sourires, qui lui avaient échappé et venaient de le frapper enfin, se mit lentement en route pour regagner la côte, puis bientôt, repris tout entier par le souvenir de son pauvre Marcello, des souffrances qu'il avait endurées, du danger qu'il allait courir, de l'effort qu'il allait tenter pour lui, ne songea plus à chercher ce que lui cachaient les étranges allures de son père. Que lui importait d'ailleurs ? pouvait-il pressentir un obstacle ou un péril de ce côté ? Non, à coup sûr ; et, Marcello sauvé, il serait toujours temps de savoir à quoi s'en tenir sur un secret qui ne pouvait être que de peu d'importance. Marcello d'abord, avant tout.

— Ah ! Tonia, dit-il, en rentrant, à la vieille, nous l'avons échappé belle !... On a fait évacuer le ponton ce matin ; cinq prisonniers seulement y sont restés.

— Et Marcello ? s'écria Tonia.

— Nous le reverrons. — Zaccheo n'est pas revenu ?

— Pas encore.

Tonia venait à peine de répondre, quand la porte s'ouvrit : c'était Zaccheo.

— Tout sera prêt pour demain soir, dit-il. Préviens ton père...

— Demain soir il sera temps...

— Demain ? riposta vivement Zaccheo ; et si demain ton père refusait de nous aider ?

— Lui !

— Tu ne sais donc pas ce qu'il a fait hier ?

Et, comme Francesco et Tonia, surpris, secouaient la tête, il leur conta ce qui s'était passé la veille à l'auberge du père Scotti ; comment Giacomo avait pris à la gorge un prisonnier, et ce que l'on avait eu de peine à l'empêcher de l'étrangler.

— Eh bien, après ? demanda tranquillement Francesco, qu'est-ce que cela prouve ?... une vieille querelle du temps passé, voilà tout. Cela n'empêche pas mon père d'être Italien de cœur. Il ne refusera pas.

— Pour plus de sûreté, dit Tonia, mieux vaudrait peut-être lui dire...

— Jamais, s'écria Francesco. C'est alors qu'il refuserait ! Marcello va se trouver en danger de mort ;

noyé, si la mer l'empêche d'arriver jusqu'à la côte
ou jusqu'à nous ; fusillé, s'il est repris !... Le père
ne voudrait pas jouer si gros jeu...

— Il faudra bien, tôt ou tard...

— Qu'il sache la vérité ? oui ; mais nous ne la lui
dirons qu'en lui amenant Marcello vivant et libre.

— Et si Marcello, cette nuit...,murmura la vieille.

— Eh bien, Tonia, nous lui aurons épargné du
moins quelques heures d'anxiété ; quelques heures
qui suffiraient à le tuer ou à le rendre fou ; car, tu
ne sais pas, Zaccheo, vous ne savez peut-être pas
non plus, Tonia, à quel point il aime Marcello !...
Non, non... Si je puis lui cacher la vérité, je la lui
cacherai... Je ne parlerai que s'il m'y force.

— En tout cas, crois-moi, dit Zaccheo, pré-
viens-le.

— J'y vais.

Et Francesco sortit en effet. Il descendit la côte,
sauta dans la barque et nagea vigoureusement dans
la direction du feu des Croates. Le souvenir lui revint alors de ce que venait de lui conter Zaccheo,
et quoiqu'une pareille brutalité l'étonnât de la part
de son père, il n'y vit que ce qu'il y avait vu d'a-
bord : une vieille querelle de jeunesse, une haine
tout à coup réveillée, mais une haine personnelle
qui n'engageait ni les Italiens ni l'Italie ; la vérité,
enfin. Mais ce qu'il ne savait pas, ne pouvait savoir,

c'était l'intensité de cette haine, qui devait, à un moment donné, faire de Giacomo Zappa, le bon et brave homme que tout le monde aimait et estimait, un être farouche, implacable, aveugle. Il pensait bien que son père, en allant si vite au ponton, n'avait eu pour but que de voir partir pour le Spielberg l'homme qu'il avait frappé à Santa Croce. Eh bien, cet homme était parti, sans doute ; il était en route pour le Spielberg ; il ne devait plus être question de lui ; et tout cela ne pouvait empêcher son père de prêter les mains à une évasion. Quant à dire le nom de celui qu'on voulait faire évader, plus il y songeait, plus cela lui paraissait inutile, cruel et dangereux. Affolé par la douleur et par la crainte, le père pouvait tout compromettre. Il pouvait crier, appeler l'attention des Croates du poste, qui avaient toujours une barque à leur disposition ; et puis encore, et surtout, Francesco craignait qu'il ne refusât d'exposer son fils bien-aimé aux chances d'une si aventureuse expédition.

Il accosta donc le phare, bien résolu à n'en rien dire, gravit l'escalier et entra dans la cabine du veilleur.

Son père était debout, les coudes appuyés sur le rebord de la lucarne qui dominait la rade, du côté de Trieste. Il regardait l'horizon avec une si profonde attention, qu'il n'entendit pas marcher derrière lui, et ne se retourna qu'au moment où Francesco lui toucha l'épaule en disant :

— C'est moi, père.

— Toi ! s'écria Giacomo stupéfait, et qu'as-tu à me conter de si pressé, que tu viens à pareille heure ?

Il était neuf heures du soir. Le phare, allumé, projetait au loin sur la mer sa longue gerbe de feu, au milieu de laquelle, comme un insecte dans un rayon de soleil, on voyait le ponton danser sur les vagues.

— J'ai un grand service à vous demander, père, dit Francesco.

— Eh, pardieu, garçon, un service de moi à toi... C'est chose faite... tu le sais bien ; de quoi s'agit-il?

— Vous connaissez Zaccheo ?

— Un brave garçon que j'estime et que j'aime.

— Vous vous souvenez qu'il m'a sauvé la vie à Novare ?

— Je m'en souviens. C'est une dette d'honneur que nous avons contractée envers lui.

— Et que nous pouvons lui payer maintenant.

— Comment cela ?

— Un de ses amis... presque son frère... est prisonnier là !

Francesco, de la main, montrait le ponton.

— L'un des cinq ? demanda Giacomo.

— Oui... et Zaccheo a résolu de le faire évader.

— Oh ! garçon, oh !... faire évader un prisonnier gardé comme le sont les nôtres...

— Tout est prêt... et j'ai promis à Zaccheo que nous l'aiderions.

— Nous ?

— Père, la nuit prochaine, avant que la lune se lève, une barque, la mienne, attendra le prisonnier qui doit sortir du ponton par une écoutille et nager jusqu'à moi.

— S'il est aperçu ?

— Il ne faut pas qu'on puisse le poursuivre ; et, pour cela, il faut que le feu des Croates soit éteint.

— Tu n'y songes pas, garçon !... C'est notre pain de tous les jours que tu demandes là ! plus encore, c'est notre liberté... car après un pareil coup...

— Nous quitterons le pays.

— Diable... c'est grave ; et pour prendre une pareille résolution... Nous ne le connaissons pas, après tout, ce prisonnier... Son nom ?

— Zaccheo ne me l'a pas dit.

— Et tu ne le lui as pas demandé ?

— Je sais que Zaccheo l'aime et risquera sa vie pour lui comme il l'a risquée pour moi. Je ne lui ai rien demandé de plus.

— C'est un jeune homme ?

— Oui.

— Vrai ?... bien vrai ?

Giacomo insistait sur toutes ces questions. Il voulait être bien sûr que ce n'était pas de Pietro Parelli qu'il s'agissait. Mais Pietro Parelli avait soixante ans ; le doute n'était pas possible. Et cependant il hésitait.

— Voyons, voyons, reprit-il, Zaccheo t'a sauvé la vie, c'est vrai ; mais ce n'est pas lui qui est en cause, ce n'est pas lui qui est sur le ponton.

— Sauver ce prisonnier, père, c'est le sauver lui-même !...

— Et que deviendrons-nous ?

— Père, il y a partout du pain et un rayon de soleil pour celui qui travaille.

— Qu'en pense Tonia ?

— C'est elle qui m'envoie.

— Vrai ?... Tonia t'envoie ?... c'est singulier ! car enfin...

Au fond, ce n'était pas devant le sacrifice de ses gages, devant les dangers d'une fuite précipitée, devant les hasards d'une existence nouvelle qu'il reculait. Il avait vu tant de pays, changé si souvent de métier, passé par de si rudes épreuves, que cela n'était pas pour l'effrayer. Non. Ce qui l'arrêtait, c'est que quitter ce poste, c'était s'éloigner de Pie-

tro Parelli ; c'était partir sans l'avoir vu en route
pour Laybach ou le Spielberg, sans lui avoir jeté un
dernier regard de haine, sans avoir, jusqu'au bout,
savouré cette vengeance tardive que lui avaient
apportée les Autrichiens.

— Eteindrez-vous le feu à l'heure dite ? demanda
brusquement et avec une impatience visible Francesco.

— Mais...

— Songez-y, père ; qu'il soit allumé ou éteint,
je n'en ferai pas moins ce que j'ai promis de faire,
Si l'on me poursuit, si l'on me prend, c'est vous qui
m'aurez laissé poursuivre et laissé prendre...

— Tais-toi ! tais-toi ! s'écria Giacomo. J'éteindrai tout.

— A l'heure dite ?

— Accoste ici demain soir ; monte m'embrasser
avant de partir ; dès que je verrai ta barque dans
les eaux du ponton, j'éteindrai.

— Votre parole devant Dieu, père ?

— Devant Dieu !

— Merci !

Francesco embrassa son père, sauta dans sa
barque et regagna la côte.

Une heure après il était chez lui. Zaccheo l'y
avait attendu.

— Convenu, lui dit-il. Demain soir à neuf heures,

le feu des Croates sera éteint. A dix heures, Marcello sera libre.

— Je le préviendrai demain matin.

— Je ne partirai d'ici qu'à huit heures, dit Francesco. Sois ici pour cette heure-là, que je sache s'il n'est rien survenu.

— A demain.

Zaccheo serra les mains de Francesco et de Tonia et reprit à grands pas le chemin de Trieste.

Dans le train ordinaire de la vie, lorsqu'on est absorbé par la fatigue et le travail de tous les jours, on ne pense guère aux absents, même les plus aimés ; sans inquiétude sur eux, il semble qu'on les oublie ; c'est à peine si parfois leur nom vous monte aux lèvres, et l'on en vient à s'accuser soi-même d'indifférence et d'ingratitude. Mais, dans les moments de crise, quand le danger menace, les souvenirs assoupis se réveillent ; tout le passé se dresse et revit, et les minutes qui le séparent de l'avenir que l'on redoute durent des heures, les heures des siècles. Aussi, comme elle leur parut longue, à Francesco et à Tonia, cette nuit sans sommeil, tout entière passée à la lucarne par laquelle leur regard plongeait sur l'immensité noire de l'horizon, où leurs cœurs cherchaient le prisonnier !... Ah ! c'est qu'ils l'avaient bien aimé, c'est qu'ils l'aimaient bien, le petit Marcello !... Le sergent

n'avait pas grandi pour eux ; le soldat était resté
un enfant, et, habitués à le gâter à cause de sa faiblesse maladive, ils avaient continué à l'homme
la protection tendre qu'ils croyaient devoir au gamin. Comme celle du vieux Zappa, leur âme était
pleine de Marcello. Ils avaient rassemblé sur sa
tête tout ce qu'ils avaient d'affection et de tendresse ; comme le père lui-même, ils seraient peut-
être morts de sa mort... Et le danger était grand ;
le danger était partout : au Spielberg, si on l'y
emmenait ; à Trieste, si, n'ayant pas réussi à s'é-
chapper, il retombait entre les mains des Autrichiens ; en mer, si pendant l'évasion il n'avait pas
la force d'atteindre la barque ou de gagner la côte...
Quelles angoisses ! Et quelle journée après cette
nuit-là ! douze heures à regarder tristement le ciel,
qui, si pur et si bleu d'habitude, était gris et sombre. Les nuages rasaient la mer, qui moutonnait
sous le vent et frangeait d'une écume blanche toute
la côte, qu'elle battait à coups précipités. De cela,
du moins, ils ne se plaignaient pas ; la nuit, plus
noire que de coutume, devait les servir. Toutes les
chances étaient pour eux, si rien ne survenait avant
l'heure fixée.

Mais quelque chose survint. A la brune, Zaccheo
accourut chez Zappa. Marcello ne voulait pas et ne
pouvait pas fuir seul. Les quatre prisonniers, ses

compagnons de chaîne, avaient vu entre ses mains
la corde à lui donnée par Zaccheo; ils l'avaient vu
limer une des barres de l'écoutille et avaient ré-
clamé leur part de liberté. La captivité rend féroce.
Plutôt que de laisser fuir Marcello sans eux, ils le
retiendraient et le livreraient. Les cinq prisonniers ou personne; c'était à prendre ou à laisser.
Sans doute, le danger s'aggravait encore. Attendre
en mer à portée des canons cinq prisonniers au
lieu d'un, c'était prendre cinq fois plus de temps,
donner aux geôliers cinq chances contre une et risquer la vie de tous.

Mais il n'y avait pas à reculer, pas à hésiter. Francesco répondit seulement :

— Soit; les cinq, puisqu'il le faut.

Zaccheo devait, pendant que s'accomplirait le
coup de main, aider Tonia à charger sur une mule
le plus gros du bagage de la maison — ce que l'on
pouvait emporter sans compromettre la fuite — et
gagner avec elle un point de la côte où les rejoin-
draient Francesco, son père et Marcello, s'il était
sauvé.

A huit heures, Francesco sortit de chez lui. La
nuit était venue. Il descendit la côte en courant, et,
devant le poste des Croates, s'arrêta pour ne pas
donner l'éveil. Il échangea quelques mots avec le
sous-officier de garde et lui conta que, très inquiet

de la santé de son père, qu'il avait laissé malade la veille, il allait prendre de ses nouvelles. Il demanda en outre, ayant cassé un de ses avirons, la permission de prendre, au lieu de sa barque, le canot des Croates. Ce canot, plus grand, devait lui permettre d'embarquer sans danger les cinq prisonniers; il était d'ailleurs plus élancé et pesait moins. Sécurité et vitesse, double avantage. Le sous-officier, sans défiance, connaissant de longue date Zappa et Francesco, n'objecta rien.

— Fais à ta guise, camarade, répondit-il; et pourvu que demain matin le canot soit amarré à sa place...

— Soyez tranquille.

Francesco était déjà loin et le sergent dut à peine entendre cette réplique, dont il semblait d'ailleurs ne pas se soucier beaucoup.

De la côte au feu des Croates, la distance, nous l'avons dit, était d'une lieue environ. Francesco, guidé par la lueur du phare, qui traçait sur la mer écumeuse et noire un large cercle lumineux, n'avait point à hésiter sur la route à suivre. En une demi-heure, il arriva. Giacomo l'attendait, debout sur la plate-forme, que les vagues balayaient de minute en minute. Il l'aida à accoster, lia solidement la barque à un des pieux et se releva pour le suivre. Mais, au moment de monter :

— Pourquoi donc, lui demanda-t-il, as-tu pris le canot du poste?

Francesco, tout plein de son frère et du danger qu'il allait courir, avait oublié, comme s'il ne l'avait jamais sue, l'histoire que lui avait contée Zaccheo, et le prisonnier de Santa Croce. Le doute un instant soulevé là-dessus dans son esprit s'était évanoui; et sans hésitation, sans crainte, il répondit :

— Parce que l'autre aurait été trop petit pour les cinq.

— Les cinq prisonniers s'évaderont cette nuit? demanda vivement Giacomo d'une voix tremblante et dont il avait eu peine à contenir l'accent de colère et de surprise.

— Oui, répondit Francesco tout en gravissant les marches de l'escalier.

Ce seul mot fut comme un coup de foudre pour le vieux Zappa. Les cinq prisonniers allaient s'évader! c'est-à-dire que Pietro Parelli serait libre au soleil levant; et que c'était lui, Giacomo Zappa, qui allait prêter les mains à son évasion! lui!... Allons donc! c'était impossible!... Et que lui importait, après tout, l'ami de Zaccheo? est-ce qu'il le connaissait? Que lui importaient les autres malheureux emprisonnés comme lui? est-ce qu'ils lui étaient quelque chose?... Toutes ces pensées lui venaient à la fois, rapides comme dans un éclair; et, en même temps, plus ardente que jamais, la soif de se venger à tout prix. Sa haine l'aveuglait.

— Si les prisonniers, se dit-il, une fois à la mer, ne trouvent pas de barque où se réfugier, par le vent qui souffle, ils ne peuvent pas regagner la côte... C'est une mort certaine... affreuse... au lieu de la liberté qu'ils espèrent !

Et, sans songer que pour un coupable il ferait périr quatre innocents, il tira son couteau de sa poche et, d'un coup sec, trancha la corde qui tenait le canot amarré à la plate-forme. Une vague l'emporta. C'était fini.

— Père ! père ! criait d'en haut Francesco.

Giacomo se hâta de remonter. Il était d'une pâleur livide et tremblait convulsivement.

Pour Francesco, qui tremblait comme lui, c'était tout simple ; il ne s'en étonna point. On ne joue pas sans émotion une partie dont la vie de plusieurs hommes et la sienne même sont l'enjeu.

— Père, dit Francesco, voici l'heure ; embrassez-moi... et éteignons tout.

Giacomo n'ouvrit pas les bras et, au lieu d'embrasser son fils, se laissa embrasser par lui. Cette fois encore, Francesco ne s'étonna pas. Son père tremblait pour lui et, paralysé par cette angoisse, ne trouvait plus ni gestes ni paroles.

— Éteignons, répéta-t-il.

— Oui, oui, murmura sourdement le vieux gardien... éteignons.

En même temps, il avait, avec une rapidité fébrile, franchi les quelques marches qui le séparaient de la chambre du phare et rapidement baissé la mèche de la lampe.

Francesco avait éteint celle de la chambre de son père.

Le phare, et avec lui toute la mer environnante, étaient perdus dans l'obscurité. Tout au plus, à l'horizon, pouvait-on distinguer comme une masse noire sur le gris sinistre du ciel le point de la côte où devait se trouver Trieste, et devant elle le ponton. C'était assez pour guider Francesco.

— Adieu, père, dit-il, et bon courage !... Dans une heure, les prisonniers seront à mon bord ; j'avancerai par ici à tout hasard... Sifflez-moi de minute en minute... j'entendrai... cela me guidera... Mais ne rallumez pas !

— Ne crains rien, garçon, riposta Giacomo d'une voix sourde... personne ne rallumera.

— Personne?

— S'il prenait fantaisie aux hommes du port d'accoster pour savoir ce que signifie cette obscurité...

— Vous avez raison.

— J'ai tout jeté à la mer : amadou, briquet,

10

allumettes,... Le feu des croates est bien éteint.

— A la grâce de Dieu, alors... Adieu, père!

Il l'embrassa une dernière fois, redescendit en courant l'escalier, et tout à coup, pâle, effaré, tremblant, hors de lui, remonta en criant :

— Le canot n'est plus là!

Et, comme s'il ne pouvait croire lui-même à cette épouvantable réalité, il redescendit, saisit le bout de corde qui pendait au pieu et s'écria :

— Cassée!

Puis, y passant la main :

— Non, reprit-il, non, coupée!... Cette corde a été coupée!...

En même temps, une idée effrayante, horrible, lui était venue :

— Par qui?... Nous ne sommes que deux ici, mon père et moi.

Il rentra dans la chambre où, dans le fond de la pénombre, il crut voir fixés sur lui, brillants comme ceux d'une bête fauve, les yeux de son père démesurément ouverts.

— On a coupé la corde, lui dit-il... Coupée, entendez-vous?

— J'entends.

— Et c'est vous...

— Eh bien, oui... oui... c'est moi, répondit Giacomo. Après?

— Ah!... malheureux, s'écria Francesco en se tordant les mains.

— Oui, j'ai coupé cette corde, reprit le vieillard en saisissant son fils par le poignet; je l'ai coupée, parce qu'il y avait là, sur ce ponton, un homme que je hais !... Vous vouliez le sauver, je le tue !

— En tuant les autres, répondit à travers ses larmes Francesco, que le désespoir étranglait.

— Et que m'importent les autres, que m'importe l'ami de Zaccheo?

— L'ami de Zaccheo, c'est mon frère, c'est votre fils, s'écria d'une voix stridente Francesco.

Et il répéta :

— Votre fils !...

Giacomo Zappa, frappé de stupeur, s'était reculé d'un pas. Il revint brusquement vers Francesco :

— Que dis-tu là ?

— La vérité.

— Marcello ?

— Marcello, condamné pour avoir refusé de fusiller un Italien, Marcello, prisonnier, était là depuis deux jours.

— Impossible! impossible!

— Nous ne vous l'avions pas dit pour vous épargner les angoisses.

— Et j'ai assassiné mon enfant! s'écria le vieux

gardien en tombant à genoux et en s'arrachant les
cheveux. J'ai assassiné mon enfant !

— Oui, oui, murmura Francesco, grâce à vous,
il est perdu.

— S'il n'avait pas quitté le ponton..., s'écria le
malheureux en se relevant.

Elle était bien vague, cette lueur d'espoir, et cependant elle leur rendit à tous les deux un peu
d'énergie. Ils se précipitèrent à la lucarne, s'efforçant de percer des yeux l'obscurité qui les aveuglait.

— Peut-être, se disaient-ils, ne voyant pas la
barque, effrayés par le temps, auront-ils reculé...
peut-être les aura-t-on surpris.

Ils en étaient à souhaiter que le bâton d'un gardien se fût abattu sur les épaules des prisonniers,
qu'on les eût jetés à fond de cale, un boulet à la
jambe ! Cela ne valait-il pas mieux que la mort ?

Mais tout à coup un trait de feu illumina l'horizon, une détonation sourde gronda au loin et courut comme un débris d'orage sur la mer. C'était le
canon d'un des croiseurs... Les prisonniers s'é-
taient évadés ! Marcello était à la mer !

Giacomo et Francesco poussèrent un cri désespéré, et, fous tous les deux d'angoisse, de terreur,
se précipitèrent en bas, où, debout sur la plate-
forme, sans songer aux Croates de la côte, qui pouvaient à travers la nuit les entendre, ils se mirent

à appeler, à siffler, à hurler. Mais tout, hurlements et sifflements, se perdait dans les bruits de l'orage qui grandissait, dans les mugissements du vent qui poussait au large; et rien ne leur répondait, au loin, que la voix profonde de la mer, près d'eux, que le vacarme de l'eau qui bondissait et rejaillissait sur la plate-forme.

— Rallumons tout, dit Francesco... Qu'il ait cette lueur pour le guider... s'il est assez fort pour arriver en nageant jusqu'à nous...

— Trois quarts de lieue! murmura le vieillard... jamais, jamais!...

— Rallumons, répéta Francesco.

Et Giacomo s'élança derrière lui, en disant machinalement :

— Rallumons.

Puis ils se souvinrent tout à coup que rien ne leur restait pour allumer, ni briquet ni amadou... Rien, rien! Giacomo avait tout jeté à la mer.

— Dieu vous punit, père, s'écria douloureusement Francesco. Vous condamniez quatre innocents pour vous venger... Dieu vous punit.

— Ah! cruellement, Francesco, et injustement. C'est moi seul qu'il devait frapper; ce n'était ni toi, ni Tonia, ni lui.

Et, en prononçant ce mot : *lui*, le malheureux

10.

poussa un sanglot déchirant, fondit en larmes et tomba désespéré contre la muraille.

Francesco, debout près de la lucarne, regardait la mer, dont les vagues blanches dansaient au-dessous de lui comme des fantômes, et prêtait l'oreille.

— Écoutez, père, écoutez! dit-il tout à coup.

Giacomo se dressa et s'approcha... Un cri strident venait de traverser la nuit... En une seconde, ils furent sur la plate-forme et répondirent de toute la force de leurs poumons... Il y avait deux heures que le coup de canon avait retenti; le malheureux qui venait de crier devait être à bout de forces.

Était-ce Marcello ?

De l'espérance qui leur avait soudain empli le cœur ils n'avaient pas eu le temps de passer au doute, du doute au découragement, quand une vague jeta sur la plate-forme un corps qu'elle y aurait broyé s'ils ne l'avaient retenu dans leurs bras. Le prendre, le monter à tâtons dans l'escalier, le coucher sur le sol, tout fut l'affaire d'un instant.

— Marcello, Marcello, criait le vieux gardien, est-ce toi? réponds !

Mais le corps était inerte, sans mouvement et sans voix; et dans l'obscurité profonde où ils se trouvaient, impossible de le reconnaître.

Francesco, d'un côté, Giacomo de l'autre, l'interrogeaient des mains, cherchant au toucher un indice qui les guidât. Rien !... L'eau de mer avait donné à la peau une rugosité uniforme. Les mains étaient osseuses, trop peut-être pour un jeune homme ; mais Marcello, emprisonné, maltraité, pouvait avoir maigri.

Et ils étaient là tous deux, le père et le fils, haletants, secoués par la fièvre, promenant dans l'obscurité les mains sur ce corps qu'ils frictionnaient, pour lui arracher un soupir, une parole ; et rien toujours ! Le temps passait ; l'homme allait mourir peut-être, et c'était peut-être Marcello !

Tout à coup, les nuages qui chargeaient le ciel, violemment déchirés par une bourrasque, s'ouvrirent comme une voile usée, et une sorte de clarté crépusculaire entra dans la chambre par la lucarne.

Giacomo Zappa se releva en poussant un cri terrible :

— Pietro Parelli !

C'était Pietro que la mer lui avait rejeté ! Pietro son ennemi ! et elle avait gardé son fils !

Fou de désespoir et de rage, il se précipita sur le corps toujours inanimé, l'enleva et, s'approchant de la lucarne, l'y glissa pour le précipiter à la mer. Une seconde encore, tout était dit.

Mais, soit que l'étreinte violente de ses mains eût remué jusqu'au fond des entrailles le misé-

rable, soit que le vent âpre de la mer, en le fouet-
tant soudainement au visage, l'eût tiré de sa tor-
peur, un gémissement lui échappa. Ce n'était pas
un râle, il vivait, il allait pouvoir parler. Giacomo
le retira vivement à lui, le recoucha, et, le secouant
de toute sa force :

— Marcello, mon fils ? lui cria-t-il ; où est Marcello ?

Pietro Parelli, l'œil fixe, regarda un moment le
vieillard, le reconnut sans doute, et, comme affolé
par la peur, se redressa.

— Mon fils ! misérable, répétait Giacomo ; mon
fils !... réponds... mais réponds donc !

— Laissez-moi l'interroger, père, dit Francesco ;
la peur l'étrangle.

Et, s'approchant du malheureux qui suffoquait :

— Les cinq prisonniers se sont-ils échappés ? lui
demanda-t-il.

Pietro secoua la tête :

— Non.

— Combien ? reprit Francesco.

Pietro leva deux doigts.

— Deux seulement ! s'écria Francesco presque
avec joie.

— Et l'autre ? demanda-t-il, celui qui est parti
avec toi... était-ce un sergent d'infanterie ?

— Oui, répondit Pietro.

— Marcello Zappa ?

— Oui.

— Mort ! s'écria Giacomo désespéré en joignant les mains.

Et sa haine allait prendre encore une fois le pas sur sa douleur, quand Pietro, rassemblant par un effort suprême toutes ses forces, put enfin parler.

— Vivant peut-être, murmura-t-il... C'est lui qui a crié...

Francesco n'en voulut pas entendre plus ; il ne demanda ni comment ni pourquoi deux seulement des prisonniers s'étaient échappés ; d'un bond, il fut en bas de l'escalier et, sans songer qu'il risquait peut-être sa vie inutilement, se jeta à la mer.

Vivant ou mort, il voulait retrouver Marcello.

Pietro Parelli et Giacomo Zappa étaient restés seuls dans la chambre à demi obscure du phare ; l'un épuisé, sans souffle, suivant d'un regard effaré dans la pénombre l'autre qui, comme un fauve dans sa cage, allait de la porte à la lucarne et de la lucarne à la porte ; il en avait peur. Et Giacomo cependant l'avait oublié. Il était tout à son fils, dont il ignorait le sort et qui râlait peut-être en ce moment, perdu par lui, à quelques pas de cette lueur éteinte qu'il ne pouvait pas ranimer ; qui criait peut-être là, tout près, et dont la mer étouffait la voix. Tant qu'il lui resta, si faible qu'il fût, l'espoir que, malgré la nuit, il apercevrait le

phare, qu'il serait assez fort pour y arriver, il ne
songea pas à Pietro. Mais lorsque, après une heure
d'attente, ne voyant rien, n'entendant rien autour
de lui que le mugissement sourd et monotone des
vagues, il comprit que tout était fini, que Marcello
était mort, que Francesco lui-même, emporté à son
tour, avait disparu pour jamais, un flot de douleur,
de rage et de haine l'affola pour un moment. Il se
précipita sur Pietro Parelli toujours étendu, et le
prenant à la gorge :

— Je te tiens cette fois, lui dit-il, et cette fois tu
ne m'échapperas pas !

Pietro n'eut pas même la force de crier grâce,
et Giacomo, l'étreignant toujours, continua :

— Tu te souviens ?... Nous étions innocents, tu
le savais... et tu nous a dénoncés... et elle en est
morte !... Tu te souviens ?... Ah ! je t'ai bien cherché, va... Mais... il y a une justice là-haut... Je te
tiens !

Et, les dents serrées, visage contre visage,
il lui soufflait sa joie haineuse dans l'oreille,
tout bas, d'une voix sourde, pour que rien n'en
fût perdu.

— Giacomo, murmura le malheureux ; au nom
de ton fils...

— Mon fils...

Giacomo se releva brusquement, courut à la lucarne et, à demi fou, pendant cinq minutes cria :

— Marcello ! Marcello !

Rien ne lui répondit que l'ouragan toujours sinistre. Il regarda, fouilla la mer et l'horizon ; rien en bas que la frange écumeuse des vagues ; rien au loin que la ligne bleuâtre du crépuscule dont la lueur perçait les nuages. Alors, il revint à son ennemi :

— S'ils vivent, lui dit-il, je te pardonne. S'ils meurent... ah ! tu mourras... Et c'est moi qui te tuerai... cruellement... lentement. C'est moi, entends-tu, Pietro ? qui t'arracherai de la poitrine...

Il n'eut pas le temps d'achever. Un craquement épouvantable venait d'ébranler le phare, comme si toutes les poutres de sa base s'étaient brusquement rompues. Giacomo bondit jusque sur la plate-forme. Une barque, soulevée par la mer, venait de s'y briser, et les hommes qui la montaient, étourdis par le choc, sans voix pour crier, se cramponnaient aux chaînes. Un à un, Giacomo les hissa sur le plancher.

Deux étaient des soldats autrichiens ; les deux autres... les deux autres étaient ses fils !

Marcello ! Francesco ! vivants !

Que s'était-il donc passé ? Rien que de bien facile à prévoir.

Avertis de l'évasion des prisonniers, les croiseurs avaient mis leurs embarcations à la mer. L'une d'elles avait ressaisi Marcello, épuisé de fatigue, et Francesco, qui, plus désespéré que las, s'était laissé prendre sans résistance.

Ils vivaient. Pendant un long moment, Giacomo fut tout à sa joie ; ses fils étaient là, près de lui, tous les deux ! Ah ! quelle fête au retour ! Et comme Tonia, la bonne vieille, allait fouiller au fond du bahut pour en retirer les provisions de réserve des grands jours !

Tonia ?... Mais devaient-ils la revoir jamais ? Tout n'était pas fini. La mer lui avait rendu ses fils ; mais les Croates étaient là, plus terribles et plus implacables que la mer. Heureusement, ils n'étaient que deux et désarmés ; deux contre trois ; Pietro Parelli, épuisé, ne comptait plus. Il était bien facile de les laisser là, pieds et poings liés. Mais comment fuir ? Pas de barque. Et les croiseurs allaient venir. La mer allait se couvrir d'embarcations, la côte de soldats ! Que faire ? N'avaient-ils échappé à la mort que pour retomber sous le joug des bourreaux autrichiens ?

— Père ! s'écria tout à coup Francesco, une barque vide. . la mienne... là-bas !...

A deux cents brasses, en effet, chassé par le vent, un canot passait dans les eaux du phare.

Francesco, sans hésiter, se jeta à la nage. Un

quart d'heure après, il ramenait l'embarcation.
Mais le jour paraissait. Si la côte n'était pas gardée,
on risquait d'être pris en mer. Une idée soudaine
vint à Marcello. Il déshabilla les deux soldats, endossa un des uniformes, jeta l'autre à Francesco et
dit à son père :

— En route, maintenant. On nous regardera
passer sans nous rien dire.

— Et moi? murmura Pietro Parelli.

— Sois tranquille, dit en ricanant Giacomo ; avant
une heure les Croates seront ici.

— Les Croates... on me fusillera.

— Père! dit Marcello en joignant les mains.

Giacomo détourna la tête et répondit :

— Eh bien, soit.

Marcello prit dans ses bras Pietro Parelli, le
coucha au fond de la barque et répéta :

— En route.

Giacomo, d'un vigoureux coup d'aviron, poussa
au large.

Les croiseurs étaient en vue; plusieurs embarcations rasaient la côte ; aucune d'elles ne fit mine
de les poursuivre ou de les arrêter.

Une heure après, ils accostaient dans une petite
anse, où les attendaient Zaccheo et Tonia avec les
bagages. Ils passèrent la journée cachés dans les
roches, et, la nuit venue, se mirent en route pour fuir

11

à tout jamais ce pays, qu'ils ne souhaitaient plus de revoir.

Jusqu'à la frontière, ils gardèrent Pietro Parelli, couché en travers sur le mulet. Là, comme il n'y avait plus pour lui danger d'arrestation ou de mort, Giacomo le fit descendre.

— A la grâce de Dieu! maintenant, lui dit-il. Nous à droite et toi à gauche.

Pietro voulut parler; il n'en eut pas le temps. Giacomo et les siens s'étaient éloignés sans tourner la tête.

LETTRE CHARGÉE

— Mauvais temps, mon pauvre Marcaille, dit la buraliste au facteur, qui venait d'entrer.

— Mauvais comme exprès, madame Lefèvre, répondit Marcaille. Il ne fera pas bon tantôt aller à la messe de minuit.

En parlant, il secouait son vieux manteau tout blanc de neige. La buraliste triait et classait les lettres pour le départ.

— Voilà que j'ai fini, reprit-elle; chauffez-vous en attendant.

Marcaille posa sur la tablette du bureau son sac de cuir, noir et luisant par places, et, les jambes écartées, les mains à hauteur du visage, se campa droit contre le tuyau du poêle, qui ronflait.

C'était un petit homme trapu, nerveux, solide. Son visage, hâlé par le soleil, était ridé comme une vieille pomme. Le nez était fort, un peu trop rouge, l'œil vif, la bouche souriante ; — une bonne figure qui appelait les bonnes paroles et les poignées de main. Il portait la moustache en brosse et les favoris taillés court à la hauteur de l'oreille. Sur sa blouse bleue à collet rouge, un vieux morceau de ruban jaune liséré de vert racontait tout son passé : tombé au sort; sept ans de service; rengagé avec prime; sous-officier; blessé à l'Alma, blessé à Solférino; réformé. Comme retraite, Marcaille avait obtenu la place de facteur du bureau de Champagnole ; — quatre cents francs par an. Cent francs de pension ; total : cinq cents.

Et, depuis dix ans, pour cinq cents francs, Marcaille faisait tous les jours, soir et matin, sa tournée : Cize, Pillemoine, le Vaudioux, Châtelneuf, Maisonneuve et Siam; — une petite moyenne de sept lieues, par tous les temps. Avec ces cinq cents francs, il fallait nourrir une femme et quatre enfants; — l'aîné avait six ans.

Mais Marcaille avait pris l'habitude de son petit *train-train*, comme il disait. Dans chaque village il avait de vieilles connaissances, presque des amis.

Dans chaque maison, en échange de la lettre qu'il apportait il trouvait un verre de ce bon petit vin du Jura qui donne des jambes et du cœur, — un peu trop parfois.

Regardez le nez du bon Marcaille ; — il a rougi. — Un jour, même, il lui était arrivé de perdre une lettre, sans grande importance, heureusement. Cela lui avait-il servi de leçon?... Heu, heu... il n'en faudrait pas jurer.

— Voilà, Marcaille, dit Mme Lefèvre. Deux lettres pour Cize, une pour Pillemoine, une pour le Vaudioux — rien pour Châtelneuf.

— Bonne affaire, dit Marcaille.

Ce « rien pour Châtelneuf » lui épargnait une lieue et demie de montagne.

— Pour Siam, reprit Mme Lefèvre, attention!... Une lettre chargée!

— C'est pas la première.

— Oui... mais...

Mme Lefèvre, pour commentaire, élevait à la hauteur de ses yeux une large enveloppe sur laquelle, à côté d'une forêt de timbres, de griffes et de mentions, s'étalaient, comme des taches de sang, cinq énormes cachets rouges.

— Elle en vaut la peine, dit en riant Marcaille. Pour qui ça?

— Pour M. le maire.

— Oh! il lui en passe par les mains, à celui-là.

— Peut-être pas tant qu'à vous.

— Oui ; mais il lui en reste davantage.

Sur cette réflexion philosophico-sociale Marcaille engouffra la lettre dans son sac de cuir, qu'il boucla soigneusement. Il remit son manteau et ouvrit la porte.

— Et surtout, lui cria Mme Lefèvre, ne commencez pas trop tôt le réveillon.

— Soyez tranquille.

Marcaille était déjà loin. Le froid pinçait ; la bise soufflait avec rage dans des tourbillons de neige fine et dure. Il allait bon train, tout en murmurant :

— Joli le réveillon ! Une miche pour six et un verre d'eau claire. Après tout... il y en a qui n'ont rien.

— Hé, Marcaille, cria tout à coup une voix rude.

Marcaille se retourna.

— Un verre de vin ?

— Hum ! grommela Marcaille ; attention... lettre chargée.

Puis à haute voix :

— Je suis en retard ; merci.

La vitre du cabaret de *la Pomme de pin* qui s'était ouverte se referma, et Marcaille, tout fier de la victoire qu'il venait de remporter sur lui-même, sortit de la ville en fredonnant.

Il était quatre heures. Mais la nuit vient vite en

décembre. A mi-côte, des lueurs brillaient déjà aux
fenêtres des maisons éparses ; les demi-teintes
du soir noyaient, à gauche, la forêt de Siam ; et sur
la droite l'épaulement de roches qui ferme l'horizon de ce côté-là, était invisible dans le brouillard.
Seuls, au milieu de toutes ces choses indécises, les
sapins se détachaient comme de grands squelettes
noirs enveloppés de manteaux blancs.

Dans les branches, le vent sifflait, avec des mo-
dulations plaintives ou menaçantes, apportant de
loin son accompagnement au refrain favori de Marcaille :

L'as-tu vue, la casquette, la casquette?...

— Gredin de sac ! Est-il lourd aujourd'hui ! J'aurais peut-être bien fait tout de même de m'arrêter
à *la Pomme de pin*.

Un verre de vin blanc, ça n'est pas la mort d'un
homme. Oui ; mais voilà, quand on en a pris un,
on en prend deux, et va te faire lanlaire.

L'as-tu vue, la casquette, la casquette ?...

Eh ben, vrai, ceux qui l'ont vue avaient plus chaud
que moi, en Afrique. Je ne sens plus mes mains.

Marcaille s'arrêta, posa son gourdin, et à plusieurs reprises se battit les côtes à grands coups,
les bras en croix. Il aspira une longue bouffée de

brouillard, l'exhala d'un souffle qui ressemblait
fort à un soupir et se remit en route. Cinq minutes
après il était à Cize et poussait la grille de la belle
maison du maître de forges.

— C'est le père Marcaille.

— Bonjour, Marcaille.

— Il y a des lettres?

Et les enfants lui sautaient aux jambes.

Il avait gravi les marches du perron. La bande
joyeuse, le tirant, le poussant, l'entraîna jusqu'à la
porte du salon. Là, tout en se laissant faire, Marcaille pensait :

— Attention, mon vieux, lettre chargée!... Ne
commençons pas trop tôt le réveillon.

Autour de lui, ce n'étaient que cris de joie et
éclats de rire. Au milieu du salon, le maître de
forges et sa femme attachaient aux branches d'un
magnifique arbre de Noël les riens mystérieux qui
devaient être distribués à tout ce petit monde impatient. Oh! la jolie besogne, dans une atmosphère
chaude et parfumée, devant le bon feu qui pétille,
tandis qu'au dehors le vent bat les vitres et siffle
dans les cheminées !

— Un verre de vin, Marcaille ?

— Mais, monsieur; dame ! c'est que...

Et, avec un énorme soupir, Marcaille ajouta :

— Pas ce soir.

Vrai, c'était du courage et du beau. Refuser un
verre de vin, par ce temps-là, quand il avait encore .
trois bonnes lieues de montagne pour le moins.
Oui, mais comme il se sentit plus léger ! comme il se
remit fièrement en marche !

L'as-tu vue, la casquette, la casquette?...

Il se sentait plus léger ; mais son sac lui semblait plus lourd. Jamais il ne lui avait pesé comme
ça sur les épaules.

— Gredin de sac ! murmurait-il ; c'est la lettre.
Qu'est-ce qu'il peut donc bien y avoir là dedans?
Si c'est des billets de banque... Rien qu'au poids,
bon Dieu, quelle fortune... Gredin de sac !

Marcaille s'arrêta. Décidément non, ça n'allait
pas. La courroie lui coupait l'épaule. Il ôta son
manteau, fit passer le sac de droite à gauche, donna
un coup de reins, et en route. Mais ça n'allait
encore pas. Le chemin lui semblait moins long
quand il avait vidé un verre de vin, à *la Pomme de
pin* ou ailleurs.

Le froid, qu'il ne sentait pas d'habitude, lui
arrachait des frissons et le gênait. Et puis ce sifflement du vent dans les sapins, au milieu du silence morne de cette nuit d'hiver.

Il y était habitué cependant. Et ça n'allait pas.
C'était comme un malaise qui lui alourdissait les

11.

jambes et noyait sa pensée dans quelque chose de
. vague et de pénible.

Et toujours murmurant : « Gredin de sac » ; toujours fredonnant : « La casquette, la casquette, »
il descendait la côte vers Pillemoine. Au-dessous de
lui s'étendait la vallée, perdue dans l'ombre, mou-
chetée çà et là de quelques points lumineux ; car
la nuit était presque noire. Mais il savait bien où
était chaque village, chaque maison, et dans ce
grand vide obscur il reconnut au loin, toutes fenêtres
éclairées, la demeure du maître de forges. Et la
vision joyeuse repassa devant ses yeux : le bon feu
qui flambe, les gâteaux sur de belles assiettes,
l'arbre de Noël, et tout autour les enfants qui dansent sous le regard ému des parents.

— Oui, oui, murmura Marcaille, il y a des
gens heureux sur la terre. De l'argent, tant qu'ils
en veulent ; et avec de l'argent... Ça leur est venu
comme ça... la chance ! Ça fait la boule de neige,
l'argent. Et alors tout aux uns, rien aux autres.
Pendant qu'ils sont au coin du feu là-bas, moi je
trotte dans la neige... et ce qu'ils dépenseront ce
soir pour s'amuser, je ne l'aurai pas gagné au
bout de mon année. Dieu du bon Dieu ! Est-ce
juste ?

Pourquoi donc ces idées lui venaient-elles ? Il
n'avait jamais envié personne. Pourquoi donc s'é-

tait-il arrêté et fixait-il d'un regard dur ces lumières
qui brillaient là-bas?

— En route, Marcaille, en route.

Mais le vent sifflait dans les sapins — hou,
hou, hou! — comme un enfant qui pleure, et Marcaille, de la maison du maître de forges passant à
la sienne, vit ses quatre marmots groupés à côté
de leur mère, près d'un mauvais feu de brindilles
que l'on ménageait; il les vit cherchant dans la
huche une croûte de pain oubliée; il les vit s'en-
dormant tous les quatre dans le même lit, sur une
paillasse mal couverte. Oh! misère, misère! Et dire
qu'il avait là... dans son sac...

— Lettre chargée! pensait-il. Si c'était des billets
de banque!... Imbécile! c'est pour le maire; ça
vient de la préfecture... du grimoire; on charge ça,
on y met des grands cachets rouges pour faire
de l'effet. Oui; mais si c'était des billets de
banque!

Il s'arrêta court, essoufflé, la sueur au front; et
repartant tout à coup :

— Eh bien après? dit-il à haute voix pour rompre le silence lourd qui l'entourait, quand ça serait des billets de banque, qu'est-ce que ça te
fait?

Et une rougeur lui monta au front de la pensée,
indécise encore, qui lui avait traversé l'esprit.

— Je n'ai cependant pas bu, murmura-t-il avec un frisson.

Il entrait dans Pillemoine. A la porte d'une maison de paysan, il frappa ; un volet s'ouvrit.

— Hé! c'est Marcaille. Entre donc.

Marcaille entra.

— Qu'est-ce que t'as? dit l'homme. T'es pâle. Un verre de vin?

— Non, non; merci, répondit Marcaille d'une voix sourde.

En rebouclant son sac, il avait senti la lettre chargée lui effleurer le bout des doigts.

L'homme avait pris un verre, il tenait la bouteille, tout prêt à verser.

— Non, répéta Marcaille.

Et, sans dire bonsoir, il se sauva.

Au bout de ses doigts, il sentait comme une trace brûlante qu'y avaient laissée les cachets rouges de la lettre.

Des billets de banque, avec ce qu'il y en avait là, que de choses on pourrait acheter! Une belle maison, comme les bourgeois; des habits, du linge. Et quels repas! Riche! avec ce qu'il y avait dans la lettre, on serait riche!

L'as-tu vue, la casquette, la casquette?...

Mais il sentit sa voix lui manquer, et ses jambes

plier sous lui. Sans s'en apercevoir, sans le vouloir,
il avait débouclé son sac, il y avait pris la lettre, et,
dans la demi-lueur que reflétait la neige autour de
lui, il voyait, comme des taches de sang, étinceler
les cinq grands cachets rouges.

— Est-ce que je deviens fou? se dit-il. Je n'ai
pas bu.

Il se redressa de toute sa hauteur, en fixant la
lettre.

— Je suis un honnête homme, entends-tu?

Puis il remit l'enveloppe dans son sac avec un
geste de colère et reprit sa course, cadençant le
pas, frappant du talon et comptant, comme autrefois au régiment, quand l'étape était trop longue :

— Une, deux; une, deux.

Le régiment... Ah! comme c'était loin, ce
temps-là! Comme elles lui paraissaient maigres
alors, ces joies saines et fortifiantes du soldat qui
lui avaient fait battre le cœur pendant quatorze ans!
La belle idée qu'il avait eue de s'engager. Trimer à la caserne; trimer au camp; souffrir à
l'ambulance. La médaille militaire? Grand'chose!
un bout de chiffon sur sa blouse. Est-ce qu'il
n'aurait pas mieux valu, — comme son frère qui
était parti dans ce temps-là, — s'en aller chercher
fortune?

— C'est par là qu'il s'en est allé, jadis, pensa

Marcaille en mettant le pied sur la grande route de
Genève, dont la ligne blanche, à sa droite, longeait
la forêt de Siam. Par là.

Cette route, il n'avait qu'à la traverser, et il s'arrêta cependant.

— La frontière, c'est tout près. Dix lieues,
qu'est-ce que c'est que ça? Le temps d'aller chercher la femme et les mioches, on y serait demain
matin. Et une fois là... cours après! Le maire
n'est pas prévenu, il ne l'attend pas, cette lettre.
Si on ne nous voyait pas demain, on croirait qu'il
m'est arrivé quelque chose cette nuit, que je suis
tombé dans un trou, et que ma femme est à ma
recherche; ça irait tout seul. Me soupçonner...
allons donc! Marcaille est un honnête homme, un
honnête homme.

La sueur au front, haletant, les yeux fixés sur
cette ligne blanche qui s'amincissait dans la nuit,
il répétait d'une voix sourde :

— Un honnête homme.

Et sa main, glissée sous son manteau, débou-
clait le sac de cuir et frémissait au toucher des cinq
cachets rouges.

— Oui; mais si je me trompais, murmura-t-il;
s'il n'y avait que des paperasses là dedans...

Brusquement, il prit la lettre et se mit à la palper
dans tous les sens pour lui arracher son secret.

Mais l'enveloppe était épaisse, un peu dure ; le papier craquait sous ses doigts, avec un petit bruit sec qui lui retentissait formidablement dans tout le corps, tandis que le vent de la nuit — hou, hou, hou ! — lui sifflait dans l'oreille :

— Voleur, voleur, voleur !

— Qui est-ce qui a dit ça, que Marcaille était un voleur ? s'écria-t-il avec un geste farouche.

Puis, se voyant seul, il revint à lui et tomba sur le bord de la route, assis, la tête dans les mains et murmurant :

— C'est épouvantable ! Je n'ai pas bu.

Lentement, il rouvrit le sac de cuir et y glissa la lettre ; lentement, il se releva ; lentement encore, il traversa la route. Il semblait qu'une implacable main, — invisible, — l'eût cloué à cette place qu'il aurait voulu quitter à grands pas.

Le chemin de Siam était là pourtant qui s'engageait sous les sapins, longeant le torrent de la Billaude. Une demi-heure encore, et sa tournée était finie, la lettre était donnée au maire il était sauvé.

Allons, Marcaille, « la casquette, la casquette ! »

Mais, non, il restait là, immobile, sur cette route maudite qui menait à la frontière. Et, pour la troisième fois, emporté par l'irrésistible tentation qui l'étreignait, il tira du sac la lettre chargée en se disant :

— Il faut que je sache, avant tout, ce qu'il y a là dedans.

Tout doucement alors, avec la pointe de son couteau, il souleva un des coins de l'enveloppe, assez pour y glisser le doigt et tirer à lui un des papiers qu'elle renfermait. La besogne était délicate ; il fallait aller doucement, bien doucement, ne rien déchirer... Si ce n'était que du grimoire...

Le vent de la nuit — hou, hou, hou ! — lui sifflait dans l'oreille :

— Voleur, voleur, voleur !

Mais il ne l'entendait pas. Il ne songeait qu'à une chose : savoir ce qu'il y avait là dedans. Il n'avait qu'une crainte : n'y pas réussir ou se tromper.

Un coin du papier passait enfin ! Il prit une allumette, l'enflamma sur son ongle, et à sa lueur...

— Des billets de banque !

C'étaient des billets de banque. Il eut comme le vertige. L'enveloppe était lourde, la somme devait être énorme. Il allait déchirer tout pour la compter ; mais il s'arrêta encore :

— Voyons, voyons, pensait-il, il ne faut pas se presser, il faut combiner bien son affaire. Un rien vous perd quelquefois... Je vais rentrer, prévenir Geneviève que nous partons. Elle va m'in-

terroger, elle voudra savoir. Bast! je lui ferai un
conte, je lui dirai... Elle ne me croira pas. Vou-
dra-t-elle? Oui, oui, pardieu! Riches, être riches!
Est-ce que cela ne passe pas avant tout? est-ce
qu'il n'y en a pas des mille et des cent qu'on salue
bien bas et qui ont commencé comme ça? Ne
pas être pris, voilà tout. Nous mettrons les mioches dans la petite charrette à bras; au point du
jour nous serons à Saint-Cergues. Les gendarmes? Eh bien, est-ce qu'ils ne me connaissent
pas, les gendarmes? est-ce qu'ils ne savent pas que
Marcaille est un honnête homme?

Il riait convulsivement en disant cela et narguait
le vent de la nuit qui sifflait dans les sapins et qui
lui criait :

— Voleur, voleur, voleur!

Il plia la lettre chargée et, au lieu de la remettre
dans le sac de cuir, la glissa dans sa poche. Elle
était à lui.

Puis d'une voix stridente il entonna sa marche
militaire.

— En route, en route, Marcaille. Te voilà riche.

Mais il avait à peine mis le pied dans le chemin
de la Billaude, que sa voix s'éteignit dans sa gorge.

Derrière lui, sur la route qu'il venait de quitter,
des voix claires et perçantes s'élevaient. C'était
comme la rumeur indistincte d'une foule.

Marcaille en frissonna. Ce crime, l'avait-on soupçonné? son trouble l'avait-il trahi? le poursuivait-
on? Il prêta l'oreille. Les voix se rapprochaient; et
distinctement, alors, il entendit :

— Noël! Noël! criaient les voix des femmes.

— Noël! répondaient les voix des enfants.

Et la cloche de l'église du Vaudioux se mit à
sonner, lentement d'abord, puis à toute volée, ap-
pelant à la messe de minuit les braves gens de
Châtelneuf, de Maisonneuve et de Pillemoine.

Marcaille, agité de frissons convulsifs, répéta
machinalement :

— Noël! Noël!

Chaque coup de cloche lui résonnait à la fois dans
l'oreille et dans le cœur, et lui bourdonnait dans la
tête avec de longs retentissements.

— Noël! Noël! murmurait-il.

Puis il fondit en larmes tout à coup, et se
prenant la tête à deux mains :

— Oh! malheureux, s'écria-t-il; malheureux! Je
n'avais pas bu.

La raison lui revenait, et avec la raison le sentiment de son crime inachevé. Et ce n'était plus seulement le vent de la nuit, c'étaient ces voix de
femmes et d'enfants, c'étaient les tintements de
cette cloche qui l'accusaient.

— Noël! criaient les voix.

— Voleur! répondaient les profondeurs sombres de la forêt.

L'immense et formidable clameur de sa conscience l'enveloppait.

Terrifié, il prit sa course pour les fuir, ces voix... Plus vite! encore plus vite! Et le vertige le prit bientôt. Il ne savait plus pourquoi il courait. On le poursuivait, voilà tout. Mais qui? Sa conscience ou les gendarmes; il ne le savait plus. Où était le danger? Partout.

Dans l'ombre, à sa droite, à sa gauche, de tous les côtés, il entrevoyait des formes vagues qui ressemblaient à des chapeaux galonnés. Les branches d'arbre s'abaissaient sur son chemin, comme des bras, pour l'arrêter. La peur, avec toutes ses étranges visions, l'étreignait.

Effaré, l'angoisse au cœur, étourdi par le sang qui lui battait les tempes, il courut quelque temps ainsi; puis, tout d'un coup, tomba lourdement, évanoui.

. . . .

Quand il revint à lui, il était couché devant le feu, dans sa chambre. Geneviève et les enfants pleuraient agenouillés. Il ne les vit pas. Les gens de Siam qui, en allant à la messe de minuit, l'avaient retrouvé sur la route, étaient là aussi. Il ne les vit pas.

— La lettre ? la lettre ? s'écria-t-il.

D'un bond, il sauta sur le sac de cuir que l'on avait jeté par terre dans un coin et l'ouvrit... Rien.

— La lettre ? la lettre ?

Puis il se souvint ; et, tirant de sa poche la grande enveloppe aux cinq cachets rouges — encore intacts, il sortit comme un fou et d'une traite courut chez le maire.

— Lettre chargée ! cria-t-il.

— Hé, bon Dieu, dit le maire en souriant, dans quel état vous voilà ! On dirait que vous venez demander la grâce d'un condamné à mort.

— Peut-être bien, murmura Marcaille. Mais prenez la lettre d'abord. Elle est froissée... parce que je suis tombé... Je...

Son mensonge l'étranglait.

— Un petit coup de trop, dit le maire.

— Non, je n'avais pas bu, répondit Marcaille d'une voix sourde. Et c'est justement pour ça que je vous apporte ma démission.

Le maire avait brisé les cachets, regardé les billets de banque et parcourait une lettre qui s'y trouvait jointe.

— Votre démission, dit-il ; hé, parbleu oui... je comprends ça.

— Ah ! vous... ?

— Puisque vous voilà riche, mon brave.

Etait-ce une ironie ? Le maire avait-il donc lu dans sa conscience et tout compris en effet ? Marcaille en devint pâle tout d'un coup.

— Riche ? murmura-t-il.

— Hé, oui, sans doute. Cette lettre m'annonce la mort de votre frère Jean Marcaille, décédé à Toulouse, où il résidait, le 8 du courant. Conformément à ses dernières volontés, ce qu'il possédait a été réalisé par les soins de M⁰ Dulac, notaire en cette ville, qui m'en expédie le montant, ci : vingt-quatre mille francs, que je suis chargé de vous remettre.

— Ah ! fit Marcaille abasourdi, en reprenant machinalement la grande enveloppe que le maire lui mettait dans la main, Jean est mort et je suis riche ?

Après un moment de silence :

— Ça ne fait rien, murmura-t-il, — si bas que le maire ne l'entendit point, — j'aurais été un voleur tout de même.

Puis, se redressant, il ajouta, tout haut, cette fois :

— Mais je suis encore un honnête homme, Dieu merci !

— On n'en a jamais douté, Marcaille. Mais, croyez-moi, méfiez-vous du vin blanc. Les nuits se suivent et ne se ressemblent pas.

— Heureusement, répondit Marcaille.

Et il s'éloigna en chantant à pleine voix :

L'as-tu vue, la casquette, la casquette?...

Marcaille était-il un honnête homme? — Oui.

L'INGRATE

CAMILLE DE PRADES A SUZANNE BERTIER.

Sens, juin 1876.

Tu me demandes, ma chère Suzanne, comment
et pourquoi je suis ici, ce que j'y fais et ce que j'y
compte devenir. A ces dernières questions, je ne
saurais, en vérité, que répondre ; à la première,
ma réponse, si longue qu'elle fût, t'en dirait moins
que la lettre que je transcris plus loin, la dernière
que j'aie reçue de ma pauvre vieille grand'mère.

Oui, elle est morte ! dans mes bras ! morte en me
souriant, comme toujours. Et elle n'a rien emporté

là-haut, j'en suis sûre, que mon image et mon souvenir, qui, pour elle, résumaient tout ici-bas. Les affections que je trouverai peut-être un jour sur ma route me sembleront bien ternes, bien faibles à côté de la sienne ; et je puis dire, sans exagérer, que, en la perdant, j'ai tout perdu. Lis d'ailleurs :

« Mes forces diminuent tous les jours, ma chère enfant ; je me sens glisser doucement sur la pente fatale ; et je m'accroche de toute la force de mes vieilles mains pour aller moins vite. C'est peine perdue, hélas ! et, j'ai beau vouloir, je crains bien de fermer les yeux pour toujours sans avoir achevé ma tâche. Je te laisserai donc seule, à dix-huit ans, sans avenir certain. Je partirai donc sous le coup de ce doute qui m'épouvante.

« Ah ! c'est que tu as été toute ma vie, vois-tu. C'est que, depuis dix-huit ans, je ne vivais que pour toi et par toi ; et l'écroulement d'une ville, l'écroulement d'un monde auraient fait moins de bruit à mes oreilles que n'en faisaient, la nuit, les battements de ton cœur, les mots inarticulés de tes rêves. Je t'aurais voulue riche, puisque, malheureusement aujourd'hui, on ne vaut guère que ce que l'on a ; et je te laisserai pauvre ; car, il ne faut pas te le dissimuler, ta dot est peu de chose. Elle suffira, cependant, si Maurice en sait faire un bon usage. C'est sur lui que je compte. C'est un brave garçon qui t'aimera bien ;... mais je n'assisterai pas à vos noces. Je suis trop vieille et vous êtes trop jeunes tous les deux. Dans quatre ans — car il ne faut pas compter moins — j'aurai depuis longtemps rendu compte à Dieu de mes fautes, dont la plus grave, peut-être, sera d'avoir, par amour pour toi, tremblé devant la mort qu'il m'envoyait. Oui, je tremble, et je l'avoue ; je tremble à la pensée de te quitter. Elles étaient si douces pour moi, les heures pendant lesquelles je te regardais vivre, grandir, ouvrir au soleil tes jolies ailes de papillon, et t'envoler, chère égoïste, au milieu de tes fleurs. Mais c'est moi qui suis égoïste ; c'est moi que je plains ! Je suis folle, tu vois, puisque je ne devrais songer qu'à ton avenir.

« Si je meurs trop tôt, comme je le crains ; si la situation de Maurice ne lui permet pas encore de t'épouser, je ne vois, de toute la famille, qu'une personne, une seule, qui se puisse charger de veiller sur toi. C'est Mlle de Villehervieux.

« Tu fais la moue ? Oui, oui, je sais ; tu ne l'as vue qu'une fois, et tu n'en as pas gardé bon souvenir. Il ne faut pas se fier aux apparences, mon enfant. Ta cousine a souffert beaucoup. Les désillusions d'une vie, calme à la surface, violemment agitée au fond, l'ont aigrie un peu. Trompée souvent, elle est devenue méfiante et ne se livre pas ;

12

mais c'est une excellente femme ; et ce qu'elle a
fait jadis pour nous m'est un sûr garant de ce
qu'elle fera pour toi, si le malheur veut que tu ne
doives plus compter que sur elle.

« Ce qu'elle a fait pour nous, ne l'oublie jamais,
mon enfant. Le peu que nous possédons encore,
nous le lui devons. Ton pauvre père, mon fils, nous
a laissé peu de chose ; sans elle, nous étions dans
la misère. Elle a généreusement sacrifié une part
de sa fortune pour nous aider à réparer un désastre
qui pouvait être irréparable. Nous lui avons rem-
boursé les sommes prêtées, mais nous ne sommes
pas quittes avec elle. Il y a des choses que l'on ne
rembourse pas. L'argent, qui pèse si lourd dans le
monde aujourd'hui, a toujours pesé bien peu pour
moi ; et ce n'est pas tant pour les quelques mille
francs qu'elle a risqués que je me crois son obligée,
que pour l'appui moral qu'elle nous a donné, pour
les larmes qu'elle a pleurées avec nous. Voilà ce
qu'on n'a pas le droit d'oublier. De tous les devoirs
humains, celui dont on s'affranchit le plus souvent
est celui dont on ne devrait jamais s'affranchir : la
reconnaissance.

« Je n'ai pas eu l'occasion de prouver à Mlle de
Villehervieux que je n'avais rien oublié. Moi morte,
ce sera à toi de faire nos preuves, ma chère enfant.
J'espère que cela ne te coûtera pas trop cher — tu

me comprends? Il n'est pas question d'argent;
— mais, si cher que cela te coûte, ton devoir est de
payer sans hésitation, sans faiblesse.

« Le devoir avant tout. C'est encore, vois-tu, le
meilleur moyen d'être heureux. Voilà pourquoi je
ne crains pas de te parler ainsi à toi, pour qui
je rêve toutes les joies et tous les bonheurs ; à toi,
dont je voudrais que les minutes ne fussent comp-
tées que par des sourires.

« Mais c'est un rêve ! Tu te heurteras à bien
des pierres sur la route ; tes chers grands yeux
pleureront peut-être un jour. Appelle-moi ce jour-
là, n'est-ce pas? Si loin que je sois, je t'entendrai ;
si loin qu'elle soit, invisible, atome imperceptible
dans l'infini, mon âme trouvera le chemin de la
tienne ; quelque chose de moi, un murmure, un
souffle, que sais-je? t'apportera la force pour lutter,
la résignation pour souffrir. Je t'aime trop pour te
quitter ; et, morte comme vivante, Dieu permettra
que je veille sur toi. Camille, mon enfant, ma
fille, un dernier baiser! »

Tu as lu; que te dirais-je de plus?

Je suis depuis quinze jours chez Mlle de Villehervieux, dans une grande maison adossée aux bâti-
ments de l'archevêché. Le jardin, triste et sombre
avec ses grands arbres, est morne comme un cloître
abandonné. La rue, presque toujours déserte, n'est

guère plus gaie, et je... Mlle de Villehervieux m'appelle. Voilà ma lettre finie. Je profiterai de mes premières minutes de liberté pour te dire comment je vis et ce que je fais.

Ce que je deviendrai, Dieu le sait.

GEORGES GRIMONET A ÉDOUARD X***

Sens, juin 1876.

Ouf! je suis arrivé depuis huit jours, mon cher ami. J'ai eu grand'peine à me remettre de cette brusque transplantation; et si je n'étais doué d'une force d'âme exceptionnelle, je crois, en vérité, que j'en serais mort.

Dieu merci, je suis encore vivant, mais je dois avoir quelques cheveux gris; la tristesse des murs qui m'emprisonnent a dû me parcheminer le visage... Et l'on prétend m'établir avoué! ici!... J'ai compté les passants devant ma fenêtre : huit en dix jours. La rue où j'ai le bonheur de vivre ne rappelle que de très loin, tu le vois, le boulevard de la Madeleine.

Et cependant, le croirais-tu? je commence à prendre mon parti de cette monotonie silencieuse. Ce calme profond, dont je m'étais effrayé d'abord, a des vertus que je ne lui soupçonnais pas. Je suis, par moments, presque sérieux; il y a des jours où

je me sens toutes les qualités d'un officier ministériel ; et je n'opposerai peut-être pas grande résistance aux projets que l'on a formés pour moi.

Tu ne saurais imaginer ce que produisent de
ravages, dans une cervelle humaine, huit jours de
silence absolu. On finit par souffrir des plus légers
bruits inattendus qu'éveille par instants le hasard, et
surtout de leur incroyable sonorité. Un grain de plâtre
qui tombe remue de fond en comble la maison que
j'habite, et retentit dans l'escalier comme un coup de
cloche ; le bourdonnement d'une mouche y ronfle
comme le tonnerre. Je n'ose pas tousser, je me fais
peur. Mes nerfs, surexcités, ne peuvent plus sup-
porter le bruit, dont ils ont perdu l'habitude.

Ce préambule était nécessaire pour te faire comprendre ce que j'ai à te dire.

Sache donc que, en dépit de ma résignation et
de ma conversion, en dépit du charme inattendu
que j'ai trouvé dans l'existence nouvelle que je
mène, je suis malheureux ; je souffre, j'ai le cau-
chemar, je ne dors plus, j'enrage, j'écume, je deviens fou ! J'ai un ennemi invisible, acharné, implacable, que je charge d'imprécations toutes les nuits
et que je hais de tout mon cœur. Cet ennemi,
c'est...

La maison que j'occupe est tout près de l'archevêché, et fait face à une vaste propriété dont le

jardin, planté d'arbres séculaires, est aveuglé par un mur de vingt pieds, véritable mur de prison. L'habitation, dont la façade principale donne sur le jardin, n'a, sur la rue, que trois fenêtres toujours fermées. Cette maison est habitée cependant; j'en vois quelquefois sortir une servante, qui rentre chargée de provisions et de paquets.

Les maîtres... y en a-t-il? c'est plus que probable. Quels sont-ils? c'est un problème dont je me soucie peu au fond. Je ne les vois pas, et je ne les entends pas. Rien de chez eux ne trouble, pendant le jour, l'harmonieux silence dont j'ai pris l'habitude; rien, absolument rien; c'est un logis d'ombres. Mais la nuit !

Oh ! ne va pas t'imaginer que la nuit ces ombres, affublées de suaires blancs, parcourent l'antique manoir en frappant sur des instruments diaboliques. Non. La chose est plus simple, mais plus désagréable aussi, en vérité, pour ton pauvre ami du moins.

Toutes les nuits, si je m'éveille, je suis assailli, harcelé, poursuivi par le chant d'un oiseau qui me jette, de cinq minutes en cinq minutes, les cinq mêmes notes, traînantes comme une mélopée, tristes comme une plainte; et cela sans repos, sans trêve, toute la nuit. Impossible de me rendormir. Quelquefois la fatigue l'emporte; mais, au petit jour, je m'éveille encore, et les cinq mêmes notes retentissent, monotones et lentes. Je ne sais comment rendre ce chant : *do, mi — do, mi — do.* C'est presque cela.

Ah! je te vois sourire, lever les épaules ; je t'entends d'ici murmurer : « Quel enfantillage! » Eh bien, mon ami, c'est un supplice ; j'en deviens fou. J'ai fermé les volets ; j'ai tiré les rideaux ; — le chant de ce misérable volatile passe à travers les volets et les rideaux.

Est-ce un oiseau vivant ou quelque infernal automate à la manière de Vaucanson? Pourquoi ne se fait-il entendre que la nuit? D'où partent les cinq notes qui me harcèlent? Je n'en sais rien encore ; mais, coûte que coûte, je le saurai ; — et j'aviserai.

Faut-il te l'avouer? j'ai déjà conçu la pensée d'un meurtre. Cela n'est pas délicat, je le sais bien. Mais que veux-tu? si loin qu'il soit, tant que je le saurai vivant, je l'entendrai toujours, cet oiseau maudit. Une fois mort, il ne chantera plus, j'en suis sûr. Je te tiendrai au courant des péripéties de ce drame, qui jette sur ma vie un voile sombre à travers lequel je vois tout en laid, tout en noir... Brrou! Décidément, je le tuerai.

Si tu penses que je deviens fou, ne me le dis pas ; ce serait assez pour me faire perdre le peu de raison qui me reste.

CAMILLE A SUZANNE.

Juin 1876.

Comment je vis?... Je ne te le ferai comprendre qu'en te donnant les détails de mon arrivée ici. J'étais attendue à la gare par une vieille bonne, coiffée du bonnet bourguignon, l'air niais et méchant à la fois, ratatinée, rabougrie, boitant légèrement, qui, sans rien dire, chargea mon bagage sur une brouette et me fit signe de la suivre.

Devant le mur du jardin, elle s'arrêta et m'entr'ouvrit une porte basse, garnie de ferrures énormes, qu'elle referma aussitôt. Involontairement, je frissonnai. Il me venait comme une vague odeur de prison. Le jardin, malgré l'ardent éclat du soleil, était sombre jusque dans ses profondeurs. La maison, d'aspect gris, semblait une tombe abandonnée, autour de laquelle toutes les herbes folles avaient poussé à l'aventure.

J'entrai. Personne.

Au milieu de l'immense pièce carrelée où je me trouvais je n'aperçus que de grandes volières, dans lesquelles s'ébattaient une invraisemblable quantité de petits oiseaux.

La bonne, marchant devant moi, m'introduisit, sans me laisser le temps de revenir de ma surprise, dans le salon, meublé confortablement à la mode du premier empire. Là, comme dans la première pièce, il y avait des oiseaux ; quatre perruches dans une cage, et une sur un perchoir.

Du salon je passai dans la chambre, où j'aperçus enfin Mlle de Villehervieux. Assise sur une chaise basse devant une cage — trop belle en vérité pour une cage — elle était gravement occupée à présenter sur le bout de son doigt une fraise ananas à un oiseau dont j'ignorais le nom — un oiseau du Cap, je l'ai su depuis — en lui disant :

— Vous avez tort, Philémon, de ne pas manger cela. C'est une fraise, une fraise ananas ; vous avez tort.

Au bruit que nous fîmes en entrant, la bonne et moi, elle tourna légèrement la tête et me dit :

— Ah ! c'est vous, mon enfant ; soyez la bienve-nue. Vous permettez, n'est-ce pas ? Allons, Phi-lémon.

Puis, s'adressant à la bonne :

— Philémon a quelque chose, Claudine ; il faudra envoyer un exprès demander au château de la Hau-tois un sac de ces graines qui lui ont fait tant de bien l'an dernier.

— Oui, mam'selle, répondit machinalement la bonne.

En même temps elle levait les épaules et me regardait en mettant le doigt sur son front et en secouant la tête comme pour me dire :

— La raison n'y est plus.

Pour moi, je ne savais qu'en penser. M{ile} de Ville-hervieux, toute à Philémon, semblait m'avoir oubliée complètement. Elle s'était levée pourtant et me faisait face ; j'en profitai pour l'examiner.

C'était une femme de cinquante-cinq ans, grande, mince, un peu sèche, vêtue de noir et coiffée ce jour-là, comme je l'ai toujours vue depuis, du bonnet bourguignon bien blanc, mais tout simple, encadrant le visage et ne laissant voir des cheveux que deux bandeaux encore presque noirs soigneusement lissés. L'ensemble n'avait rien d'effrayant, au contraire ; et, en dépit de son étrange accueil, je me sentis disposée à aimer cette pauvre créature qu'un geste de sa servante me désignait comme presque en enfance.

Philémon s'était décidé à piquer du bec la fraise qu'on lui présentait. M{ile} de Villehervieux battit des mains en souriant, puis referma soigneuse-ment la cage et vint à moi en me disant :

— J'ai plus de mal avec celui-là qu'avec tous les autres.

Il n'était pas encore question de moi ; mais elle m'avait serré les mains si doucement, elle avait si franchement plongé ses yeux dans les miens,

que toutes les paroles du monde ne m'en auraient
pas dit plus.

— Je vais vous les montrer, continua-t-elle.

Et, passant la première, elle me conduisit au salon, où elle me présenta gravement les cinq perruches, me donnant sur chacune d'elles des détails
circonstanciés et précis. J'écoutais sans répondre,
approuvant de temps en temps d'un geste ou d'un
mouvement de tête.

Du salon nous passâmes dans la grande pièce
où j'étais entrée d'abord, et la présentation continua. Ce fut un peu plus long; les quatre volières
ne contenaient pas moins de cent cinquante ou
deux cents oiseaux, qu'elle ne me désigna pas in-
dividuellement, grâce à Dieu! mais simplement
ainsi :

— Messieurs les chardonnerets, ce sont les
turbulents de la maison ceux-là. Mesdemoiselles
les mésanges, des pimbêches, des chipies,
mais bien gentilles, n'est-ce pas? Bonjour, mes
petites, bonjour. Mais voilà une mangeoire
vide, Claudine. Voyez, mon enfant, si je n'y
veillais pas toute la journée, on me les laisserait
mourir. Claudine !

La bonne vint, en rechignant, remplit la mangeoire et sortit. Mlle de Villehervieux passa son bras
sous le mien et me dit :

— Maintenant que vous connaissez ma famille. nous allons procéder à votre installation.

Elle me conduisit au premier étage, dans une grande chambre, qui devenait la mienne. Elle y fit monter ma malle et me laissa seule un moment.

J'en avais doublement besoin pour me reposer et me remettre de ma surprise. A qui avais-je affaire? à une folle, comme le disait Claudine? Celle que l'on me donnait pour tutrice avait-elle plus que moi besoin d'une tutelle? Au bout d'une heure, je descendis. Mlle de Villehervieux me proposa un tour de jardin; j'acceptai.

— Nous allons faire connaissance, me dit-elle, avec les irréguliers de la maison.

En même temps, elle m'arrêtait au pied d'un châtaignier et me disait :

— Tenez, les voyez-vous, là-haut, mes corbeaux? Ah! les scélérats. Ils me voient bien, allez. Ils me connaissent bien; regardez comme ils battent de l'aile! Mais ils n'approcheront pas ; vous êtes là ; ils ne vous connaissent pas encore. Les ramiers sont moins sauvages, les voilà, sur le merisier : les voyez-vous? Ils sont superbes ; mais ce sont des ingrats. L'année dernière, trois des couples que je nourrissais m'ont quittée. Il en est revenu d'autres ; mais je n'aime pas les nouvelles connaissances, on perd du

temps à les apprivoiser. Venez, venez, ma chère,
voir mes pintades ; elles sont bien drôles.

Puis, changeant brusquement d'idée :

— Vous n'aurez pas grand'peine à vivre avec
moi, allez. Je suis bonne personne, et je ne
vous ferai pas la vie dure. J'ai mes petites habitudes, qu'il vous sera facile de respecter. Vous avez
bon caractère ; oh ! je sais cela, je sais cela par
votre pauvre grand'mère, que j'aimais bien. Nous
nous voyions peu ; nous ne nous écrivions guère ;
mais je l'aimais bien. Ah ! elle vous adorait,
vous ! Je tâcherai de la remplacer. Une digne
femme ; et ce n'était pas une ingrate, comme les
autres.

Elle avait prononcé ces derniers mots à voix
presque basse, comme si elle eût souhaité que je
ne les entendisse pas. Peut-être, si je les eusse
relevés, en aurais-je appris plus long que je n'en
savais. Mais, par discrétion, et aussi, te l'avouc-
rai-je ? par fatigue, je laissai tomber l'entretien.
J'étais comme étourdie par tout ce que je venais de
voir et d'entendre.

En remontant dans ma chambre, j'entendis
Mlle de Villehervieux dire à Claudine :

— Mettez Philémon dans la salle, et ne fermez
pas la fenêtre.

Voilà sa vie, toute sa vie, ma chère Suzanne. Elle

13

s'est fait une famille de ce petit monde ailé qui l'entoure. Elle y a, comme nous dans la famille humaine, ses amitiés, ses antipathies, ses défiances. Elle y trouve des événements qui l'occupent huit jours, des soucis qui l'émeuvent, des joies qui la font heureuse. Est-elle folle?

En m'éveillant le lendemain matin, j'en avais presque la certitude. De ma fenêtre, je la voyais, sous les arbres du jardin, en grande conférence avec ses ramiers. Je l'entendais les gronder ; et, chose étrange, elle semblait prêter l'oreille à des réponses qu'elle entendait seule.

Depuis que je suis ici, rien ne s'est démenti en elle; rien n'est venu m'arracher la désespérante certitude contre laquelle je me débats. Tous les jours ce sont d'interminables stations près des volières, sous les arbres du jardin, ou près de la cage de Philémon, son favori, son bien-aimé.

Cet oiseau du Cap, ce petit volatile gris doré à collier rouge, est le grand maître de céans ; s'il se pouvait faire tout à coup qu'il lui plût de donner des ordres, ces ordres seraient exécutés. Décidément...

Eh bien, le croirais-tu? je me suis attachée à cette pauvre créature innocente qui, sous de pareils dehors, cache une âme généreuse, durement éprouvée peut-être, et qui n'a fermé sa porte aux bruits du dehors que pour se séparer à jamais des souvenirs qui l'importunent.

Je ne t'ai guère parlé de moi. Que t'en pourrais-je dire que tu ne saches? Le meilleur de ma pensée est encore avec vous, et je n'ai pas besoin de mettre sur une feuille de papier les secrètes pensées de mon cœur. Tu les connais toutes.

GEORGES GRIMONET A ÉDOUARD X***.

Juin 1876.

Tu ne m'as pas répondu; tu as bien fait; je crois, en vérité, que j'aurais lu ta lettre sans la comprendre. — *Do, mi; — do, mi; — do.* Je marche à grands pas vers cet état de surexcitation où l'on n'a plus conscience de ses actes. — *Do, mi; — do, mi; — do.* La nuit, de minute en minute, ce chant plaintif me poursuit: — *Do, mi; — do, mi; — do.* Le jour, l'oiseau ne chante pas, et je l'entends! C'est un intolérable supplice auquel, *per fas et nefas*, j'ai résolu de mettre un terme.

J'ai cherché plusieurs fois déjà, sans y réussir, à préciser la position de l'ennemi. Je ne le voyais pas; mais sa voix m'arrivait, claire et stridente, d'un point déterminé que j'ai noté; et je médite un plan d'attaque.

Oh! ne m'accuse pas; ne viens pas me parler de

la liberté individuelle, du respect de la propriété ;
ne me parle ni des lois divines ni des lois humaines :
Je l'ai condamné ; il mourra !

J'ai longuement hésité entre la corde, le poignard et le poison. La corde est d'une application
délicate ; le poignard sent son mélodrame d'une
lieue ; le poison, voilà ce qu'il me fallait. J'en ai
acheté de quoi faire passer de vie à trépas tous les
oiseaux des cinq parties du monde. Je te ferai part
du décès ; et s'il arrivait, par malheur, que je fusse
traduit en cour d'assises, je compte sur ta discrétion.

Quelques mots sérieux, veux-tu ?

Oui ; d'autant mieux que ce ne sera pas long.
M. Grimonet, mon oncle, m'a trouvé une étude et,
pour mes débuts, une affaire qui, m'a-t-il dit, aura
dans toute la province un immense retentissement.
Il s'agit d'une interdiction, et la fortune de l'interdite — qui ne l'est pas encore — se chiffre par un
nombre incalculable de zéros... à droite d'un gros
chiffre. Me voilà lancé. On me cherche une femme.
Le jour où on l'aura trouvée, ce jour-là, mon ami,
je mettrai une cravate blanche et, de ma situation
d'homme posé, je serai forcé de t'écrire des lettres
raisonnables.

En attendant, accepte celle-ci comme elle est,
et ne la garde pas surtout. Au feu ! au feu ! Ce

serait de quoi me faire condamner sans circon-
stances atténuantes.

SUZANNE A CAMILLE.

Sèvres, juin 1876.

Ta lettre nous a fait à tous beaucoup de peine,
ma chère Camille. Pour moi, depuis que je l'ai lue,
je ne puis entendre voler un pinson, et j'ai pris en
horreur jusqu'aux moineaux qui viennent picorer
dans notre jardin.

Ce n'est pas une maison que tu habites, c'est une
tombe; et Mlle de Villehervieux, dont tu me traces
un portrait si indulgent, me semble appartenir à
la race, peu nombreuse, Dieu merci! des vieilles
filles qui poussent des cris de terreur quand un
cheval se blesse, et ne trouvent pas une larme
quand une créature humaine se tue.

Penses-tu, de bonne foi, que ta chère vieille
grand'mère, si elle avait été mieux renseignée sur
son compte, l'eût choisie pour ce rôle de tutrice,
dont elle s'acquitte si peu que ce n'est pas la peine
d'en parler? Non. Et si, pour notre bonheur à tous,
elle revenait tout à coup, son premier soin serait
de te tirer de cette prison, où, d'ailleurs, tu ne res-
teras pas longtemps.

Car j'ai de grandes, grosses et bonnes nouvelles

à te donner. Maurice est sorti le premier de l'École. Le voilà directeur d'usine; six mille francs par an et logé. Qu'en dis-tu? Il me semble que, avec cela, vous pourrez sans peine attendre un supplément de crédit. Mais ce n'est pas tout. A titre de gratification, il a reçu trois mille francs, dont il a fait deux parts : une, qu'il a gardée pour le trousseau; l'autre, qu'il nous a généreusement donnée.

Te dire si maman est heureuse!... Maurice par-ci, Maurice par-là... Et, tu sais, quand elle parle de Maurice, elle parle de toi.

Cela ne nous a pas empêchées de chercher toutes les deux quel bon emploi nous pourrions faire de nos capitaux. Quinze cents francs, c'est une somme! Nous avons résolu de déménager. Oh! je t'assure que du projet à l'exécution il n'y a pas eu loin. L'usine que dirige Maurice se trouvant sur la route de Versailles, au Point-du-Jour, nous ne pouvions faire mieux que de nous rapprocher de lui... et de toi. Allons, allons, ne dis pas non ; tu le souhaites autant que nous. Donc nous avons loué à Sèvres, presque au bord de l'eau, une petite maison bien gaie, avec un jardin, où, jusqu'à ce jour, il n'y avait que cinq ou six pieds de romaine et quelques méchantes giroflées. Mais j'ai été spécialement chargée de ce côté de l'installation, et je prétends m'en bien acquitter. J'ai, pour commencer, mis en

terre un catalpa, deux platanes et une bonne demi-
douzaine d'arbres fruitiers. Les premiers me don-
neront de l'ombre... dans quinze ou vingt ans ; les
autres, des fruits... dans cinq ou six. Ah ! dame !
on fait ce qu'on peut. Quant aux fleurs, c'est plus
facile et moins long. J'ai semé, je récolterai ; et je
te promets que notre premier bouquet sera pour
toi. Pendant ce temps-là, maman s'occupait de la
maison.

Une fois installées — car nous le sommes à peu
près — il a fallu veiller à l'installation de Maurice.
Nous avons acheté les meubles, choisi les tentures.
Votre salle à manger est en chêne blanc verni ; ça
fait très bien. Nous avons profité pour cela d'une
occasion. La table, le buffet, six chaises, 490 francs
le tout. C'est donné. La chambre est en perse à
grandes fleurs. C'est gai, c'est frais ; et le tapissier
nous a garanti l'étoffe au blanchissage. Avons-
nous bien fait ? Tu nous diras cela dans quelque
temps. Tu ne t'imagines pas que nous allons te
laisser envahir par les toiles d'araignée que cultive
Mlle de Villehervieux. Si cela ne dépendait que de
moi, nous lui écririons ce soir pour lui faire part
de ton mariage ; elle recevrait la lettre demain
matin ; une heure après tu serais au chemin de
fer, et, dans huit jours, tu serais mariée. Mais
Maurice prétend, et maman est de son avis, qu'il

ne peut accepter une si lourde responsabilité que lorsqu'il aura a certitude absolue que sa situation est définitive, ou du moins assurée pour un assez long temps. Il veut que ses patrons aient pu se convaincre de son mérite et estimer la valeur de ses services. Un ingénieur sorti le premier de l'Ecole ! Que leur faudrait-il à ces messieurs ?

Mais je suis tranquille ; dans un mois... à propos, il a laissé pousser sa barbe, Maurice ; et cela ne lui va pas du tout ; ça le vieillit. Nous comptons sur toi pour obtenir de lui qu'il la coupe. Il ne te refusera pas ça, et nous en profiterons toutes les trois. Voyons, comptons un peu : un mois de stage, c'est assez ; un mois pour les démarches, les lettres, les préparatifs, etc.; dans deux mois nous serons à l'église, et, le soir, on dansera... Je saute d'avance !

Au revoir, madame ma belle-sœur ; préparez-nous vos meilleurs sourires en échange de tous les baisers que nous vous gardons.

P.-S. — Je te défends d'embrasser pour moi Philémon. Quant à Mlle de Villehervieux, elle ne me connaît pas, et je crois qu'elle se soucie peu de me connaître. Laisse-la près de ses perchoirs, et ne la dérange pas pour lui parler de moi.

CAMILLE A SUZANNE.

Juin 1876.

Eh bien, oui, je le souhaite autant que vous ; et, si ce n'est avec joie, ce sera du moins sans regret que je partirai d'ici. Mais je crains bien que ce ne soit une vraie douleur pour Mlle de Villehervieux, qui vaut mieux encore que je ne le supposais, beaucoup mieux que tu ne le crois.

Il y a quelques jours de cela, je venais de remonter dans ma chambre après le déjeuner du matin. C'est l'heure où, toute à ses oiseaux, elle nettoie les cages, distribue la graine, et porte à manger dans le jardin à ses ramiers et à ses corbeaux. J'emploie généralement ces quelques minutes de liberté aux menus soins de mon ménage. Je range, je dérange, j'arrange. Quelquefois, je lis ou je travaille. Ce matin-là, triste et maussade, je m'étais mise à la fenêtre, et je regardais, sans les voir peut-être, les imperceptibles filets de lumière que jetait le soleil sur le sable du jardin à travers la voûte épaisse des châtaigniers et des platanes. A quoi je pensais ? Au présent, bien peu ; au passé, beaucoup ; à l'avenir, plus encore ; et si riant que tu me l'aies fait dans ta lettre, je ne sais quel pressentiment le voilait à mes yeux.

13.

J'entendis soudain ma porte rouler lentement sur
ses gonds, et Claudine entra sur la pointe des
pieds, suivie d'un personnage qu'elle introduisit en
disant :

— Monsieur, v'là mam'selle. Mam'selle, c'est
M. Grimonet.

Puis elle s'esquiva mystérieusement comme elle
était entrée et me laissa seule en face de M. Grimonet, que je ne connaissais pas.

C'est un homme d'une cinquantaine d'années, à
peu près chauve, d'aspect banal et vulgaire, avec
une grosse face blafarde, des yeux ronds à fleur de
tête roulant perpétuellement sous des lunettes d'or,
et une bouche qui sourit toujours quand le défaut
de respiration ne l'oblige pas à souffler. Il n'est que
ridicule au premier abord et l'on n'est point tentée
de s'en méfier, quoique ses manières doucereuses
laissent à penser qu'il y a des griffes sous les gants
de fil qui cachent ses grosses vilaines mains.

Quant à la tenue, correcte, mais commune. Une
redingote, une cravate blanche, un chapeau, et des
souliers lacés.

Un bourgeois greffé sur un paysan.

J'avais eu tout loisir de l'examiner, pendant qu'il
se confondait en salutations et en excuses banales
dont je n'aurais pas vu la fin, si je n'avais pris le
parti de l'interrompre en lui disant :

— A quoi dois-je, monsieur, l'honneur de votre visite ?

— A l'intérêt que je porte à Mlle de Villehervieux, ma parente, et à vous-même, mademoiselle, si vous voulez bien me le permettre. Depuis si peu de temps que vous soyez dans cette maison, vous avez pu remarquer cependant les habitudes plus qu'étranges de celle que la volonté de votre grand'-mère maternelle vous a donnée pour tutrice.

— En effet, monsieur.

— Vous avez dû, à votre insu même, enregistrer un certain nombre de faits dont l'ensemble vous aura sans doute fourni la même conclusion qu'à moi et à tous ceux qui s'intéressent à notre malheureuse cousine.

— Et cette conclusion, monsieur ?

— C'est qu'elle n'est plus, hélas ! dans la plénitude de sa raison.

Je ne sais pourquoi ces questions insidieuses m'avaient mise déjà sur mes gardes ; et pour forcer M. Grimonet à être plus explicite :

— Rien de ce que j'ai vu, monsieur, lui répondis-je, ne me semble prouver ce que vous dites.

— N'avez-vous pas remarqué de quels soins méticuleux Mlle de Villehervieux entoure ses oiseaux, de quelle affection exclusive et bizarre elle les aime ?

— J'ai remarqué tout cela, monsieur.

— Ne l'avez-vous pas entendue leur parler comme elle parlerait à des créatures humaines ?

— Plus d'une fois, en effet.

— N'avez-vous pas été frappée de son insouciance pour tout ce qui regarde les soins ordinaires de la vie? Elle mange à peine. Son argent passe, on ne sait où, sans qu'il en soit tenu compte.

— Tout cela ne regarde qu'elle; et, permettez-moi de vous le dire, je m'étonne que vous ayez pris la peine de venir me trouver, si vous n'aviez d'autre but que de m'adresser des questions dont vous connaissiez d'avance les réponses.

J'avais donné sans doute à mon visage une expression, à ma voix un accent qui trahissaient mes secrètes pensées ; car M. Grimonet, se levant à demi, s'écria vivement :

— Vous vous méprenez sur mes intentions, mademoiselle. Je n'ai d'autre souci, je vous en donne ma parole d'honnête homme, que l'intérêt de notre chère cousine et le vôtre. Je croyais avoir eu l'honneur de vous le dire.

— Quelle preuve m'en apportez-vous donc? expliquez-vous.

— La faiblesse mentale de Mlle de Villehervieux m'afflige profondément ; et je voudrais, s'il en est temps encore, arrêter les progrès d'un mal...

— Qui ne me semble pas bien dangereux.

— Plus que vous ne croyez, plus que vous ne croyez !

M. Grimonet essuyait, en répétant ces quelques mots, une larme visiblement absente.

— Il serait donc sage, reprit-il, de la mettre en garde contre elle-même en donnant un autre cours à ses idées ; en la détachant de cette ridicule passion qui absorbe le peu de force intellectuelle dont elle dispose ; en la rapprochant enfin de ses parents et de ses amis qu'elle a successivement écartés.

— Je n'ai ni avis ni conseils à lui donner à cet égard.

— Soit, mademoiselle ; certainement. Je suis d'accord avec vous là-dessus. Mais, jeune et charmante comme vous l'êtes, vous avez déjà, sans doute, pris sur elle assez d'empire pour l'amener indirectement à recevoir quelques personnes, à sortir un peu, à se distraire. Vous ne pouvez nier que l'existence qu'elle mène ne soit aussi préjudiciable à sa santé qu'à sa raison ; et, si vous l'aimez, — ce dont je suis absolument sûr, — vous reconnaîtrez avec moi qu'elle aurait tout avantage à la modifier.

— Je le crois, en effet.

— Avisez donc, croyez-moi : le plus tôt sera le mieux.

— Mais pourquoi, monsieur, vous êtes-vous cru obligé de recourir à moi?

— Je vous l'ai dit. Mlle de Villehervieux nous a tous écartés; elle a manifesté plus d'une fois son intention de ne pas nous revoir; et personne que vous ne saurait obtenir d'elle qu'elle nous rouvre une maison que, dans son intérêt même, elle n'aurait pas dû nous fermer.

— Soit, monsieur. Si étrange que me semble tout cela, je ferai de mon mieux pour arriver à un rapprochement dont je comprends tous les avantages, et dont je ne vois pas encore les dangers.

Quoique la seconde partie de cette réponse ne fût rien moins que flatteuse et témoignât de la mauvaise impression que je gardais de lui, M. Grimonet m'a saluée avec son plus gracieux sourire, m'a baisé la main tout comme s'il avait eu un œil de poudre et l'épée d'acier en verrouil; puis il s'est dirigé à reculons vers la porte et est parti sans faire plus de bruit qu'une ombre.

Si peu de sympathie que m'eût inspirée sa vilaine et rustique personne, ses arguments ne laissaient pas d'avoir à mes yeux quelque valeur. Certes, il était à souhaiter que Mlle de Villehervieux consentît à vivre un peu plus de la vie commune; je ne pouvais que gagner moi-même à ce changement où elle était sûre de ne rien perdre; et cependant je ne

sais quelle involontaire hésitation m'arrêta, lorsqu'à l'heure du déjeuner je me trouvai assise en
face d'elle, en compagnie de Philémon et des trois
perruches qui sont admises à nous regarder manger et à partager notre dessert.

Que lui dire? Comment aborder un pareil sujet
si elle ne m'en fournissait pas l'occasion? N'avait-
elle pas le droit de me répondre, en termes plus ou
moins précis :

— Ma chère enfant, mêlez-vous. de ce qui vous
regarde.

Je n'aurais pas été fâchée, d'autre part, de savoir
à quoi m'en tenir sur les points obscurs de cette
mystérieuse existence, et je pris le parti d'aborder
franchement l'entretien.

— Que pensez-vous, lui dis-je à brûle-pourpoint,
d'un certain M. Grimonet?

L'effet de cette phrase si simple fut presque effrayant. Mlle de Villehervieux laissa tomber la four-
chette qu'elle allait porter à ses lèvres, me regarda
un instant, bouche béante, l'œil effaré, puis, se
levant tout à coup, se mit à courir à travers la
salle, renversant cages et perchoirs, au grand émoi
de leurs habitants, qui battaient de l'aile et piail-
laient à qui mieux mieux.

Ce ridicule accident fit ce que n'auraient pu faire
les meilleures raisons. Il la calma. Elle releva les

cages, et s'arrêtant devant celle de Philémon :

— Grimonet! lui dit-elle d'une voix qui trahissait
une terreur profonde, tu le connais! tu sais ce
qu'il m'a fait, Grimonet!

Puis, revenant s'asseoir en face de moi :

— Pourquoi m'avez-vous parlé de lui? me dit-elle
d'un ton de doux reproche.

Je ne pouvais mieux faire, n'est-ce pas? que
d'avouer mes torts involontaires. C'est ce que je fis.
Je lui dis tout, m'efforçant de rapporter sans en
rien omettre l'entretien que je venais d'avoir, et les
expressions mêmes dont s'était servi M. Grimonet.

— Et vous vous êtes laissé prendre à tout cela?
Mais c'est tout simple, ajouta-t-elle vivement sans
me laisser le temps de répondre, vous ne pouviez
savoir... C'est mon plus cruel ennemi. C'est lui,
lui! qui dirige l'épouvantable entreprise que l'on
machine dans l'ombre contre moi. S'il est venu
ici, c'est que le dénouement approche. Je suis
perdue !

La pauvre chère demoiselle paraissait en proie à
une frayeur si vraie, que je me sentis prise de pitié,
quoiqu'il me fût tout d'abord venu à l'esprit que
cette prétendue machination pouvait bien n'être
qu'un rêve de son imagination surexcitée.

— Peut-être, lui dis-je, vous exagérez-vous le
danger.

— Oui, oui, murmura-t-elle ; il n'a pas de preuves suffisantes encore ; et si vous ne lui avez rien dit qui puisse...

— Je vous ai tout répété.

— Alors le mal est peut-être moins grand que je ne le craignais. Mais s'il croit que je le recevrai... Ah ! ah ! par exemple ! N'est-ce pas, Philémon, que nous ne le recevrons pas ?

L'oiseau du Cap répondit par les trois ou quatre notes de son chant plaintif et monotone comme s'il avait, de tout point, été d'accord avec sa maîtresse, qui, se retournant vers moi, reprit :

— C'est un misérable, ce Grimonet. M'interdire ! Comprenez-vous ? Voilà ce qu'il veut. S'il arrivait à relever des preuves contre moi, il n'hésiterait pas à me traîner devant un tribunal. Les malheureux ! — car il n'est pas seul, toute ma famille est avec lui, — des gens que j'ai tirés de la misère ! Oh ! les ingrats ! les ingrats ! C'est une vilaine chose l'humanité. Si vous n'étiez pas là, ma chère enfant, je n'aurais pour elle que haine et mépris.

En parlant, elle s'était levée et s'était approchée de moi. J'ai senti ses lèvres effleurer mon front, et une larme tomber de ses yeux.

Elle n'est pas folle. Elle a souffert ; elle souffre ; voilà tout. Et je l'aime.

CAMILLE A SUZANNE.

Juillet 1876.

Depuis la scène que je t'ai bien imparfaitement rapportée dans ma dernière lettre, une intimité affectueuse s'est établie entre Mlle de Villehervieux et moi. Elle m'a, par le menu, conté tous les petits secrets de sa vie, à sa façon, il est vrai ; aussi ne te les redirai-je pas en y mêlant les apostrophes à Philémon et aux perruches. Je ne t'en dois d'ailleurs que ce qui est strictement nécessaire pour que tu comprennes dans quelle situation se trouve aujourd'hui ma pauvre cousine et le danger vrai, je le crois maintenant, qui la menace.

De toute sa famille, elle était seule riche, il y a vingt ans, du chef de son père, qui avait gagné à Bourbon une fortune considérable. Aujourd'hui, grâce à elle, toute sa famille est presque riche aussi. Elle a donné, donné toujours ; si bien que l'on s'est cru en droit de demander plus encore, et qu'on l'a traitée de vieille folle le jour où, croyant avoir largement fait ce qu'elle devait faire, elle a serré les cordons de sa bourse. Tous ses obligés sont devenus ses ennemis, et à leur tête le sieur Grimonet, autrefois tonnelier à Pont-sur-Yonne, dont elle a si bien empli les tonneaux, qu'il compte aujourd'hui

parmi les plus riches bourgeois-vignerons du pays.
Et le malheureux ne se croit pas encore assez riche,
puisqu'il convoite la fortune de sa bienfaitrice et
semble décidé à ne pas reculer devant une méchante action pour en venir à ses fins.

Mlle de Villehervieux m'a donné à cet égard quelques détails qui ne me permettent plus de douter
de ses intentions. Le moyen est simple. Obtenir
jugement contre elle et se faire nommer tuteur à
l'interdiction. Il aurait dès lors l'administration de
la fortune, dont il ne se ferait pas faute de distraire
quelques bribes à l'insu des cohéritiers. Interdite,
Mlle de Villehervieux ne pourrait déshériter tout ce
monde-là sans que son testament fût attaqué en
nullité pour cause d'aliénation. Donc, rien à craindre,
ni de son vivant ni après sa mort.

C'est mesquin, c'est misérable, c'est odieux! Et
si ma pauvre cousine n'a pas l'énergie qu'il faudrait
pour lutter contre ces vilaines gens, je suis là et je
leur tiendrai tête.

Comment? Je ne sais trop; nous verrons.

Ce serait de quoi la tuer. Tu ne peux t'imaginer
à quel point l'idée de ce procès la tourmente et l'é-
gare. Sa faiblesse d'esprit, si tant est qu'elle en
soit un peu frappée, ne vient que de cette frayeur
persistante.

Donc, il s'agit de soutenir la lutte. Et d'abord je

lui ai fait comprendre que, loin de fermer sa maison aux gens qu'elle redoute, il fallait la leur ouvrir toute grande ; leur laisser tout loisir d'examiner et de contrôler ses actes, pour ne donner aucune prise à la médisance ou à la calomnie.

— Le meilleur moyen, lui ai-je dit, de les empêcher d'affirmer que vous êtes folle, c'est de leur prouver que vous ne l'êtes pas.

J'ai eu beaucoup de peine à la convaincre ; M. Grimonet lui faisait réellement peur. Elle s'est décidée cependant à le recevoir, et lui a écrit, presque sous ma dictée, une lettre que j'ai fait porter par Claudine. Le soir même, la porte du salon s'ouvrait à deux battants, et M. Grimonet y faisait son entrée d'un air vainqueur. Mais il m'a paru bientôt quelque peu désappointé. Mlle de Villehervieux, à qui j'avais soigneusement fait la leçon, ne disait rien de ses chers oiseaux ; ramiers, corbeaux, canaris, tous, Philémon lui-même, étaient oubliés ; et s'il était venu chercher des preuves à faire valoir, il ne lui restait qu'à s'en aller comme il était venu : les mains vides. Vers dix heures, la pauvre Mlle de Villehervieux était à bout de forces. J'ai fait indirectement comprendre à M. Grimonet qu'une première visite ne pouvait se prolonger sans inconvenance, et il s'est décidé à nous quitter.

On avait à peine fermé derrière lui la porte de la

rue, que Mlle de Villehervieux, comme un écolier qui ne se sent plus sous les yeux du maître, se leva et courut aux cages, accablant ses oiseaux de caresses et leur demandant pardon de les avoir si longtemps délaissés.

Je t'assure pourtant qu'elle n'est pas folle. Ce n'est que l'exagération d'une habitude qui a pris avec le temps la force d'une passion. C'est ridicule peut-être, mais inoffensif; et Mlle de Villehervieux n'en est pas moins une personne très raisonnable au fond, très aimante et très digne d'être aimée.

M. Grimonet, qui n'en juge pas ainsi — et pour cause — use, depuis cette première visite, et abuse du droit qu'on lui a donné. Il vient presque tous les jours, et passe à l'état de familier de la maison. Nous nous y sommes habituées. Depuis une quinzaine que cela dure, Mlle de Villehervieux, tenue en respect par la crainte salutaire du tribunal, ne s'oublie pas devant l'ennemi, ne se trahit pas, et semble même parler sans effort de mille choses qui ne l'intéressaient plus et qui l'intéressent.

Je crois, en vérité, que M. Grimonet nous aura, sans le vouloir, rendu service, et que la tête de ma chère vieille cousine se trouvera bien des banalités qu'il lui débite. Si les choses vont quelque temps encore de la sorte, je crois qu'il renoncera à ses velléités et cessera de nous importuner. Là-dessus, je suis tranquille ; le jour où il croira n'avoir plus rien à gagner chez nous, il n'y reviendra pas.

En attendant, je veille. Mais ne va pas croire que, au milieu des soucis que me donne ma tâche, je te... pardon... je *vous* oublie. Ma pensée est souvent avec vous, et je vous en donne tout ce qui, pour le moment, n'est pas indispensable à Mlle de Villehervieux. Ne m'accusez donc pas. C'est encore vous qui êtes les mieux partagés.

SUZANNE A CAMILLE.

Août 1876.

Tu as presque réussi à me faire aimer Mlle de Villehervieux, que, sans la connaître, je n'aimais guère et que j'accusais d'égoïsme. Cela pourtant ne m'empêche pas de craindre que, pour la sauver, tu n'en viennes à commettre quelque grosse folie. Laquelle ? oh ! je n'en sais absolument rien ; mais je te crois capable de tout, si tu te mets en tête de la tirer des griffes de ce misérable Grimonet. Rien n'est plus odieux que ce piège tendu à une pauvre créature inoffensive, rien n'est plus misérable que cette course aux écus, j'en tombe d'accord ; mais sois raisonnable, si tu peux. Je ferai de mon côté tous mes efforts pour que tu reviennes au milieu de nous le plus tôt possible. J'ai déjà gagné trois semaines au moins ; Maurice est installé ; son service marche on ne peut mieux ; il a été félicité ; le voilà sûr de sa position, et rien ne s'oppose plus à un *établissement* définitif.

Je crois que, après une pareille nouvelle, toutes les autres, si j'en avais à te donner, te sembleraient bien mesquines. Aussi n'en ai-je point. Les quelques détails insignifiants de notre vie calme et paisible ne méritent pas ce nom.

Je jardine du matin au soir ; tu ne me reconnaîtrais pas si tu me voyais ; je suis jaune-brique. Le soleil a fait des siennes. Mais c'est le dernier de mes soucis ; et ce n'est pas sur la couleur de ma peau que je prétends être jugée. Mes semis et mes greffes m'occupent toujours, et je ne te cacherai pas que je suis très tourmentée en ce moment, mes haricots ne poussent pas.

Ah ! j'allais oublier le plus important.

Le consentement de Mlle de Villehervieux est indispensable. Faut-il dès à présent l'informer de nos projets ? faut-il attendre ? Nous t'en laissons juge. Je te permets, cette fois, de prononcer mon nom devant elle et de lui dire que je l'aime, puisqu'elle t'aime. Pour me gagner ses bonnes grâces, offre de ma part un morceau de sucre à M. Philémon.

Tout va bien ; je suis heureuse. C'est par là que

j'aurais dû commencer, sans rien ajouter ; car j'ai
peur que ma lettre ne soit un peu décousue et ne
signifie pas grand'chose.

Pour n'être pas tentée de la garder, je te l'envoie
sans la relire.

GEORGES GRIMONET A ÉDOUARD X***.

Puisqu'il est entendu, mon cher ami, que ta paresse ne te permet pas de me répondre, je continue
à grossir de ma prose le volume de notre corres-
pondance, qui tiendra sans doute, dans les biblio-
thèques de l'avenir, moins de place que celle de
Mme de Sévigné.

Il s'est passé ici des choses très graves. — *Do,
mi ; — do, mi ; — do.* Et je m'étonne que tu n'aies
pas encore trouvé dans les journaux de Paris, cette
nouvelle intéressante :

« Le 6 août dernier, un crime épouvantable a jeté
la consternation dans le quartier de l'archevêché, à
Sens. La justice est sur les traces du coupable. »

C'est, en effet, le soir du 6 août que je suis tout
doucement sorti de chez moi pour pousser une reconnaissance du côté de l'ennemi. Tu te doutes,
n'est-ce pas ? que le ciel était ce soir-là, comme il
convient, chargé de gros nuages sombres, percés
de minute en minute par un pâle et bleuâtre rayon

de lune. Tu entends de là-bas le sifflement lugubre
du vent dans les grands arbres? Il n'y a pas de
crimes sans nuages sombres, rayons de lune et sifflement du vent.

J'examinai d'abord avec soin le mur extérieur de
la maison. Rien ; pas la moindre cage.

— Cet oiseau, pensai-je, serait-il un oiseau
libre? Aurait-il élu domicile quelque part sous le
toit? dans la gouttière ou sur une branche? S'il en
est ainsi, je n'ai plus qu'à me résigner.

Un peu de réflexion me rassura. Nul oiseau de
nos pays n'a ce chant caractéristique : — *Do, mi ;*
— *do, mi ;* — *do.* Je te jouerai ça sur le piano.
Cet oiseau ne pouvait être qu'un oiseau en cage. Si
la cage n'était pas dehors, elle était dedans —
cela est d'une logique rigoureuse — et, si elle était
dedans, il fallait, pour que les notes me parvins-
sent si nettes, si odieusement claires, que la fenêtre de la pièce où elle était placée fût ouverte.
Je m'approchai doucement, sur la pointe du pied,
— précaution bien inutile dans une rue absolument
déserte — et je pus constater que, en effet, les deux
fenêtres du rez-de-chaussée étaient ouvertes,
mais défendues par des grilles. Ah! mon ami,
quelles grilles! des barreaux à défier le bras d'Hercule! et ventrues! et hérissées de pointes! Derrière ces grilles, obscurité profonde. Il me fallait,

14

bon gré mal gré, attendre que mon ennemi se trahît.

Je n'attendis pas longtemps : — *Do, mi ;* — *do, mi ;* — *do.* Le chant partait de la pièce même devant laquelle je me trouvais. Il était là ! J'eus un frisson de colère, de haine. Je n'irai cependant pas jusqu'à te dire que je me précipitai contre les grilles, dont je tordis les barreaux dans un excès de rage impuissante ; non, je cherchai tout simplement le moyen de mettre à exécution le criminel projet que j'avais conçu, et qui n'éveillait en moi aucun remords. Je m'étais muni de trois ou quatre petites pastilles, par moi composées, de sucre et d'acide arsénieux.

Comment les lui offrir, à ce misérable chanteur nocturne ? A force de regarder, mes yeux s'étaient peu à peu habitués à l'obscurité de la pièce, et je distinguais vaguement dans l'ombre les contours brillants d'une cage — deux longueurs de bras à peu près. En une seconde, j'eus combiné mon plan d'attaque.

A pas de loup, je rentrai chez moi; à pas de loup j'en ressortis, muni d'une canne, d'un bout de fil et d'une lanterne sourde. J'attachai d'abord à l'extrémité de la canne une de mes pastilles, assez légèrement pour qu'il me fût possible de la dégager. Puis j'allumai ma lanterne; et, pour ne rien faire à l'étourdie, j'en dirigeai les rayons derrière la grille. J'aperçus enfin l'ennemi : c'était un oiseau de la grosseur d'un merle, gris, tacheté de blanc, avec une magnifique collerette d'un rouge vif. Surpris par la lueur inattendue de ma lanterne, il tourna sa grosse tête de mon côté et fixa sur moi deux yeux si ronds et si bêtes, qu'il me fit pitié. J'hésitais. Pour son malheur, il ouvrit le bec, et... *Do, mi ;* — *do, mi ;* — *do.* Le stupide animal ne se doutait pas qu'il venait de chanter sa condamnation. J'allongeai le bras ; j'introduisis ma canne dans la cage : je donnai un petit coup sec ; j'entendis tomber la pastille... il était trop tard pour me repentir !

Quelles doivent être les conséquences de cette... folie ? Je n'en sais rien. C'est la dernière, en tous cas. J'entre en fonctions demain. On est venu hier procéder aux derniers travaux d'installation de l'étude dans la maison que j'habite, et qui appartient à l'oncle Grimonet. Il m'a généreusement fait remise des deux premières années de loyer. Il faut qu'il ait bien besoin de moi !

Do, mi ; — *do, mi ;* — *do... De profundis clamavi ad te, Domine.* Depuis le dimanche matin, 7 août, il ne chante plus et je dors. Tes reproches, s'il te prenait fantaisie de m'en adresser, pèseraient bien peu à côté d'un aussi beau résultat.

CAMILLE A SUZANNE.

Août 1876.

Attendez ; le moment serait mal choisi. Mlle de Villehervieux ne comprendrait pas, et j'aurais honte moi-même de lui parler de ce qui me touche.

Je suis désolée. Le hasard — si ce n'est un coup de malveillance — s'est appesanti sur elle ; et j'en suis à me demander si je n'ai pas, sans le savoir et sans le vouloir, aidé ses ennemis dans leur méchante œuvre.

Dimanche dernier, il y avait grand'messe à la cathédrale. Monseigneur officiait pontificalement. Mlle de Villehervieux, qui n'entend d'ordinaire avec moi que la messe basse de sept heures, ne voulait pas manquer cette cérémonie si imposante. Comme il fallait faire un bout de toilette et partir de bonne heure pour n'être pas reléguée dans les bas-côtés, elle se résigna, non sans peine, à remettre les soins ordinaires qu'elle donne à ses oiseaux. Elle ne prit pas même le temps de leur porter son bonjour habituel ; et nous partîmes ensemble, elle plus gaie que de coutume, moi tout heureuse des progrès incessants de son retour à la vie commune.

A onze heures, nous sortions de l'église. M. Grimonet, qui nous guettait au passage, nous aborda.

Mlle de Villehervieux, dont la défiance, je te l'ai
dit, s'est fort émoussée, l'accueillit d'un air presque
affable et lui dit :

— Vous déjeunez avec nous?

C'était à coup sûr la première fois qu'une si étonnante invitation tombait de ses lèvres; aussi le
sieur Grimonet se garda-t-il bien de la dédaigner.
Il offrit son bras à Mlle de Villehervieux; cinq
minutes après, nous étions rentrés. Un couvert de
plus fut bientôt dressé; Claudine battit des œufs,
coupa une salade, et l'on se mit à table. Mlle de Villehervieux n'avait pas vu ses oiseaux, elle ne leur
avait rien dit depuis le matin. Par quel prodige de
volonté y avait-elle réussi? Je ne sais. Mais une
plus longue résignation était sans doute au-dessus
de ses efforts, puisque, en dépit du sieur Grimonet,
elle dit à Claudine :

— Apportez-moi la cage de Philémon.

J'aurais voulu arrêter sur ses lèvres cette parole
malencontreuse qui avait arraché à notre visiteur
un méchant sourire. Il n'était plus temps; l'ordre
était donné, et, avant qu'il me fût possible d'y con-
tredire, Claudine entra, portant la cage, qu'elle
posa, comme toujours, à droite de sa maîtresse.

Le regard de Mlle de Villehervieux brilla d'une joie
involontaire. Elle ouvrit la bouche pour adresser à
Philémon quelqu'une de ces paroles enfantines

14.

dont elle a coutume ; mais sa voix s'arrêta dans sa gorge. Elle se leva toute droite, étendit les bras et joignit les mains d'un air désespéré.

Philémon était immobile au fond de sa cage !

Elle n'en pouvait croire ses yeux. Elle le prit, le caressa, l'appela doucement ; puis, certaine de sa mort, le laissa retomber et porta, d'un mouvement brusque, ses deux mains à la tête, comme pour s'arracher les cheveux.

C'était ridicule, me diras-tu. Est-ce qu'il y a des douleurs ridicules ? est-ce qu'il y a de grandes ou de petites douleurs ? Il n'y a que des douleurs. L'intensité de la souffrance se mesure aux forces de qui la supporte ; et, pour les créatures faibles, les contrariétés sont des chagrins dont nous n'avons pas le droit de rire, si nous ne voulons pas qu'à son tour un plus fort que nous vienne à rire de ce qui nous fera pleurer.

M. Grimonet avait pris une figure de circonstance, cet air de pitié polie dont se masquent les indifférents ; et je lisais dans son regard une joie que toute son habileté cachait mal.

Jusque-là cependant, Mlle de Villehervieux n'avait pas fourni contre elle d'arme probante, de preuve décisive. Devant un tribunal même, on pouvait expliquer et pallier l'exagération de sa douleur.

Malheureusement, ce n'était que le début de la

crise. Elle était restée immobile, debout, les yeux
fixés sur le cadavre de Philémon. Tout à coup, elle
se retourna vers moi, essuya d'un revers de main
ses yeux mouillés de larmes et me dit :

— C'est peut-être un bonheur pour lui qu'il soit
mort, voyez-vous. Nous avons bien des reproches à nous faire. Dieu veuille qu'il nous les pardonne !

Puis, se mettant à rire :

— Et ce sera, reprit-elle, une fière économie.
Il me coûtait les yeux de la tête. Je ne vous l'ai
pas dit, ma chère, parce qu'il faut savoir cacher les
défauts de ceux qu'on aime. Mais il était gour-
mand et capricieux. Vous croyez qu'il mangeait
des graines, comme tout le monde? Non pas.
Pendant six mois, je ne l'ai nourri que de perles et
de petits diamants. C'est pour cela qu'il n'y avait
jamais d'argent à la maison. Il dévorait tout. Nous
allons être riches à présent.

Comme cela pendant une demi-heure !

Puis elle quitta la table, alla s'asseoir dans un
coin de la salle et se mit à pleurer comme une
enfant.

M. Grimonet, croyant en avoir assez vu sans
doute, s'excusa, prit son chapeau et sortit après
m'avoir, de la porte, lancé comme adieu un de ces
gestes qui veulent dire :

— Pauvre créature !

Et que je traduisis, moi :

— Enfin ! nous la tenons !

Telle fut aussi la signification que lui donna Mlle de Villehervieux, lorsqu'elle revint à la raison ; car, il faut bien l'avouer, pendant quelques minutes elle avait été vraiment folle.

— Je me suis perdue ! s'écria-t-elle, quand je lui eus rapporté tous les détails de la scène.

A compter de ce moment, le souvenir de Philémon s'effaça devant la crainte de l'interdiction. La pauvre fille se sentait à la merci de son ennemi. Elle comprenait que chaque mot, chaque geste avait été scrupuleusement noté. J'avais tout entendu, tout vu d'ailleurs ; mon témoignage serait invoqué ; et elle ne songeait pas même à implorer un mensonge indigne de moi. Jusqu'au soir elle pesa toutes les chances que pouvait donner à M. Grimonet cette crise fâcheuse ; et, plus elle s'efforçait d'en atténuer les suites, plus elle arrivait à la certitude effrayante de sa défaite. Jusqu'au soir elle pleura.

Cette fois, c'était la douleur de l'être raisonnable qui se sent pris dans un piège, et qui se voit désarmé à la merci d'un intrigant et d'un fourbe.

— S'il réussit, me dit-elle tristement quand l'heure de se retirer fut venue, j'en mourrai !

Et je ne veux pas qu'elle meure, entends-tu!
C'est le moment de payer ma dette; coûte que
coûte, je la payerai.

Comment?...

J'étais depuis une heure dans ma chambre, seule
devant ce fatal point d'interrogation, lorsque Mlle de
Villehervieux est entrée chez moi tout à coup. Elle
était grave, triste, mais calme — en apparence du
moins.

— J'ai à vous parler, mon enfant, me dit-elle en
s'asseyant tout près de moi et en me prenant les
deux mains. Si je meurs...

Et comme, douloureusement frappée de ce mot,
je faisais mine de l'interrompre.

— Laissez-moi parler, reprit-elle. Si je meurs,
je ne veux pas qu'un sou de ma fortune tombe
entre les mains de ces gens-là. Je vous laisse tout
par un testament que je viens d'écrire, et qui sera
demain chez mon notaire. Il ne faut pas que ce testament soit attaqué. Aussi n'y ai-je rien mis de ce
qui aurait pu, aux yeux des juges, passer pour une
cause de nullité. Je l'ai antidaté, afin qu'il soit bien
établi qu'à l'époque où j'ai disposé de ma fortune,
je n'étais pas sous le coup de la... maladie qui aura
provoqué mon interdiction. Ils me feront interdire, je le sens, j'en suis sûre, c'est ma mort! Je
reprends. J'ai donc, par prudence, omis volon-

tairement certaines clauses que je vais vous dire et pour l'exécution desquelles je n'aurai d'autre garantie que votre parole. Mais je vous connais, et votre parole me suffit.

— Je vous en prie..., dis-je.

— Laissez-moi donc parler. Voici ce que j'attends de vous. Moi morte, je ne veux pas que mes chers oiseaux soient abandonnés. Vous me promettrez donc de les recueillir et de veiller à ce qu'ils ne manquent de rien. Oh! je ne vous oblige pas à vivre auprès d'eux. Vous n'aurez qu'à ne pas vendre cette maison. Vous les y laisserez; et vous donnerez à Claudine les ordres nécessaires pour que, chaque matin, elle porte à mes corbeaux et à mes ramiers ce que je leur porte d'habitude. Tout cela, vous le voyez, n'est pas difficile. Mais comme ils auraient eu beau jeu contre vous, si j'avais commis la faute de l'écrire! Vous n'en direz rien, et tout ira pour le mieux. Ah! monsieur Grimonet, c'est à mes écus que vous en voulez. Ils vous glisseront dans les doigts. Jour de ma vie! j'aimerais mieux réaliser et tout jeter dans l'Yonne, que de voir mon bien entre les mains d'un pareil homme! C'est convenu?

J'essayai de la dissuader; je fis tout pour la détourner de ces idées sombres; elle n'en voulut pas démordre. Elle se sent condamnée, et semble souf-

frir moins depuis qu'elle a pris ses mesures en
vue de cette éventualité qu'elle redoute. Conviens
qu'elle les a sagement prises, et que, pour une
femme que l'on prétend folle, elle raisonne assez
juste.

Après m'avoir longuement expliqué ses intentions, après m'avoir cent fois donné les mêmes conseils, fait les mêmes prières, Mlle de Villehervieux
s'est levée pour regagner sa chambre. Il était près
de minuit. Sur le seuil elle s'est arrêtée, s'est retournée vers moi, m'a pris la tête à deux mains et
m'a embrassée sur le front. Puis elle est sortie en
me souriant.

Ainsi donc cette pensée affreuse de la mort ne
la quitte plus; et si M. Grimonet poursuit contre
elle cet odieux procès, s'il la force à comparaître
devant les médecins, devant les juges, il est à
craindre qu'elle ne succombe en effet ou ne devienne
complètement folle. C'est une mort, comme l'autre;
plus cruelle pour ceux qui en sont témoins, voilà
tout.

Je me suis efforcée, pendant la nuit, de vaincre
les tristes pressentiments qui me fatiguaient et me
tenaient éveillée. Peine perdue ! Je sentais, comme
Mlle de Villehervieux, que ce n'était plus qu'une question de temps. Le parti de M. Grimonet devait être
pris, et bien pris.

Si j'en avais douté, la visite qu'il nous a faite le lendemain m'aurait convaincue. Sous prétexte de prendre des nouvelles de sa chère cousine, chose toute simple en apparence, il est arrivé chez nous à dix heures, accompagné d'un homme jeune encore — trente ans à peu près — qu'il nous a présenté comme son neveu. Ce qu'il ne nous a pas dit, et ce que j'ai su ensuite par Claudine, c'est que ce monsieur est avoué. Ce mot seul en dit plus long que je n'en pourrais mettre en vingt pages. Je n'avais pas besoin, du reste, pour ne pas l'aimer, de savoir dans quel but il est venu. Tout m'a déplu en lui, jusqu'à la correction de son attitude et de ses manières. Tout cela est froid, compassé, étudié, voulu. Ni franchise ni cœur ; voilà l'homme tel que je l'ai jugé.

Les hostilités viennent de commencer, tu le vois ; je suis bien faible pour lutter. Mais je lutterai.

GEORGES GRIMONET A ÉDOUARD X***.

Cette lettre, mon très cher, est la lettre d'un homme sérieux qui vient de fermer — et solidement, je te prie de le croire — les portes derrière lesquelles gît sa jeunesse... un peu orageuse. J'ai la cravate blanche au cou ; et si je ne porte pas encore de lunettes, ce n'est pas la faute de mon excel-

lent oncle, qui n'admet pas l'officier ministériel
sans les lunettes. Je suis avoué! Le temps des
joyeuses folies est passé.

La dernière que je me suis permise est en tous
cas celle que je regretterai le moins, et qui, ne
m'ayant rien coûté, m'aura, sans contredit, rapporté le plus. Quelque chose comme quatre ou cinq
cent mille francs.

Voici le fait. Ma victime était l'oiseau favori d'une
vieille fille, notre parente, que mon oncle se propose avec raison de faire interdire. Le fameux procès dont je t'ai parlé. Il paraît que la mort de Philémon — ce volatile répondait au nom de Philémon
— a déterminé une crise dont mon oncle, un habile homme décidément, est en train de tirer parti
pour obtenir jugement à notre avantage. Avant
d'entamer la procédure, il m'a introduit dans la
place, où j'ai trouvé tenant garnison la maîtresse
du logis, Mlle de Villehervieux, la créature la plus
drôle qui se puisse voir; Claudine, une vieille
bonne taillée sur le même patron; et une grande
fille assez bien faite, presque jolie, un peu gauche,
à ce qu'il m'a semblé, qu'un caprice testamentaire
a, paraît-il, placée sous la tutelle de cette vieille
fée aux oiseaux.

Car j'ai oublié de te dire que la maison n'est pas
une maison, c'est une volière. Mon oncle ne m'a

15

pas laissé le temps d'y faire un cours d'ornithologie comparée ; mais j'y suis resté assez longtemps pour ne pas douter du succès. Le juge le moins prévenu, le médecin le plus indulgent n'a, pour constater la démence, qu'à mettre le pied dans ce taudis plein de cris d'oiseaux. C'est une fortune toute trouvée que je me garderai bien de laisser échapper. De nos jours — et je crois qu'il en devait être ainsi dès la plus haute antiquité — toute morale, toute science, tout pouvoir se résume dans un mot : l'argent. C'est toute la philosophie de M. Grimonet, mon oncle ; il s'en est trouvé bien, et je suis fermement résolu à n'en pas chercher d'autre pour moi-même.

Et cependant, je n'ai pu quitter cette étrange demeure sans regarder encore une fois la pupille de Mlle de Villehervieux. Elle n'est que presque jolie, et je crois en vérité que je l'ai trouvée belle ; à ce point que si... Ma foi, c'est une idée. J'en toucherai deux mots à mon oncle.

CAMILLE A SUZANNE.

Je ne t'ai pas laissé le temps de me répondre ; les choses vont trop vite ici ; trop vite, et trop mal ! Je désespère.

Le lendemain même de la visite dont je t'ai parlé

dans ma dernière lettre, il y a eu délibération du conseil de famille, avis conforme aux désirs de M. Grimonet et commencement de procédure. Le bruit en est venu jusqu'à Mlle de Villehervieux, et je ne saurais te peindre son désespoir.

Pauvre femme ! De quel droit la fait-on souffrir ainsi ? Je n'ai pas pris le temps de la consoler ; j'ai jeté un manteau sur mes épaules pour courir chez M. Grimonet. Qu'allais-je lui dire ? Je n'en savais rien encore. Ce n'est qu'en sonnant à sa porte que j'ai compris la témérité et l'inutilité probable de cette démarche. N'importe, je suis entrée.

— Je crois n'avoir pas besoin de vous expliquer, monsieur, lui dis-je en coupant court à ses génuflexions, le motif de ma visite.

— Je comprends, mademoiselle, me répondit-il, que vous soyez émue des mesures rigoureuses que nous sommes obligés de solliciter dans l'intérêt de notre chère parente.

J'allais riposter durement :

— Dans son intérêt ou dans le vôtre ?

Mais je songeai que je ne devais rien gagner à briser les vitres d'abord, et je repris :

— Si c'est dans l'intérêt de Mlle de Villehervieux que vous agissez, vous faites fausse route ; et, pour la sauver d'un danger que je ne vois pas, vous lui portez un coup dont j'ai vu les suites funestes et que votre affection aurait dû lui épargner. Il est temps encore, Dieu merci! Donnez, je vous en supplie, les ordres nécessaires pour que cette fâcheuse procédure n'aille pas plus loin.

— Je suis désolé, mademoiselle, de ne pouvoir, pour juger les choses, me placer à votre point de vue.

— Mais vous la tuez, monsieur! Vous la tuez!

— Oh! s'écria-t-il avec son éternel sourire, il y a là, convenez-en, un peu d'exagération. Mlle de Ville-hervieux est froissée; et son mécontentement se fait jour peut-être avec quelque violence. Mais j'ose croire qu'elle n'est pas en danger de mort. Tandis que si nous avions la faiblesse d'arrêter cette procédure — fâcheuse et triste, je le reconnais — elle serait fort en danger de se ruiner.

— Que vous importe?

— Mais, mademoiselle, sa fortune est considérable.

— Raison de plus pour que vous n'ayez pas à craindre qu'elle se ruine.

— Elle en a déjà gaspillé une grosse part. Comment? Elle serait fort embarrassée elle-même de le dire.

— Personne, que je sache, n'a le droit de le lui demander.

— Permettez, mademoiselle, le patrimoine se transmet.

— Ah! nous y voilà donc enfin! Le patrimoine se transmet ; c'est-à-dire que, pour sauvegarder ce que vous appelez vos droits, vous n'hésitez pas à martyriser une pauvre créature inoffensive. C'est misérable, monsieur; c'est odieux!

Je ne sais avec quelle énergie je lui jetai ces deux mots en plein visage, mais il en parut atterré d'abord. Pâle, tremblant, décontenancé, il resta plus d'une minute bouche béante. Puis, s'étant remis :

— Je ne m'attendais pas, mademoiselle, à de pareils propos de votre part, et je regrette vivement...

La persistance de son hypocrisie m'indignait.

— Ayez donc, au moins, lui dis-je les dents serrées, le courage de votre infamie; et jouez cartes sur table. C'est de l'argent qu'il vous faut? Eh bien, si je vous l'offrais, moi, cette fortune? Si je m'engageais sur mon honneur à vous la garder intacte et à vous la remettre... plus tard, consentiriez-vous à ne pas poursuivre?

A l'éclair de joie que je vis briller dans les yeux de M. Grimonet, je compris que je venais de commettre une faute irréparable. Je n'en mesurais pas encore la portée ; mais je sentais vaguement que j'étais dès lors à sa merci, et que je ne devais attendre de lui ni indulgence ni pitié.

Ses traits avaient repris cependant leur habituelle expression de platitude obséquieuse.

— Je suis heureux, mademoiselle, me dit-il, que vous me fournissiez cette occasion de vous prouver la droiture de mes intentions. Je ne cherche même pas à quel titre vous m'offrez une fortune que vous ne détenez pas encore — il appuyait sur « pas encore »— mais, quels que puissent être dans l'avenir vos droits à cet égard, je refuse. L'argent est peu de chose quand il s'agit du salut bien compris des gens qu'on aime; et je crois qu'il importe de ne pas abandonner plus longtemps Mlle de Villehervieux aux caprices de son imagination. Une tutelle est nécessaire.

— Ainsi donc, monsieur, vous serez impitoyable?

— Raisonnable, mademoiselle, raisonnable. Permettez-moi de vous faire observer d'ailleurs que vous vous exagérez beaucoup les conséquences de cette mesure. Rien ne sera changé, en définitive, dans l'existence de Mlle de Villehervieux. Elle sera libre de conter à ses chers oiseaux les... balivernes accoutumées. Le tuteur veillera seulement à ce qu'elle ne prenne aucune décision contraire à ses intérêts.

— L'argent! m'écriai-je, l'argent toujours! Ah! monsieur, vous aurez là-haut, où il ne pèse guère l'argent, de terribles comptes à rendre.

Puis, sentant bien que tous mes efforts pour convaincre un pareil homme seraient inutiles, je me dirigeai vers la porte. Il m'y accompagna, toujours obséquieux, toujours poli, comme si je ne lui avais pas jeté mon mépris à la face. De la rue, en passant devant la fenêtre, je l'ai vu regagner sa chambre en se frottant les mains.

Cela m'a fait peur. Sa joie devait cacher quelque nouvelle infamie, que je m'efforçais en vain de deviner. Je ne pouvais pas, non, je ne pouvais pas supposer qu'il oserait... Je tremble rien que d'y songer.

En rentrant, je trouvai Mlle de Villehervieux toute pâle dans sa chambre. Elle tenait ses deux perruches sur ses mains, et leur contait sa peine, mais d'une voix si émue, avec une telle conviction et des mots si naïvement douloureux, qu'elle échappait au ridicule.

Je ne lui dis rien de mon entrevue avec M. Grimonet. Je m'efforçai au contraire de la persuader que ce n'étaient là que de vaines menaces, et que le plus sage était de laisser passer cette nuée d'orage qui se dissiperait d'elle-même.

— Vous ne le connaissez pas, me dit-elle en secouant la tête.

Hélas ! je ne le connaissais déjà que trop ; et cependant elle disait vrai ; non, je ne le connaissais

pas encore. Il a fallu, pour m'ouvrir les yeux tout à
fait et me montrer à nu cette âme basse, vile et
méprisable, la lettre que je reçus de lui le soir de
ce même jour et dont voici la copie textuelle :

« Mademoiselle, la vivacité de votre abord m'a
tenu, malgré moi, lorsque j'ai eu l'honneur de vous
voir, sur une réserve dont j'aurais voulu sortir dans
l'intérêt commun, et m'a empêché d'examiner sous
toutes ses faces la délicate situation qui nous est
faite. Vous souhaitez que l'action judiciaire ne soit
pas poussée plus loin ; je souhaite, de mon côté, que
les intérêts de notre chère parente soient surveil-
lés ; et je n'ai d'autre but, je vous le répète, que
de la défendre contre elle-même. Sans l'offre injurieuse que vous m'avez faite dans un mouvement
de colère, et que j'excuse du fond de mon cœur,
j'aurais sans doute entrevu la solution que M. Georges Grimonet, mon neveu, croit possible et me
charge de vous soumettre. Georges, que j'ai eu
l'honneur de vous présenter il y a quelques jours,
est un garçon de beaucoup d'avenir, intelligent,
honnête, bon, et personnellement riche du chef de
sa mère. Il est bien vu dans les meilleures familles
du département. On ne saurait donc le soupçonner
des calculs misérables que vous m'avez supposés
un instant. Aussi n'hésité-je pas à vous faire part
de ses intentions.

« Tout s'arrangerait facilement, mon bien cher
« oncle, m'a-t-il dit, si, au lieu de les briser, nous
« resserrions les liens qui nous unissent à Mlle de
« Villehervieux. Que faut-il dans son intérêt? Une
« surveillance affectueuse; rien de plus. Cette sur-
« veillance ne serait-elle pas plus efficace, si elle
« était en quelque sorte ignorée, si les devoirs
« quotidiens de la vie autorisaient celui qui en se-
« rait chargé à ne la point quitter? »

« J'avoue, mademoiselle, n'avoir pas trouvé d'ob-
jection à ce raisonnement si net, si sage, et d'autant plus probant qu'il s'appuie sur un sentiment
vrai d'affection pour notre chère malade. Je ne
voyais cependant pas encore le moyen d'atteindre
un pareil but. Il est vrai que je ne suis plus jeune
et que l'on oublie volontiers à mon âge le pouvoir
des premiers entraînements de la jeunesse. C'était
bien simple pourtant. Un mariage concilierait tout ;
et vous éviteriez à Mlle de Villehervieux les suites
fâcheuses d'un procès perdu d'avance.

« Je ne doute pas que vous ne soyez disposée à
bien accueillir une proposition dont vous devez sentir comme moi tous les avantages et contre laquelle
je cherche vainement des objections. Je me porte
garant auprès de vous de la droiture et de la sincérité de mon neveu, qui n'obéit en cela qu'à l'im-
pulsion de son cœur. J'attends impatiemment

15.

votre réponse, que j'ai hâte de lui transmettre.

« Recevez, mademoiselle, l'assurance de mon respectueux dévouement. »

Comprends-tu maintenant sa joie, lorsque je l'ai quitté? Il me tenait. Je m'étais trahie. Lui offrir cette fortune, c'était lui livrer le secret de Mlle de Villehervieux ; c'était lui dire : « Elle a fait de moi sa légataire universelle. »

Ah ! le beau coup de filet ! Toute la fortune en épousant l'héritière, cela ne vaut-il pas mieux que de partager avec des collatéraux avides? Quelle infamie ! quelle infamie !

J'ai remis sous enveloppe la lettre de M. Grimonet et je la lui ai renvoyée séance tenante, sans un mot de réponse. Je ne sais ce que mon indignation m'aurait dicté. J'aurais dépassé la mesure.

N'ai-je pas bien fait?

SUZANNE A CAMILLE.

Tu m'as effrayée, et j'ai bravement sauté les dix dernières lignes de ta lettre pour en chercher la conclusion. Je craignais l'exagération chevaleresque de ton cœur, que je connais trop. Mais ç'aurait été pousser un peu loin le dévouement, et t'exagérer fort les devoirs de la reconnaissance que de sacrifier à Mlle de Villehervieux notre bonheur à tous. Je ne te l'aurais jamais pardonné.

Dieu merci ! tu n'as pas même hésité.

Tous ces Grimonet sont repoussants. Au milieu de quel vilain monde le hasard t'a-t-il placée, pauvre chère amie? Il est temps, grand temps, que tout cela finisse ; et tu as besoin de notre gaieté pour effacer la trace des cinq mois que tu viens de passer. Tes lettres sont d'un triste ! Tu ne t'en aperçois pas, c'est tout simple ; mais nous, qui te lisons, nous en sommes navrés. Maurice me disait, hier encore : « J'irai la chercher. Je réclamerai l'intervention du conseil de famille. Je ne souffrirai pas qu'elle reste là plus longtemps. »

Il n'en fera rien, sois tranquille ; et je ne te répète ces propos que pour te bien montrer notre impatience de te revoir et de te soigner. Oh ! tu en as besoin. La tristesse et la folie sont contagieuses. Tu es triste ; nous ne permettrons pas que tu deviennes folle.

Tu exagères, après tout ; M\ :sup:`lle` de Villehervieux sera interdite. Eh bien, c'est fâcheux ; mais, si peu que j'aie de sympathie pour M. Grimonet, il me semble qu'en cela il est dans le vrai ; on n'en meurt pas ; et... il ne nous reste qu'à attendre patiemment la décision du tribunal. S'il y avait moyen pourtant de ne pas l'attendre, nous en serions enchantés. Tout est prêt pour te recevoir ; il ne manque plus que ton assentiment ; et nous t'en voudrions beaucoup, oh! mais, beaucoup! de le retarder, si nous n'étions sûrs que tu nous aimes... presque autant que nous t'aimons... tous.

Ce « presque »-là te fâche? J'en suis bien aise, et je le rétracterai de bon cœur cependant; cela ne dépend que de toi. Réponds : « Oui. » Reviens-nous; et je ferai amende honorable, un gros cierge de cire à la main.

CAMILLE A SUZANNE.

Août 1876.

Dix fois j'ai jeté la plume; je la reprends encore une fois. Je ne sais, mes chers amis, si j'aurai le courage de tout vous dire.

Hier, après avoir si brutalement rompu avec M. Grimonet, j'étais remontée dans ma chambre. Assise près de la fenêtre qui donne sur le jardin, je regardais machinalement voler en cercle au-dessus des châtaigniers les corbeaux de Mlle de Ville-hervieux. J'étais triste à mourir; en proie à cet indéfinissable malaise dont on ne peut se défendre, quand on est mécontent de soi-même. Ces mots, écrits de la main de ma pauvre grand'mère, m'étaient revenus à l'esprit : « Si cher que cela te coûte, n'hésite pas. » Et j'avais refusé de sauver celle qui nous a sauvés jadis! Je me le reprochais comme une faiblesse; pis encore, comme une lâcheté. J'envisageais les suites irréparables de cette rupture, et j'en étais à me demander si nous aurions moins souffert, vous et moi, de mon sacrifice que Mlle de Villehervieux ne souffrira de ma faute.

— Et qu'importe encore? me disais-je. Doit-on peser ce que donnera de peine l'accomplissement d'un devoir? J'ai mal agi.

Et l'amertume de ce remords me faisait plus lourde la tristesse de tout ce qui m'entoure.

C'est alors qu'on m'a remis ta lettre. Elle m'a pour un instant consolée. Tu avais raison; oui sans doute, je n'avais pas le droit de sacrifier, en même temps que la mienne, votre existence à vous qui m'aimez. J'ai retrouvé un peu de calme, et, pour ne pas laisser se réveiller les doutes qui venaient de m'assaillir, je suis descendue au salon, où je savais trouver Mlle de Villehervieux en conférence avec quelqu'un de ses oiseaux favoris.

Comme j'y entrais, Claudine introduisit un personnage vêtu de noir et cravaté de blanc que je ne connaissais pas, qui nous salua gravement et dit à Mlle de Villehervieux :

— Excusez-moi, mademoiselle, de me présenter sans en avoir sollicité la permission. La loi a certaines exigences...

A ces mots, « la loi », Mlle de Villehervieux s'était
levée effarée, les mains tremblantes.

— A qui ai-je donc l'honneur de parler? demanda-
t-elle en balbutiant.

— Je suis juge près le tribunal civil, et j'ai été
commis par M. le président à l'effet...

Il s'arrêta court. Mlle de Villehervieux venait de
tomber à la renverse, évanouie. Je m'élançai à son
secours; j'appelai Claudine; et, tandis que nous
nous efforcions de la rappeler à la vie, le juge, dont
la présence devenait inutile, après avoir été si fatale, se retira, non sans nous avoir promis de passer
chez le docteur et de l'envoyer au plus tôt.

Une demi-heure après, Mlle de Villehervieux avait
repris connaissance; mais elle était si faible, qu'elle
ne put se lever. Tout au plus eut-elle la force de
nous remercier, de nous sourire et de nous faire
de la main un geste qui ressemblait, hélas! à un
adieu.

Ah! c'est alors, chère aimée, que le repentir me
mordit cruellement au cœur. C'est alors que je compris ce que valaient au juste les raisonnements
spécieux de ton égoïsme.

Pourquoi donc, me diras-tu, s'il en était ainsi,
ne t'es-tu pas jetée à ses pieds et ne lui as-tu pas
dit :

— Rassurez-vous, consolez-vous, tout est fini. Je

sais un moyen de réduire vos ennemis au silence. Je réponds de l'avenir.

Pourquoi ? Ah ! parce que l'on ne fait pas sans effort le sacrifice de toute sa vie ; parce que l'on espère toujours qu'une chance heureuse, un caprice du hasard viendra brusquement changer la face des choses et tout remettre en sa place, sans qu'il vous en coûte rien. J'imagine que sur un champ de bataille l'homme qui, par l'ordre de ses chefs, doit marcher à une mort certaine, hésite et attend jusqu'à la dernière seconde un contre-ordre. Eh bien, moi aussi j'attendais un contre-ordre ; et, de minute en minute, le bonheur si longtemps rêvé de vivre au milieu de vous m'apparaissait d'autant plus cher et précieux, que je me sentais plus près de le perdre à tout jamais.

Dans l'après-midi, le docteur vint voir Mlle de Villehervieux. Il la trouva très abattue, presque incapable de l'entendre et de lui répondre. Je l'emmenai dans la pièce voisine et lui donnai brièvement tous les détails nécessaires. Il secoua la tête.

— C'est donc... bien grave ? lui demandai-je alors, effrayée.

— Oui et non, me répondit-il. Oui, si les parents de cette pauvre demoiselle ne lui font pas grâce.

— Et s'ils consentaient à se désister, vous répondriez d'elle ?

— Oui. Il n'y a qu'un trouble moral, d'une exceptionnelle gravité, c'est vrai, mais qui cesserait le jour où l'effet qui l'a produit aurait cessé lui-même. Votre parente, mademoiselle, est faible d'esprit, sans aliénation — je le crois, je n'affirme rien — mais elle touche à une limite qu'elle ne saurait franchir sans danger pour sa raison et peut-être pour sa vie. Je pense que de pareils arguments sont de nature à convaincre ceux qui prétendent n'agir que dans son intérêt.

— Je vous remercie, monsieur.

J'en savais plus que je n'en aurais voulu savoir. Convaincre M. Grimonet ? Tu dois le connaître assez par ce que je t'en ai dit pour savoir qu'il était inutile d'y songer. Je n'y pensai même pas. La vérité, la dure vérité venait de m'apparaître. C'est moi que le hasard, ou Dieu peut-être, a choisie comme enjeu de cette partie.

Sans hésiter cette fois, je sortis et courus chez M. Grimonet. Sais-tu de quoi j'avais peur ? C'était qu'il fût trop tard ; c'était que ce misérable, affamé d'argent, me répondît :

— J'ai changé d'avis, mademoiselle. J'attendrai la décision du tribunal.

Elle était perdue alors, perdue sans ressource ; perdue par moi qui, la veille encore, n'aurais eu qu'un mot à dire pour la sauver.

Mais M. Grimonet, Dieu merci ! n'est pas de ceux qu'une riposte injurieuse émeut ou déconcerte. Il vint à moi souriant et joyeux ; il me prit et me tapota les mains ; je me laissais faire, sans y songer. Il me fit asseoir devant lui, me glissa un coussin sous les pieds ; et, s'asseyant en face de moi, me dit :

— Nous avons réfléchi, n'est-ce pas ?

— Oui.

Ah ! ce « oui » ! Dieu te garde, chère aimée, de prononcer jamais un mot qui te déchire comme celui-là m'a déchirée !

— Voilà qui est raisonnable et sage, reprit M. Grimonet ; à la bonne heure ! D'autant plus que vous faites à la fois notre bonheur, celui de Mlle de Villehervieux... et le vôtre.

Je pleurais à chaudes larmes.

— Mais oui, mais oui, le vôtre. Je vous l'ai dit, je vous le répète, mon neveu est un honnête homme. Il n'aura d'autre but que de se faire aimer et estimer de vous, qu'il aime et qu'il estime beaucoup. C'est une affaire entendue. Voilà qui va bien. Il est riche, mon neveu : trois cent mille francs ! et il héritera de moi un jour comme, vous hériterez, sans doute, un jour de Mlle de Villehervieux ?

Il avait scandé cette dernière phrase et appuyé sur le sens interrogatif qu'il lui donnait.

— Comme j'hériterai de Mlle de Villehervieux, oui.

Un imperceptible soupir de satisfaction lui échappa.

— Je suis bien heureux, dit-il, bien heureux! Ce que je souhaitais avant tout pour Georges, c'était une femme d'intérieur, une femme d'ordre. Dans tout le département nous n'aurions trouvé personne qui pût vous être comparée. Je vais l'informer de votre bienveillante réponse; et, si vous le permettez, nous aurons l'honneur d'aller demain...

— Mlle de Villehervieux est au plus mal, monsieur, et votre visite...

— Oui, je comprends; oui, cette chère cousine a jugé mal de nos intentions. C'est fâcheux. Je comprends. Mais il faudra hâter alors la conclusion de cette affaire.

— Cela me regarde.

Je suis sortie sur ce mot. Je n'en pouvais plus. J'étais au bout de mes forces.

Je vous désole, je le sais. Pardonnez-moi. J'ai pleuré toute la nuit. Pardonnez-moi.

« Si cher que cela te coûte, n'hésite pas, » a dit ma grand'mère. Cela doit m'absoudre à vos yeux.

GEORGES GRIMONET A ÉDOUARD X***.

Août 1876.

Mon cher ami, M. Grimonet mon oncle est tout simplement, comme diplomate, à la hauteur des Talleyrand et des Metternich. C'est un colosse.

Comment s'y est-il pris? Je ne m'en doute pas. Mais il a réussi au-delà même de mon espérance. J'épouse et j'hérite.

Je n'affirme pas que la pupille de notre chère parente — style Grimonet — éprouve une joie bien vive à troquer son nom contre le mien. Son accueil plus que froid me laisse même à penser qu'elle n'a pas cédé sans résistance. De cela, je me soucie peu. Elle a cédé, c'est l'essentiel, et m'apporte en dot, outre sa fortune personnelle, la totalité des biens meubles et immeubles composant la succession — encore à ouvrir — de Mlle de Villehervieux.

Car il y a un testament, nous en avons la certitude; testament olographe inattaquable, puisque nous n'avons plus intérêt à l'attaquer.

Corpo di Baccho! Dans six mois d'ici, je serai le plus riche propriétaire foncier du département. Si j'ai quelque velléité d'ambition, ma place est marquée à la Chambre. S'il me plaît de mener la vie de gentilhomme campagnard, j'ai de quoi la mener plantureuse et large. Qu'en penses-tu?

J'en pense, moi, que la Providence a, pour mener ses élus, des voies impénétrables, et tire volontiers de grands effets des plus petites causes.

Do, *mi;* — *do*, *mi;* — *do!* Voilà! pas davantage! Change une note, et tout s'écroule. Cette note changée, la monotonie du chant disparaissait; je n'étais pas agacé jusqu'à l'énervement, je n'empoisonnais pas — le vilain mot!... enfin! — je n'empoisonnais pas Philémon, je n'entrais pas chez Mlle de Villehervieux et je n'épousais pas les millions de sa pupille.

A propos, elle ne va pas, Mlle de Villehervieux; pas du tout. Eh bien, c'est étrange, il y a des moments où je me sens pris de pitié pour cette pauvre créature sans cervelle. A quoi bon, je te le demande? Je n'y puis rien, et ma conscience ne me reproche qu'une étourderie dont les conséquences ne me sont pas imputables.

Après y avoir mûrement réfléchi, je me suis donné l'absolution; et j'attends patiemment tous les biens que m'aura valu la mort prématurée de Philémon. Je me propose de recueillir ses restes, et de lui faire quelque jour une magnifique sépulture.

CAMILLE A SUZANNE.

Août 1876.

Tu ne m'as pas répondu, Pas un mot de ta mère ; pas un de Maurice. Vous avez donc pensé que Dieu ne me soumettait pas à une assez rude épreuve, puisque vous m'abandonnez au lieu de me consoler et de me soutenir. Ah ! c'est mal, c'est mal ! j'espérais être mieux comprise ; de toi surtout, chère aimée, dont je connais l'âme généreuse et droite ; et je n'attendais d'autre réponse que deux mots : « C'est bien. » Tu as gardé le silence ; tu m'en veux du mal involontaire que je vous fais ; tu oublies celui dont je souffre ; soit, je ne reculerai pas pour cela.

Il est trop tard, d'ailleurs ; tout est fini.

En quittant M. Grimonet, j'avais résolu d'informer aussitôt Mlle de Villehervieux de la résolution que je venais de prendre, sans lui rien dire, cela va de soi, des motifs qui m'y avaient poussée. Mais elle était si faible et si abattue, quand je rentrai, que je n'aurais pu me faire comprendre.

Elle était mieux le lendemain matin. Après l'avoir embrassée comme de coutume :

— J'ai une grave requête à vous présenter, lui dis-je.

— Une requête de vous à moi ! s'écria-t-elle en souriant ; vous plaisantez, mon enfant. Ne le savez-vous pas d'avance ? tout ce que j'ai est à vous. Prenez sans demander.

La douceur de sa voix, l'exquise bonté de son regard, l'ineffable bienveillance de son sourire me navraient. A de si bonnes paroles qu'allais-je répondre ? et comment me jugerait-elle ? Car le voilà, le sacrifice. Ce n'est pas d'épouser un homme que je connais à peine et que je ne puis aimer ; ce n'est pas de renoncer à toutes les joies que je m'étais promises ; c'est de n'avoir pas le droit de lui dire pourquoi je la quitte ; c'est de passer à ses yeux !... Oh ! je m'y attendais ; j'"étais préparée et je ne croyais pas, cependant, qu'il me fût réservé d'en tant souffrir.

— Ce n'est pas, lui dis-je après quelques instants de silence, de ce que vous possédez qu'il s'agit, mais d'une autorisation dont j'ai besoin.

— Hé ! n'est-ce pas encore la même chose ? Que pourrais-je vous refuser ? Tout ce que vous faites est bien ; tout ce que vous voulez doit être bien.

— Vous consentez donc à ce que j'épouse M. Georges Grimonet ?

— Georges Grimonet ?

Trois ou quatre fois elle répéta ce nom, comme si elle n'avait pas compris. Puis, brusquement, elle

sauta hors de son lit, passa à la hâte sa robe de
chambre et, défigurée par une soudaine colère,
s'élança vers moi en criant :

— Georges Grimonet ! Elle épouse Georges Grimonet, le neveu de mon plus cruel ennemi !
Georges Grimonet ! Ah ! ah ! ah !

Les cheveux épars, elle courait, affolée, boulever-
sant tout. C'était effrayant. J'avais peur.

Tout à coup elle revint sur moi, les poings crispés ; et, serrant les dents :

— Ingrate ! ingrate ! ingrate ! me cria-t-elle.

Puis elle s'en alla tomber sur un fauteuil. En
une seconde je fus à genoux devant elle, je lui pris
les mains ; elle me repoussa. Je cherchais des mots
pour m'excuser, sans me trahir; je n'en trouvais
pas. Et pendant ce temps elle poussait des gémissements sourds et me jetait des regards presque
haineux. Peu à peu la fatigue vint. Elle se calma.

— Epousez-le, me dit-elle amèrement; épousez-
le. C'est un fort galant homme, à ce qu'il paraît.

— Si vous saviez...

— Eh ! ne sais-je pas tout ce que je dois savoir ?
Je me suis laissé prendre à vos airs de sainte ni-
touche. Ce n'est pas la première fois que pareille
chose m'arrive. Tant pis pour moi. Qui donc ne
se serait pas livré à vous ? Un si gentil sourire !
de si bons regards ! Je ne vous ai fait que du

bien ; vous me payez. Quoi d'étonnant ? Judas a bien
vendu son Dieu.

— Je vous jure...

— A quoi bon ? Ne revenez pas sur une chose
dite. Vous épousez M. Georges Grimonet. Que pouvez-vous me jurer après cela ? Que c'est pour mon
bien, n'est-ce pas ?

— Peut-être.

J'avais répondu si bas, heureusement, qu'elle
n'avait pu m'entendre.

— Pour mon bien... Ah ! ah ! oui, comme Grimonet et consorts, des gens que j'ai tirés de la misère.
Ah ! ah !

Les mots qui s'échappaient de ses lèvres deve-
naient indistincts. Bientôt ce ne fut plus qu'un
murmure.

A la colère qui se trahissait par des éclats de
voix, à la rage sourde qui s'exhalait en reproches
ironiques, une sorte d'abattement succédait. Elle
semblait en proie à une tristesse morne que je crus
de bon augure. J'avais pris ses mains, qu'elle
m'abandonnait.

— Ecoutez-moi, lui dis-je.

A demi courbée devant elle, j'avais parlé bas,
doucement, de tout près, comme j'en avais coutume aux heures de notre douce intimité. J'allais
poursuivre ; mais, au seul bruit de ma voix, elle se

redressa comme sous la piqûre inattendue d'un serpent, et cria :

— Claudine ! Claudine !

La bonne entra.

— Claudine, mademoiselle nous quitte, dit-elle d'un ton bref et impérieux ; montez dans sa chambre et aidez-la à faire ses malles. Dès qu'elles seront prêtes, vous l'accompagnerez.

Et se tournant vers moi :

— Où vous retirez-vous ? me demanda-t-elle froidement.

— Mais...

— Où vous retirez-vous ?

— Chez M. Grimonet.

— Vous entendez, Claudine, chez M. Grimonet. Vous prendrez la brouette pour transporter le bagage de mademoiselle.

Je compris que tout était dit entre nous ; le lien, fragile encore, qui m'unissait à Mlle de Villehervieux s'était brisé violemment ; il n'y avait plus rien de commun entre elle et moi. J'étais son ennemie comme ceux dont je semblais avoir recherché l'alliance.

Et pourtant, quand mes malles furent pleines et fermées ; quand tout le bagage fut sur la brouette devant la porte du jardin, comme Mlle de Villehervieux ne paraissait pas — j'avais espéré qu'elle

16

m'accompagnerait jusque-là — je rentrai dans sa
chambre. Je l'y retrouvai dans la posture où je l'a-
vais laissée une heure auparavant, immobile, et
perdue dans une rêverie vague dont elle ne sortit
que pour me dire :

— Vous pouviez vous dispenser de cet adieu.

Mais sa voix tremblait ; et je sentis qu'elle faisait, pour ne pas trahir sa douleur, un effort violent
sur elle-même. Une dernière fois, j'essayai de la
fléchir ; une dernière fois, j'hésitai à lui crier :

— Mais c'est à vous que je me sacrifie !

J'eus la force de me taire, et je rejoignis Claudine dans le jardin. De loin, j'entendis Mlle de Villehervieux répéter à haute voix :

— Ingrate ! ingrate !

Et ce mot, il me sembla que tous les oiseaux de
ses volières me le jetaient comme elle. Je me bou-
chai les oreilles et je franchis la porte.

Eh bien, le croirais-tu, lorsque je l'entendis se
refermer, cette porte à gros clous de fer, il me
sembla que quelque chose se déchirait en moi ; et
je me pris à regretter, comme les meilleurs de ma
vie, les quelques mois que je venais de passer dans
cette lugubre demeure. J'en regrettais le morne et
étroit horizon, les grands arbres touffus, les pièces
froides et humides.

Il y a comme cela des coins sombres de la vie

qui s'illuminent, à certains moments, de clartés inattendues. Les joies d'ici-bas ne pèsent quelque chose pour nous que le jour où la destinée vient nous les reprendre ; et, si minces qu'elles aient été, le souvenir que nous en gardons nous les montre resplendissantes.

C'est fini ; ce peu de bonheur passé m'échappe ; j'ai fait l'abandon de tout mon bonheur à venir. Que me reste-t-il ?

Je suis depuis deux jours chez M. Grimonet, logée dans sa plus belle chambre, servie comme une reine, adulée bassement par le maître et par les serviteurs.

Ah ! tu m'aimes bien peu, si tu ne comprends pas qu'à toutes ces douleurs c'est trop d'ajouter ton silence.

LA MÊME A LA MÊME.

Août 1876.

Voilà huit jours que je t'ai écrit, et rien ! rien toujours ! Quelqu'un, cependant, s'est indirectement mêlé à ce drame intime. Il se passe autour de moi quelque chose. M. Grimonet semble préoccupé ; son neveu ne dissimule pas les inquiétudes qui l'agitent ; et nous sommes tous convoqués demain chez Mlle de Villehervieux. Tous ! et moi-même ! Je n'y comprends rien. J'ignore le but de cette réunion... et j'espère. Pourquoi?

LA MÊME A LA MÊME.

Août 1876.

Je ne suis pas encore revenue de ma surprise.

Nous étions ce matin convoqués, je te l'ai dit, chez Mlle de Villehervieux. A l'heure dite, nous étions là, M. Grimonet, son neveu et moi. Deux personnes nous y avaient précédés cependant : le médecin et le juge au tribunal civil chargé du rapport. Jusque-là, rien d'étonnant. Ma surprise n'a commencé qu'à l'entrée de Mlle de Villehervieux. Je ne la reconnaissais pas. Elle avait quitté sa robe d'étoffe commune et son petit bonnet bourguignon. Elle était vêtue d'une douillette de soie puce à l'ancienne mode ; ses cheveux étaient roulés des deux côtés de son front ; elle m'apparaissait ce qu'elle avait dû être jadis, grande dame par la mise, la démarche et les manières. Elle nous regardait tous presque fièrement. D'un geste elle nous salua, de si haut, que M. Grimonet se courba malgré lui jusqu'à terre.

— Je vous ai réunis tous, nous dit-elle, pour obtenir et pour faire justice. Ecoutez-moi.

Et, se tournant vers le juge :

— Vous avez été commis, monsieur, par le président du tribunal civil à l'effet de vous prononcer sur l'état de ma raison. Je vais vous prouver, je l'espère, que, si j'ai été folle, je ne le suis plus. Il y a vingt ans, M. Grimonet, ici présent, au nom de qui on a cru devoir commencer contre moi cette misérable procédure, M. Grimonet, petit tonnelier à Pont-sur-Yonne, avait juste de quoi joindre les deux bouts. Je l'ai fait riche. Si c'est de cela qu'il s'arme contre moi, il a raison ; oui, j'étais folle. Aujourd'hui, je sais ce qu'il vaut et ce qu'il veut ; je ne le suis plus... quoi qu'il en dise. Quelles preuves allègue-t-on contre moi ?... Oh ! je le sais. On vous a dit que je gaspillais mon argent ? Eh bien ; demandez à M. l'archiprêtre de la cathédrale ce que j'en fais depuis vingt ans. S'il ne vous répond pas, les pauvres qu'il a secourus en mon nom vous répondront pour lui.

— Mademoiselle...

— Ne m'interrompez pas, je vous en prie. On vous a dit encore que je ne vivais que pour et par les oiseaux dont je suis entourée ? Ah ! nous touchons au vif de la question. On vous a dit que je parlais à ces pauvres petites bêtes comme à des êtres humains ; que ma passion pour eux était si vive, qu'au premier venu d'entre eux j'aurais tout sacrifié, parents et amis... si j'avais eu des amis ?

16.

On vous a raconté à cet égard bon nombre d'excentricités ? Oui, je conviens qu'à des gens superficiels bien des points doivent sembler obscurs dans ma conduite. Peut-être même le tribunal, si j'allais jusqu'à lui, se laisserait-il prendre aux apparences, et se prononcerait-il contre moi. Je ne m'y exposerai pas. Venez.

Elle se dirigeait vers le jardin. Tout le monde l'y suivit. Claudine, par son ordre sans doute, y avait apporté les quatre volières, les cages et les perchoirs.

— A ceux qui prétendraient que je suis folle, monsieur, vous rapporterez ce que vous aurez vu.

En même temps, d'un geste brusque, elle avait fait sauter le dessus de la première volière. Tous les oiseaux qui s'y trouvaient enfermés, voyant le ciel ouvert au-dessus d'eux, s'envolèrent et disparurent au milieu du feuillage épais des châtaigniers. Un seul était venu se poser sur la main de Mlle de Villehervieux. Elle le prit, sans la moindre émotion apparente, et le jeta loin d'elle. Puis elle s'approcha des trois autres volières et en fit sauter de même les dessus ; des cages et en ouvrit les portes, des perchoirs et en brisa les chaînes. Pendant quelques minutes, nous fûmes tous environnés, comme d'un nuage, d'oiseaux de toutes couleurs, qui voletaient, s'en allaient, revenaient. Peu à peu, tout ce petit

monde ailé s'éloigna, se perdit au milieu des branches, dans les jardins des maisons voisines, sur les
toits ; — et plus rien.

Mlle de Villehervieux ne les regardait même pas.
Je ne la vis ni tressaillir ni trembler. On aurait dit
que ce qui se passait autour d'elle ne la regardait
pas ; qu'elle n'avait jamais vu ces oiseaux, qui, la
veille encore, étaient sa première, presque son
unique pensée. Lorsqu'ils eurent tous disparu jusqu'au dernier :

— Suis-je folle, monsieur ? dit-elle.

Le juge s'inclina très bas sans répondre. Il y avait
dans l'attitude, le ton, le regard de Mlle de Villehervieux une dignité si calme et si hautaine à la
fois, que le doute même n'était plus permis.
M. Grimonet se rongeait les doigts, et son neveu
faisait assez triste figure.

Elle se tourna vers eux.

— Vous n'avez plus rien à voir ici, leur dit-elle ;
vous pouvez vous retirer.

Comme je me disposais à les suivre, elle me prit
par la main et me dit tout haut :

— Restez.

M. Grimonet et son neveu, l'oreille basse, étaient
partis ; le juge et le médecin disparurent à leur
tour. Nous étions seules, Mlle de Villehervieux et
moi.

— Je suis sûre à présent, me dit-elle, que vous
n'épouserez pas ce misérable. Ces gens-là ne peuvent plus rien contre moi. Votre sacrifice serait
inutile.

— Vous savez donc ?

— Vos amis de là-bas m'ont tout appris. Pou-
vais-je hésiter ?

Ah ! chère aimée, si tu l'avais vue m'ouvrir ses
bras ! Si tu m'avais vue lui sauter au cou et l'embrasser ! Nous pleurions toutes les deux ; mais c'é-
tait de joie. Depuis, chose étrange, elle ne semble
pas souffrir du déchirement qu'elle s'est imposé ;
car c'en est un. On ne renonce pas si aisément à de
vieilles habitudes. S'en cache-t-elle devant moi ? Je
le crains. Et cependant je ne puis te reprocher de
m'avoir trahie. Je n'aurais peut-être pas eu la force
d'achever ma tâche.

Je quitte Sens demain. Mlle de Villehervieux m'ac-
compagne. Nous prenons le train du matin. Nous
serons en gare à dix heures trente minutes ; à midi
chez vous ; et bientôt chez nous. Maurice ne m'en
veut plus, n'est-ce pas ?

MAURICE A SUZANNE.

Bonneville (Savoie), octobre 1876..

Nous revenons, chère petite sœur, ma femme et
moi ; — ma femme ! comme ce mot-là sonne bien !
— nous revenons émerveillés de notre trop court
voyage. Quoique la saison fût avancée déjà, nous
avons été favorisés par le temps. Pas un jour de
pluie, pas un nuage au ciel. Camille, la chère pri-
sonnière, en liberté pour la première fois, marchait de surprise en surprise. Elle en a long à te
conter. Pour ne lui rien ôter du plaisir qu'elle se
promet, je ne te parle pas de toutes les belles choses que nous avons vues ; il n'y en a pas une,
d'ailleurs, qui vaille la petite chambre où je vais
vous retrouver, ma mère et toi.

Nous nous arrêterons à Sens pour embrasser
Mlle de Villehervieux, dont nous n'avons pas eu de
nouvelles depuis notre départ.

Je cède la plume à Camille.

CAMILLE A SUZANNE.

A bientôt !..... Tous ces points-là sont des baisers pour *maman* et pour toi.

LA MÊME A LA MÊME.

Sens, octobre 1876.

Nous sommes arrivés à Sens hier au soir. Une surprise douloureuse nous y attendait.

Mlle de Villehervieux est morte ! morte huit jours après notre mariage, dans la chambre où elle a vécu si longtemps près de ses oiseaux.

Nous sommes allés nous agenouiller et prier sur sa tombe. C'est à cause de moi, pour moi qu'elle est morte ! Je rougis presque de mon bonheur. Mais Dieu, sans doute, le voulait ainsi. Que sa volonté soit faite !

LE MARSEILLAIS

Lorsque l'on jette les yeux, par hasard, sur les statistiques de notre justice criminelle, on est effrayé par leurs chiffres, si l'on songe surtout que la loi n'atteint pas tous les coupables et que bien des crimes restent ignorés ou impunis. A Paris et dans les grandes villes, la police, immédiatement prévenue, a tout sous la main pour agir avec promptitude ; la piste est relativement facile à suivre ; les traces sont toutes fraîches ; les témoignages abondent, et si, quelquefois, l'instruction est longue ou difficile, rarement, du moins, elle avorte. Mais il n'en est pas de même dans les campagnes. Là,

tout aggrave la difficulté. Avant même que le bruit
du crime soit arrivé jusqu'à ceux qui ont pour mis-
sion de le punir, le coupable a eu le temps d'en
faire disparaître les traces, et lorsqu'on les retrouve
enfin, ce sont les témoignages qui font défaut. La
rumeur publique accuse tel ou tel ; oui ; mais qu'est-
ce que la rumeur publique ? On l'interroge, elle ne
répond plus. Chacun tire son épingle du jeu. Un
tel est coupable, on le croit ; on le sait ; mais, si
l'on parle contre lui, s'il n'est pas condamné, il se
vengera ; les granges brûleront, les bêtes mourront
dans l'étable, et si contre ces nouveaux méfaits la
justice ne peut rien encore, on est pour longtemps
à la merci de ce misérable ; — et l'on se tait. Car
le paysan, qui redoute la justice, même lorsqu'il
n'est appelé par elle qu'à titre de témoin, ne croit
pas à son pouvoir pour le défendre. Il l'a vue si
souvent s'égarer et renoncer à sa tâche, qu'il la
juge volontiers impuissante, sans se douter que
c'est lui-même qui la paralyse le plus souvent par
son silence. On a vu et l'on voit maintes fois encore
des villages entiers subir le joug inavoué de quelque misérable dont on se débarrasserait d'un mot
si l'on osait le prononcer. Mais c'est à qui n'atta-
chera pas le grelot, si grande est la peur ! C'est à
qui fera bonne mine à l'ennemi pour lui échapper.
« Il faut lécher la main que l'on ne peut mordre »

est un proverbe oriental auquel donnent raison
tous les jours les paysans de France, et d'ailleurs.

Telle était, vers la fin de 1840, la situation res-
pective des habitants de Courlon et de Marius Baccaresse, le Marseillais.

Courlon est un gros village bâti en amphithéâtre
sur la rive droite de l'Yonne, à quelques lieues en
aval de Sens. Rien de plus coquet et de plus gracieux à l'œil que ses maisons blanches échelonnées
dans la verdure, quand le soleil d'été fait miroiter
l'eau à leur pied et monter sur les prairies de la
rive gauche les nuages de brouillard qui l'envelop-
pent d'une gaze transparente et parfumée. Des deux
côtés, sur Serbonne et sur Vinneuf, la berge est couverte de champs cultivés ; un peu plus haut, quelques carrés de vigne semés de noyers étalent leur
vert plus sombre jusqu'au sommet où commence le
grand plateau, presque nu, qui, du côté de Bazoche
et dans la direction de Bray, semble comme la limite des plaines de la Brie. De ce sommet, où se
dresse le clocher de la petite église paroissiale, le
coup d'œil est des plus beaux que l'on puisse imaginer. Toute la vallée de l'Yonne est à nos pieds,
verdoyante ici, crayeuse un peu plus loin, semée
de vignes et de bois jusqu'à l'horizon, où, dans une
demi-teinte bleuâtre, se perdent les collines qui
l'enserrent de Sens à Montereau. Ah! le beau pays!

17

Tout y respire le bien-être et l'abondance. On y fait
de tout, des céréales, du chanvre, du vin ; chacun y a
son coin de terre, et la navigation de l'Yonne ajoute
à sa prospérité. Tous les bateaux, trains de bois et
coches qui descendent pour gagner Paris ou Rouen,
tous ceux qui, à grand renfort de chevaux, remon-
tent de Paris à Auxerre, s'arrêtent à Courlon, les
uns pour y charger de la brique ou du bois, les
autres pour y changer d'attelages, et c'est alors —
les jours d'*écluse* surtout, comme on dit là-bas —
un va-et-vient plein d'entrain et d'animation. Et
c'était, dans ce temps-là, bien autre chose encore
qu'aujourd'hui. Il n'y avait pas de chemins de fer ;
on établissait seulement au-dessous de Villema-
noche le premier remblai de celui qui, plus tard,
devait aller de Paris à Lyon. Il n'y avait donc, pour
les marchandises, que les roulages et les coches
d'eau. Les transports par eau étaient moins chers
et presque aussi rapides ; aussi ne fallait-il pas
compter les bateaux qui du matin au soir passaient
ou s'arrêtaient à Courlon. Sur la berge, le cabaret
du père Jacquelin faisait des affaires d'or. Comme
le vin ne lui coûtait pas cher, il le vendait bon
marché, et les mariniers ne s'en privaient pas.
Bonnes gens, ces mariniers ; quoiqu'un peu querel-
leurs lorsque, après une chaude journée, ils avaient
bu plus que de raison. Des gros mots on en venait

parfois aux coups; et nos braves marins d'eau douce semblaient jaloux de marcher sur les traces de leurs rivaux, les vrais marins, dont les querelles violentes à terre étaient et sont encore proverbiales.

C'est dans une de ces rixes que les habitants de Courlon avaient pour la première fois entendu prononcer le nom de Marius Baccaresse, et pour la première fois entendu vibrer son accent méridional.

Marius Baccaresse! Quand il prononçait lui-même ce nom, c'était à croire qu'il comprenait cinq *r* et autant d'*s*, tant il les faisait rouler et sonner.

C'était un petit homme trapu, carré, d'une force peu commune, se dandinant à la façon des matelots, avec lesquels il avait vécu jadis. Il semblait, en vrai Méridional, toujours sûr de lui-même. Son regard, avec l'éclat et la mobilité de celui d'un oiseau, brillait sous des sourcils noirs et épais, comme ses cheveux. Il avait les lèvres minces, le nez légèrement recourbé. On le devinait audacieux, rusé, et instinctivement on se défiait de lui. Mais, s'il n'inspirait que de la défiance à ses compagnons, gaillards solides et toujours prêts à la riposte, il devait effrayer facilement des gens plus timides et peu habitués à ces luttes continuelles.

Les pauvres habitants de Courlon s'en aperçurent

bien le jour où, las, disait-il, de courir sans s'arrêter jamais, il employa ses économies — nul ne savait où ni quand il les avait faites — à acheter une
bicoque sur le bord de l'Yonne, à 100 mètres environ des dernières maisons du côté de Serbonne.
A la bicoque il adjoignit un carré de terre, qui se
trouva l'année suivante doublé miraculeusement —
par un procédé très simple : chaque fois qu'il bê-
chait son champ, Marius gagnait cinq ou six coups
de bêche sur les pâturages de la commune ou du
voisin. Ces choses-là ne passent guère inaperçues.
Le paysan tient à sa terre, et il a raison. La commune lui fit rendre gorge ; les voisins l'obligèrent
à clore d'une haie son carré de jardin ; le tout après
nombre de querelles bruyantes dont on parla six
mois durant. Force resta au droit; mais les intéres-
sés ne tardèrent pas à se repentir, et l'été suivant
leur coûta cher. La chaleur fut si violente, que trois
meules et deux granges brûlèrent pendant une
même nuit d'orage. Marius Baccaresse avait peut-
être bien aidé le feu du ciel. Beaucoup en eurent le
soupçon, quelques-uns la certitude ; mais personne
ne s'avisa d'en souffler mot. Les gendarmes, pour
la forme, firent une enquête qui n'aboutit pas, et
chacun pensa que, le Marseillais étant dangereux, il
valait mieux être son ami que son ennemi. On lui
ouvrit les portes, on lui tendit la main, et on le

laissa vivre à sa guise, sans savoir au juste de quoi
ni comment il vivait.

Car il ne possédait rien que sa bicoque et l'ap-
pentis qu'il y avait joint, espèce de hangar dont le
bois ne lui avait rien coûté; il l'avait pris un peu
partout. Son jardin, mal cultivé, ne lui donnait
guère que de la soupe deux fois la semaine, et
pourtant il ne se privait de rien. Plus souvent que
personne, il allait vider une bouteille, ou plusieurs,
chez le père Jacquelin, avec ses anciens compagnons les mariniers. De temps en temps, il est vrai,
s'il y avait un bateau à charger, il donnait une
demi-journée de travail, une journée entière quelquefois. Mais, le plus souvent, c'était la nuit qu'on
le rencontrait, au bord de l'eau, maraudant, et nar-
guant le garde-pêche, qui, lui aussi, avait fini par
fermer les yeux, parce qu'une fois cela lui avait
coûté trop cher de les ouvrir. Trois jours après le
premier procès-verbal, le seul qu'il eût dressé contre Marius Baccaresse, il était tombé, la nuit, dans
un fossé dont la planche, pourrie, avait cédé sous
son poids. La veille, la planche était toute neuve.
Le Marseillais avait passé par là. Mais comment le
prouver? Qui l'avait vu? Personne. Le garde-pêche
fit comme tout le monde, et Marius Baccaresse se
trouva maître chez lui, maître dans les champs pour
la chasse, maître sur l'eau pour la pêche. Il avait

fini par s'accommoder de cette existence et semblait n'user qu'avec une certaine réserve des droits
qu'il s'était arrogés. Il se contentait de vivre, sans
vouloir s'enrichir aux dépens d'autrui, et ne prenait
que ce qu'il lui fallait.

Tout lui avait donc réussi ; tout, sauf le mariage ;
car, dès son arrivée à Courlon, il avait manifesté le
désir d'y faire souche d'honnêtes gens. Mais les
femmes et les filles ont, à la campagne, leur franc
parler plus que les hommes, et toutes, sans en
excepter une, lui avaient ri au nez. Epouser Marius
Baccaresse, qui n'avait rien ; qui n'avait pas de quoi
payer les frais de la noce !

Claudette Pérol elle-même avait refusé.

Claudette Pérol était une petite femme maigre
et chétive qui touchait à ses vingt-six ans et dont
personne encore n'avait osé prendre la charge. Ce
n'est pas qu'au village on prenne grand souci de
la beauté, qui n'y dure guère sous les coups ré-
pétés du soleil et de la fatigue ; mais on tient à la
santé, et Claudette Pérol allait chez le médecin
presque aussi souvent que chez le boulanger. Elle
n'était pas riche avec ça ; tout juste de quoi vivre.
Son père, qui s'était remarié sur le tard, était mort,
laissant une veuve de soixante ans, qui avait un
peu de bien, c'est vrai, mais qui n'en avait abandonné la moitié à Claudette que moyennant une

rente viagère. C'était une charge plus qu'un profit.
Claudette n'avait pas manqué d'en gémir devant
qui voulait l'entendre, d'autant qu'elle n'aimait
pas beaucoup la vieille Pérol, femme avare, aca-
riâtre, toujours grondeuse et pleurant misère.

Le Marseillais avait cru trouver là son affaire
pour le présent et pour l'avenir. Un gaillard habile
pouvait exploiter la succession ; la mère Pérol avait
bien encore 7 000 ou 8 000 francs en terres ; une
fortune ! Mais Claudette refusa net, et six mois après
épousa Jean Pigache.

Pourquoi Jean Pigache épousait-il Claudette Pérol ? Etait-il donc laid, infirme ou pauvre à ce point ?
Rien de tout cela.

C'était un grand garçon, bien taillé, solide et
fort, qui riait, d'un rire un peu naïf, à propos de
tout et de rien, pour se tirer d'embarras sans doute
et secouer la gêne que lui imposait le regard ou
l'abord d'autrui; car il était timide à l'excès. Elevé
par un père brutal qui, pendant les quinze années
de son enfance, l'avait traité de « propre à rien », il ne
se jugeait pas bon à grand'chose, pas même peut-
être à faire un mari. Aussi n'avait-il osé se déclarer
à personne. Il avait successivement, en rêve, épousé
toutes les filles du village, se promettant, chaque
nuit, de faire sa demande le lendemain sans plus
tarder ; mais les jours avaient succédé aux jours,

et Jean Pigache, repoussé dans sa coquille par des éclats de rire plus malins que méchants, était resté garçon. Et il touchait à la trentaine. C'est alors qu'il jeta les yeux sur Claudette. Il avait comme un pressentiment que de ce côté du moins il serait accueilli. Son instinct, plus que sa raison, lui disait qu'elle lui saurait gré, la pauvre fille, de se charger d'elle, de lui donner une maison, une famille, et qu'elle l'aimerait d'autant plus qu'on l'avait moins aimée jusque-là. Quoique sachant le prix de l'argent, économe à l'excès, rapace même, il n'hésita pas ; la solitude lui pesait. Claudette n'avait presque rien, mais il n'en avait guère plus, et sa prospérité était plus apparente que réelle.

Il possédait, sur la gauche du village, du côté de Vinneuf, à mi-côte, une maison couverte en tuiles, avec arrière-cour, grange, écurie et hangar ; quelque chose comme une petite ferme. Il avait deux vaches, un cheval de labour et tout un bon matériel d'exploitation. Son bien comprenait deux arpents de vignes et trois arpents de terres disséminées par perches et demi-perches un peu partout, ce qui en rendait la culture plus lente et moins productive. Le revenu cependant aurait été bon et Jean Pigache aurait pu compter parmi les gros bonnets de la commune, s'il n'avait fallu, pour payer tout cela, s'endetter lourdement et recourir au père

Mignot, l'usurier de Bray, qui ne donnait pas ses coquilles. De l'argent à 60 pour 100 ! Des billets souscrits, sans cesse renouvelés, avec les intérêts et les frais ! C'est la ruine pour la plupart. Pour Jean, ce n'était encore que la gêne, mais c'était la gêne ; et cependant il n'hésita pas. Il se dit qu'avec du courage, il en pourrait venir à bout. Claudette, quoique souvent malade, ne s'alitait pas et travaillait.

Il ne prenait de charge en réalité que les quelques ordonnances du médecin et la pension viagère de la mère Pérol.

Mais à la mort de celle-ci la rente s'éteignait et le bien du père revenait, libre de toute hypothèque, à la fille. On pourrait alors se libérer envers Mignot et mettre de l'argent de côté pour soi-même, et pour les mioches, s'il en venait.

Il épousa donc Claudette Pérol et s'en trouva bien. Le mariage fit en six mois pour la pauvre fille ce que n'avait pu faire en six ans le médecin. Il lui remit des couleurs aux joues ; elle reprit des forces, et la santé lui revint avec le bonheur. Car elle était heureuse, bien heureuse de se sentir enfin aimée et défendue ; elle avait attendu cela si longtemps ! Pour Jean, cette existence nouvelle fut comme une révélation. Il s'aperçut, à trente ans, qu'il n'était ni plus sot ni moins fort que les autres, et son

sourire, de bête qu'il était, devint bon, comme il
l'était lui-même.

Au bout de trois ans, l'homme et la femme
étaient méconnaissables ; la maison elle-même
avait pris un air de fête, et c'était plaisir d'y voir
sauter au milieu des poules trois gamins qui piail-
laient à qui mieux mieux.

Tout n'y marchait pas à souhait cependant. La
gêne y était grande. Loin de se libérer envers
Mignot, Jean, pour faire face aux dépenses de la
noce, aux charges nouvelles qu'avaient apportées
les enfants, s'était vu forcé de recourir à lui de
nouveau et d'hypothéquer sa vigne. Les échéances
maintenant étaient, comme on dit, les unes sur les
autres. Chaque mois il fallait aller à Bray. Et ce
n'était pas tout. La vieille mère Pérol pleurait misère plus que jamais. Sa belle-fille avait épousé un
homme qui avait du bien au soleil, c'était justice
qu'elle en profitât, et elle tirait sur le ménage de
toute la force de ses vieux bras, accrochant une
nippe par-ci, une mesure de blé par-là, du vin un
jour, une paire de sabots le lendemain, toujours
quelque chose ; elle ne s'en allait jamais les mains
vides. Mais les poulets crient quand on les égorge,
et Jean criait... à se faire entendre d'un bout du
village à l'autre. Les querelles étaient fréquentes
et vives. La vieille pleurait, se lamentait, geignait

à fendre les murs : « Sa terre ne donnait pas...
Elle était trop vieille pour travailler. Et patati...
et patata... »

— Vendez-la, vot'terre, répliquait Jean.

— Vous placerez en viager, ajoutait Claudette.

— En viager ? ripostait la mère Pérol, et à qui
que je le donnerai, mon pauv'argent ? A vous, pas
vrai ? Vous avez déjà ben de la peine à me payer
ma pauv'rente.

La vérité est que la vieille ne demandait pas
mieux ; mais elle voulait faire un bon placement,
obtenir de bons intérêts. Elle se faisait tirer l'oreille,
voilà tout. Jean et Claudette là-dessus savaient à
peu près à quoi s'en tenir. Aussi ne désespéraient-
ils pas.

Mais il fallait peu de chose pour tout compromettre : une meule brûlée, un coup de gelée sur la
vigne, un accident... ou un mauvais tour.

Or, depuis un an ou deux, les accidents étaient
nombreux à Courlon, les mauvais tours plus nombreux encore.

Le Marseillais, harcelé par la misère et la paresse, avait fini par mettre le pays en coupe réglée ;
mais avec une telle audace et une si prodigieuse
habileté, que personne au monde n'aurait pu affirmer qu'il y était pour quelque chose. Il ne s'atta-
quait guère du reste qu'aux plus forts, aux plus

riches, et surtout à ceux qui ne lui cachaient pas assez la haine ou le mépris qu'il inspirait.

Heureusement Jean Pigache n'était pas de ceux-là. Par faiblesse, il avait toujours fait bon visage au Marseillais, et plus d'une fois avait trinqué avec les mariniers et avec lui, chez Jacquelin.

Ah ! c'est qu'il en avait peur, du Marseillais ! Le Marseillais avait courtisé Claudette quand elle était fille ; il avait voulu l'épouser, et Claudette n'avait pas voulu. Ce sont là des choses que l'on n'oublie pas et que le Marseillais devait oublier moins que personne. Si, par malheur, il lui prenait fantaisie un jour de brûler la grange ou d'empoisonner les vaches, c'en était fait du ménage. Pas d'argent à l'échéance. Mignot, las de renouveler, pouvait faire vendre et chasser Jean de chez lui. La femme et les mioches étaient dans la rue, sans pain. Et l'héritage encore lointain de la mère Pérol était peut-être compromis lui-même. Il fallait le ménager, le Marseillais.

Cela faisait un peu jaser ; mais il y en avait, à Courlon, tant d'autres qui n'étaient pas plus braves !... Que lui importait d'ailleurs ? Le jour où il n'aurait plus à compter avec le père Mignot, on verrait. Mais il n'était pas venu, ce jour-là, s'il devait venir.

L'époque de la plus lourde échéance approchait,

c'était pour la Saint-Martin — et Jean n'avait pas la moitié de la somme. Sans doute, il aurait pu vendre ses vaches ou son cheval ; mais à quoi bon une charrue sans cheval, une étable vide ? Et puis, on a son amour-propre ; on ne veut pas crier sa gône sur les toits et se mettre à la merci des méchantes langues. Au village comme à la ville, vous êtes plus qu'à demi ruiné si l'on soupçonne seulement que vous êtes en danger de l'être. Il avait cependant, aussi secrètement que possible, fait flèche de tout bois, épuisé toutes ses ressources.

La veille de l'échéance, le 10 novembre, il avait, une fois encore, supplié la mère Pérol de vendre sa terre et de lui donner la somme en viager ; elle avait refusé une fois encore.

— Tu t'arrangeras bien avec Mignot, avait-elle dit.

Il fallait donc s'arranger avec Mignot. Jean prit son bâton, endossa une limousine et se mit en route pour Bray. L'hiver commençait ; le ciel, gris et bas, semblait, comme un rideau sombre, toucher le sommet de la côte ; le vent sifflait, lugubre, dans les grands peupliers d'en bas, et montait avec des rafales de givre et de neige. Dans les champs, tout blancs déjà, personne. Personne sur la route. Jean sentit comme un frisson lui courir dans les veines. Ce ciel noir, cette plaine sans horizon,

cette solitude morne, tout cela lui semblait de
mauvais augure. Et puis, il le connaissait bien, son
Mignot; il savait bien ce qu'il attendait et ce qu'il
voulait. Ce qu'il voulait, c'était son bien, morceau
par morceau. Aujourd'hui la vigne, demain les
champs, plus tard le reste. Et le dénouement lui
semblait si prochain et si sûr, qu'en arrivant à Bray
il n'osa point d'abord entrer chez Mignot. Il erra
par les rues, le nez au vent, sous la neige, et finit
par s'asseoir, grelottant de fièvre et de peur, sur la
berge, devant le vieux pont dont les arches crevas-
sées laissaient pendre au-dessus de l'eau de longues tresses de lierre que le vent balançait et qu'il
regardait aller et venir comme pour bercer et endormir sa pensée dans la monotonie de ce mouvement. A la longue pourtant le froid l'atteignit sous
les plis de sa limousine. Il se leva brusquement,
et, rassemblant toutes ses forces, frappa chez le
père Mignot. La porte s'ouvrit et le vieil usurier
s'écria presque gaiement :

— Tiens ! c'est Pigache. Tu es en retard, mon
garçon.

Jean se frotta les yeux et se pinça le bras pour
s'assurer qu'il ne rêvait point, ou du moins qu'il
ne rêvait plus, et qu'il ne s'était pas trompé de
porte. Mais non ; c'était bien Mignot qui était là ; le
vieux Mignot avec sa face blême, ses lunettes d'or,

ses cheveux longs graisseux et son col noir plus
graisseux que ses cheveux ; c'était bien Mignot qui
lui disait :

— Entre donc te chauffer.

Pigache entra, et, comme il cherchait par quel
mot commencer :

— Tu n'es pas en mesure. Je sais ça, reprit
Mignot en se frottant les mains. Ça ne fait rien ;
nous nous entendrons toujours.

— Certainement, m'sieu Mignot ;... c'est-
à-dire...

— Mais oui, mais oui. Tu m'apportais un acompte ?
C'est bon ; garde-le. Je n'ai pas besoin de ton argent pour aujourd'hui.

— Ah !

Cette exclamation fut tout ce que Jean trouva à
répondre. La chose dépassait les bornes du possible.

— Vois-tu, reprit l'usurier, entre honnêtes gens
il n'y a pas de chicane. Nous allons renouveler à
six semaines... tu n'es pas homme à me rien faire
perdre. Et dans six semaines...

— Ah ! dame, dans six semaines... murmura
Pigache.

— Dans six semaines, riposta Mignot en riant
et en se frottant les mains, dans six semaines il y
aura peut-être du nouveau.

— Bah !

— Oui, oui, ne fais pas le finaud ; tu en sais aussi long que moi.

Le pauvre Pigache ne savait rien, ne comprenait rien ; mais il ne chercha pas même à comprendre. Six semaines de répit ! C'était plus qu'il n'aurait osé en espérer. Il signa les yeux fermés le billet que lui présenta l'usurier, et sortit non sans avoir répété plus de vingt fois :

— Oh ! merci, m'sieu Mignot, vous êtes un brave homme.

Il faisait nuit noire quand il sortit de Bray. Le froid était devenu plus vif, la neige tombait plus épaisse, le silence était plus profond, et jamais pourtant nuit d'été toute constellée d'étoiles ne lui avait paru plus calme et plus sereine. C'est si bon d'espérer ! si bon de voir l'avenir se dégager des nuages qui l'obscurcissent ! Il marchait sans rien regarder, sans rien voir que cette trouée lumineuse ouverte par la générosité insolite de l'usurier ; et il était si plein des projets nouveaux qui lui semblaient choses faites pendant ces six semaines de répit, qu'il traversa Bazoche sans s'arrêter au *Cheval blanc* comme il en avait coutume, et que, vers sept heures et demie — deux heures à peine après avoir quitté Bray — il aperçut, comme plantée au milieu de la route, la lueur tremblotante d'une fe-

nêtre qu'il connaissait bien. C'était celle de la mère
Pérol, qui habitait la dernière maison de Courlon,
de ce côté-là ; une vraie maison de paysan, couverte
en chaume, qui ne comprenait qu'un rez-de-chaussée et un grenier. Le rez-de-chaussée se composait
d'une seule pièce, très vaste, qui servait de cuisine
et de chambre. Elle était éclairée par trois fenêtres :
une sur la route, à gauche de la porte ; une autre à
droite du lit, celle que Pigache voyait de loin ; et
une, plus petite, qui s'ouvrait au-dessus de l'évier,
sur le clos, à gauche du hangar et de la basse-cour.
La vieille, habituée depuis soixante ans à son isolement, — car il y avait bien 200 mètres de sa maison à la maison la plus proche, — ne fermait jamais
ses volets, et tant qu'elle était debout, la lueur de
sa fenêtre éclairée frappait forcément le regard de
quiconque arrivait à Courlon par la route de
Bray.

Tout en cheminant, Jean Pigache, — c'était tout
simple, — avait cherché les raisons qui pouvaient guider le père Mignot. S'il était allé de lui-même au-
devant d'un renouvellement, s'il avait accordé six
semaines, c'est qu'il y avait quelque chose. La
fenêtre éclairée de la mère Pérol fut — c'est le cas
de le dire — un trait de lumière pour lui.

— La mère et Mignot s'entendent, pensait-il.
Elle viendra chez nous demain, elle nous offrira son

bien et demandera 14 du 100. Ça sera à prendre ou à laisser. Vieille madrée, va !

Mais cela valait mieux que de tout perdre. C'était même encore un gros bénéfice, puisque, tout compte fait, son bien, à lui Pigache, lui resterait libre d'hypothèque et qu'en trois ou quatre ans on en pouvait tirer un. revenu net de six cents écus.

Tout fier d'avoir découvert ce qu'il appelait « le pot aux roses », il se frottait les mains, lorsqu'un cri strident, un cri à donner le frisson, l'arrêta net et le cloua au sol. Il prêta l'oreille ; un second cri, mais comme étouffé brusquement, lui fit venir au front une sueur froide. C'était dans la maison de la mère Pérol qu'ils avaient été poussés tous les deux.

— Est-ce qu'on assassine la vieille ? se demanda-t-il ; faut voir.

Mais il n'osa pas bouger d'abord ; et lorsqu'au bout d'un moment, honteux lui-même de sa faiblesse, il se répéta : « Faut voir, » impossible ; ses jambes tremblaient sous lui. Tout effaré, l'oreille au guet, il finit par avancer cependant, sauta le fossé qui séparait de la route la maison de la mère Pérol et s'approcha de la fenêtre. Il colla son visage à la fenêtre et regarda.

Et ce qu'il vit était bien effrayant sans doute,

car il s'accrocha des deux mains au volet pour ne pas tomber. Bien effrayant. oui !

La mère Pérol était étendue — morte probablement — au pied de son lit ; et près d'elle, un homme, le dos tourné, fouillait à la hâte dans le bahut. Soit qu'involontairement Jean Pigache eût jeté un cri, soit qu'en s'accrochant au volet il en eût frappé le mur, l'homme se retourna et jeta les yeux du côté de la fenêtre. Son regard et celui de Jean se croisèrent.

C'était le Marseillais.

Avait-il vu, collé à la vitre, le visage effaré de Pigache ? Probablement, car il souffla vite la chandelle et le sinistre tableau disparut.

Jean, alors, eut comme un accès de courage. Si la mère Pérol n'était pas morte, il fallait lui venir en aide. Il se jeta contre la porte, essaya de l'ouvrir, et, comme elle était fermée, la frappa du poing à grands coups, tout en songeant que c'était folie, puisqu'il n'y avait plus personne pour ouvrir. Et la porte céda cependant, sans qu'il en eût forcé le verrou ou brisé les planches.

Il se précipita dans la chambre, ralluma la chandelle en toute hâte et s'approcha de la vieille.

Elle était couchée sur le dos, livide, le crâne brisé, sans que pourtant une seule goutte de sang eût jailli. Mais on voyait bien le coup, en plein front, un coup terrible! Et elle était morte.

Alors, tout effaré, comme il relevait les yeux, Jean crut voir à la fenêtre, au-dessus de l'évier, l'œil brillant du Marseillais fixé sur lui. Il se jeta sur la fenêtre, la referma, en poussa le verrou, et machinalement, comme affolé, s'y appuya pour empêcher le misérable de revenir.

Puis, sa frayeur, grandissant, devint de l'épouvante; sa raison l'abandonna. Il sortit sans oser regarder derrière lui, et s'en alla, courant, jusqu'aux dernières maisons du village.

Qu'allait-il faire? Il n'en savait rien. Tout se troublait dans sa tête.

La mère Pérol était morte, assassinée par le Marseillais. Il en était sûr. De là surtout venait sa frayeur; car le Marseillais, lui aussi, l'avait reconnu, et le témoin tremblait d'avoir vu, plus que le meurtrier d'avoir été vu; tellement, qu'une voiture venant sur la route, Jean sauta dans le fossé et s'y blottit.

Pourquoi? Lui semblait-il donc que l'on pouvait le soupçonner de ce crime? Etait-ce lui qui l'avait commis? Non; mais il avait peur, peur de lui-même et de tout le monde.

La voiture passa.

Jean sortit alors de son fossé, se mit à courir et rentra chez lui.

En le voyant, pâle et défait, tomber sur une
chaise, Claudette joignit les mains et s'écria :

— Il n'a pas voulu. J'en étais sûre.

Jean ne répondit pas. Il tremblait; ses dents
claquaient.

— Chauffe - toi donc, lui dit Claudette, et ne
te désole pas. Y a une Providence. Et m'est
avis qu'il pourrait bien y avoir du nouveau d'ici
queq'temps. La mère est allée à Pont aujour-
d'hui.

Pigache tressaillit.

— Oui, continua-t-elle tout en préparant la soupe,
et sans voir l'effrayante pâleur que ce mot « la
mère » avait mise au front de son homme, oui; et
ce n'est pas pour son agrément, par ce temps-là.
Il y a du nouveau. Quoi?... Je ne sais pas. Mais
quand je suis allée chez elle...

— Ah !... tu y es allée? balbutia Jean.

— Ben oui... vers dix heures... m'a paru qu'elle
tournait, comme on dit, autour du pot. Le viager
n'est pas loin. Y a quelqu'un qui lui souffle ça
dans l'oreille... Mignot ben sûr. Mais ça coûtera
cher.

Et comme Jean ne répondait toujours pas :

— Mais qu'est-ce que t'as donc? lui dit-elle, t'as
pas même embrassé les mioches.

Et elle montrait près de la cheminée les têtes

ébouriffées des gamins qui dormaient dans le même panier d'osier.

Mais Jean ne se leva pas, ne tourna pas la tête ; il attrapa sa femme au passage, par la jupe, et lui dit d'une voix sourde :

— Tu ne sais pas ?

— Non.

— La mère Pérol...

— Eh bien ?

— Elle est morte.

— Dieu du Seigneur !

— Elle est morte, reprit Jean.

Et plus bas, si bas que Claudette le comprit plutôt qu'elle ne l'entendit, il ajouta :

— Assassinée !

Claudette fit un bond en arrière et regarda son mari. Une idée terrible venait de lui venir.

— Malheureux ! s'écria-t-elle.

Jean leva la tête, et, sans colère, — peut-être n'avait-il pas senti le doute injurieux qui venait de l'atteindre, — il répondit :

— Le Marseillais.

Claudette lui sauta au cou et l'embrassa sur les deux joues en criant :

— Pardon, pardon. J'étais folle. Je n'ai rien dit. Je n'ai pas douté de toi !

Ce cri échappé à sa femme aurait dû être pour

Jean Pigache un avertissement salutaire. Le doute
qui lui était venu si vite, et comme instinctivement,
pouvait venir à d'autres ; ce qu'elle avait pensé,
d'autres pouvaient le penser comme elle ; le soin
même de son intérêt lui dictait en quelque sorte
son devoir. Et cependant, lorsqu'il eut tout dit à
Claudette :

— Et maintenant ? lui demanda-t-il.

— Dame, répondit Claudette, il n'y a que toi qui
as vu.

— Faut-il prévenir ?

— On saura bien assez tôt.

— Tu as raison ; il sera toujours temps.

— Laisse venir les juges, et ne t'en mêle pas.
C'est leur affaire.

Le doute qui l'avait effleurée lui semblait maintenant si absurde, qu'elle ne voyait plus, comme lui,
d'autre danger que la vengeance du Marseillais,
qui, s'il était acquitté faute de preuves, ne manque-
rait pas de faire payer cher au dénonciateur les
quelques mois de prison qu'il aurait subis. Et était-
on sûr d'en trouver des preuves ? Le Marseillais
était assez adroit pour se tirer les mains nettes de
ce mauvais pas.

— Alors, demanda Jean, tu crois que ça vaut
mieux ?

— Oui... Tu parleras... plus tard... si...

— Si je ne peux pas faire autrement.

— Et ne fais pas cette figure-là, reprit Claudette. Mange la soupe, va dormir... il fera jour
demain.

Elle se faisait brave et calme pour lui donner un
peu de calme et d'énergie ; mais son cœur battait,
Dieu sait. La mort, même pour les natures les plus
grossières, a quelque chose d'imposant qui stu-
péfie. Et c'est bien pis encore quand elle arrive
brusque, inattendue, avec l'appareil sinistre du
crime. Quoiqu'elle n'aimât guère la vieille Pérol,
quoiqu'elle eût pendant dix ans et plus souffert des
exigences de son avarice, Claudette frissonnait en
songeant que cette créature humaine, qui lui avait
parlé une heure auparavant, ne lui parlerait plus ;
qu'elle était morte.

Et cependant elle allait, venait, servait la soupe,
en disant à Jean :

— Le malheur est arrivé... nous n'y pouvons
rien. Dieu ait son âme !... Les vivants ne doivent
point pâtir pour les morts.

Et Jean, rasséréné par ces bonnes paroles, ré-
chauffé par la flamme des sarments qui brûlaient
dans l'âtre, reprenait peu à peu possession de lui-
même et envisageait plus froidement la situation.
La mère Pérol était morte ; il n'y était pour rien ;
ça devait arriver, voilà tout. D'ailleurs, elle avait

soixante-treize ans, la mère Pérol ; un jour ou
l'autre... Et puis cette mort changeait bien la face
des choses. Claudette héritait ; on allait pouvoir se
libérer envers Mignot ; le bien du ménage était dé-
grevé ; c'était l'avenir... oui, mais il ne fallait pas
avoir contre soi le Marseillais. Les récoltes n'auraient pas duré longtemps, ni les granges, ni les
bestiaux. Et si, par malheur, quelqu'un éveillait des
soupçons contre lui, s'il était dénoncé. c'est sur lui,
Jean Pigache, que ça retomberait, puisqu'il avait
été seul témoin de... la chose. Il osait à peine,
dans sa pensée, prononcer le mot : crime. Il se sentait complice par son silence ; sa conscience regimbait. Et cependant sa volonté ferme, bien arrêtée,
était de laisser faire les juges. C'est leur état.

Cette détermination une fois prise, il dormit d'un
si bon somme, l'émotion et la fatigue aidant, que le
lendemain, dès l'aube, quand le garde champêtre
vint heurter violemment à sa porte en criant :
« Pigache !... la mère Pérol a été assassinée ! »
il bondit et se leva d'un air effaré, comme si
vraiment il n'en avait rien su encore. Le fait est
qu'à peine éveillé, il n'avait pas eu le temps de re-
lier ses souvenirs, et que sa stupeur n'eut rien de
joué.

Il s'habilla en toute hâte et sortit avec le garde.
Tout le village était déjà sur pied. Les gendarmes

de Pont avaient, ce jour-là, commencé leur tournée
plus tôt que de coutume et s'étaient trouvés à Courlon juste à point pour procéder aux constatations.
Pigache, en arrivant à l'angle de la ruelle sur la
place, les aperçut en haut de la côte qui gardaient
la maison, où personne ne devait entrer jusqu'à
l'arrivée des magistrats que l'on était allé prévenir.
Les gens du village, du reste, ne semblaient pas
tentés de violer la consigne. Ils se tenaient groupés
à distance, regardant bouche béante la maison du
crime et causant à voix basse.

De l'autre côté, au bord de l'eau, il y avait foule
aussi. On causait avec animation sur la berge, ou
chez Jacquelin, l'aubergiste.

Pigache, qui avait entendu sans sourciller, avec
les exclamations d'usage, les « oh! », les « ah! »,
les « Seigneur Dieu! », le récit du garde, brûlait de
savoir ce que l'on disait de tout cela dans le pays.
Il se dirigea vers la berge et entra chez Jacquelin,
tandis que le garde, appelé par son devoir, remontait la côte et rejoignait les gendarmes.

Il n'y avait à ce moment-là, dans la salle, que
quatre personnes : Jacquelin, un vigneron nommé
Picolet et deux étrangers, qui dormaient ou semblaient dormir sur les bancs du fond contre le mur.
Une bouteille, aux trois quarts vide, était sur la table devant eux. Ils étaient misérablement vêtus de

sarraux bleus et de pantalons de velours brun, où
le temps avait semé des taches grisâtres. Par terre,
dans un coin, ils avaient posé leurs bâtons et leur
mince bagage enveloppé dans des mouchoirs à car-
reaux.

— Eh ben, dis donc, Pigache, s'écria Jacquelin,
la pauv' mère Pérol !

— Ne m'en parlez pas ! dit Jean avec un geste de
commisération.

— Qu'est-ce qui a fait le coup ? demanda Picolet.

— Est-ce qu'on sait !

— On le saura ben... les messieurs de Sens vont
arriver.

— Pourraient bien s'en retourner comme ils seront venus.

Et Jean poussa un soupir qui ressemblait à un
mugissement. Ah ! c'est qu'il aurait été bien heureux si l'on avait pris le Marseillais sans qu'il eût
été dénoncé ; si l'on avait relevé contre lui, tout
d'abord, des preuves certaines, irrécusables ; si enfin sa condamnation avait été sûre. Quel débarras
pour le pays et pour lui-même ! Le Marseillais était
un misérable qui lui inspirait autant d'aversion que
de frayeur. Mais il le savait si adroit !

— On ne trouvera rien, reprit-il.

— Que si.

— Est-ce qu'on sait quéqu'chose ?

— Oui-da.

— Et quoi, pour voir?

— On sait déjà que celui qui a fait le coup n'était pas tout seul.

— Hein? dit Pigache en ricanant, on sait déjà ça? Et il leva les épaules.

— Le brigadier a dit devant moi tout à l'heure : « Ils étaient deux; c'est clair comme le jour. »

— Il n'avait pas mis ses lunettes, le brigadier.

— Possible.

Picolet regarda fixement Pigache et lui dit :

— T'en sais peut-être long, toi?

— Moi! riposta Jean, effrayé de cette conclusion inattendue, je ne sais rien... je ne sais rien.

Et il frappa violemment sur la table, tout en jetant autour de lui un regard soupçonneux, comme pour s'assurer que cette idée qu'il savait quelque chose n'avait pas pu venir à d'autres qu'à Picolet. Son regard rencontra fixé sur lui le regard de l'un des hommes couchés au fond de la salle. Mais comme il n'était pas du pays et semblait même ne se point soucier de ce qui se passait à Courlon, Jean se rassura, prit la bouteille et emplit les verres.

Il levait le bras pour boire quand le Marseillais parut à la porte et entra en disant :

— En voilà du nouveau, tè!... Pauvre mère Pérol!... Une brave femme, tè!... Quelle idée de

tuer une pauvre vieille qui n'avait pas le sou!... De
la belle besogne, oui... de la belle besogne!

En même temps, les yeux fixés sur Jean Pigache,
il s'approchait et, prenant un verre, le lui présentait pour trinquer. Jean se sentit blêmir et trembler;
mais il fit bonne contenance, souleva son verre,
trinqua, et le reposa sans y avoir bu.

Le Marseillais était déjà à l'autre bout de la salle
et se mêlait aux groupes en vrai curieux.

— Trop gratter cuit, trop parler nuit, dit senten-
cieusement Jean Pigache en regardant Picolet.

— Quand on ne sait rien, riposta celui-ci du
même air, on ne peut rien dire.

Et ils sortirent du cabaret tous les deux, au moment où, dehors, on entendait crier :

— Les voilà; les voilà!

C'était le substitut du procureur du roi, son greffier et quatre gendarmes qui arrivaient de Sens au
grand trot.

Les difficultés de l'instruction allaient commencer. Et, d'abord, un premier contre-temps était survenu. Par un de ces brusques soubresauts communs
à l'arrière-saison, le froid avait tout à coup cessé
pendant la nuit; le dégel était venu et avait effacé
toute trace de pas devant la maison de la mère Pérol.
Il ne restait d'indications que celles fournies par la
chambre même de la victime; et le seul point qui

18.

en résultât bien évident et bien clair pour le substitut, c'est que le crime avait été commis par deux
personnes.

Cette conclusion avait, on vient de le voir, fait
lever les épaules à Jean Pigache et lui avait arraché
une réflexion imprudente. Sa stupeur eût été bien
autre si, par-dessus l'épaule du greffier, il avait pu
lire le procès-verbal des premières constatations.

Ce n'était pas en effet au pied du lit, où il l'avait
vu, mais bien devant la cheminée, à l'autre bout
de la chambre, que l'on avait trouvé le corps de la
vieille. Elle portait au front une large contusion
produite par un coup violent : un coup de marteau
sans doute ; mais ce n'était pas tout ; elle était
bâillonnée avec un morceau de laine grise, rayée,
dont le nœud, par derrière, était serré avec une telle
violence, que les poils de l'étoffe, quand on le défit,
restèrent collés à la chair.

N'était-ce pas la preuve évidente qu'elle avait été
frappée par le meurtrier, pendant que son complice, pour étouffer ses cris, lui serrait ce bâillon
au visage ? Un autre indice grave d'ailleurs corro-
borait cette hypothèse. Si la neige, au dehors, avait
emporté la trace des pas, il n'en était pas de même
dans la chambre, où les chaussures humides et
boueuses des coupables avaient laissé leurs em-
preintes sur le plancher poussiéreux. Or, ces em-

preintes étaient de grandeurs inégales. Elles ne présentaient pas un caractère de netteté suffisant pour que l'on pût, en les mesurant, en tirer une charge contre tel ou tel ; mais ce que l'on pouvait affirmer, c'est que l'un des meurtriers portait des souliers à clous, l'autre des chaussures sans clous, sabots ou chaussons. L'instrument dont ils s'étaient servis pour l'accomplissement du crime n'avait pas été retrouvé. La seule pièce à conviction était le morceau d'étoffe qui avait servi à bâillonner la victime. Il ne rappelait par la couleur, le tissu et le dessin aucun des vêtements trouvés chez elle. Ce bâillon avait été apporté par les meurtriers, c'était plus que probable ; et ce fait seul, une fois prouvé, établissait la préméditation.

Tout cela posé, quel avait été le mobile du crime? Le vol, puisque le bahut, tout grand ouvert, avait été fouillé. Mais là surgissait à première vue une difficulté nouvelle : des renseignements pris à la hâte il résultait que la mère Pérol criait toujours misère et n'avait jamais d'argent chez elle.

Qui soupçonner dans ces conditions? Cherchez à qui le crime profite, dit un vieil axiome. A qui profitait le crime de la mère Pérol, si ce n'est à sa belle-fille et à son gendre, les Pigache?

Mais quand le substitut prononça ce nom, le maire, qui venait de lui fournir lui-même tous les renseignements qu'il demandait sur la victime et ses liens de parenté dans la commune, se récria avec un tel accent de sincérité, que le substitut n'alla pas plus loin. Jean Pigache et sa femme étaient estimés ; ils travaillaient, payaient bien, ne devaient rien à personne et s'étaient toujours montrés bienveillants pour la mère Pérol, qui trouvait chez eux des secours fréquents en dehors de la rente viagère qu'ils lui servaient. Plusieurs querelles, sans doute, s'étaient élevées entre eux à ce sujet; mais qui donc, au village, quand il s'agit d'argent, ne se querelle pas, plus ou moins ? Le maire répondait de Jean Pigache.

En revanche, il ne répondait pas du Marseillais. Mais le Marseillais vivait seul, et dans toute la commune on n'aurait pu lui assigner un complice. A première vue, d'ailleurs, aucune charge sérieuse ne s'élevait contre lui.

Le substitut le fit amener cependant. Mais ses réponses furent si précises, faites d'un ton si calme, que le soupçon s'évanouit.

C'est alors que le substitut, pensant n'avoir pas en main des renseignements suffisants sur les habitudes de la victime, fit appeler Jean Pigache et l'interrogea.

Jean, qui s'attendait à cette comparution depuis le matin, avait étudié son attitude et se présenta

avec ces dandinements, ces airs penchés, bêtes et
malheureux qu'affectent les paysans qui ne veulent
pas se trahir.

— Pouvez-vous nous renseigner ? lui dit le substitut.

— Moi ? mon bon cher monsieur, répondit Pigache ; j'étais à Bray.

— A quelle heure en êtes-vous revenu ?

— Vers les sept heures et demie, huit heures.

— En passant devant la maison de la veuve Pérol, vous n'avez rien remarqué d'insolite ?

— Oh ! Dieu Seigneur, non, mon bon monsieur.

— Y avait-il encore de la lumière chez elle ?

— P't' être ben qu'oui... Je n' peux pas dire.

— Vous n'avez pas frappé à sa porte ? Vous
n'êtes pas entré ?

— Pourquoi faire, mon Dieu ?... J'étais trempé...
j'étais las... la femme et les petits m'attendaient
pour manger la soupe.

— Ainsi, vous ne savez rien ?

— Absolument rien, doux Jésus !... sinon que
la pauv' vieille a fini ben malheureusement, et
qu'elle a fait hier son dernier voyage à Pont.

— Ah ! fit le substitut, la veuve Pérol est allée
hier à Pont? Ce n'était pas jour de marché. A quelle
heure est-elle revenue ?

— Je ne peux pas vous dire ; je n'étais pas là...

Mais ça pouvait être vers les cinq heures, puisque Claudette, ma femme, l'a vue chez elle à six heures, et qu'elle ne savait pas qu' ça serait la dernière fois... Ah ! elle a fini ben malheureusement.

Le substitut congédia Pigache et expédia à Pont un agent chargé de savoir exactement ce qu'avait fait la veuve Pérol, et de recueillir tous les propos qui pouvaient être de nature à le guider.

En attendant, il fit faire des perquisitions nouvelles au domicile de la victime et reprit un à un les premiers indices. Ses conclusions furent les mêmes : deux coupables. Il y avait d'ailleurs trace de lutte dans la chambre ; un escabeau renversé, un verre brisé. Pas de sang ; la lutte avait peu duré ; la vieille n'était pas forte. Il n'y avait pas eu effraction. Les meurtriers étaient entrés par la porte, comme tout le monde ; et, selon toute vraisemblance, c'était la veuve Pérol qui la leur avait elle-même ouverte, si du moins elle était intérieurement fermée au verrou. Ce n'étaient pas des inconnus pour elle. Tout cela était logiquement déduit, mais ne donnait pas grand'chose en tant que résultat immédiat ; et longtemps peut-être on aurait piétiné, sans avancer d'un pas, sur ces premières traces, si l'agent envoyé à Pont n'en était revenu sur les trois heures, apportant des renseignements de grande importance.

La mère Pérol était allée à Pont, la veille, chez un nommé Loiset, homme d'affaires, chargé par elle de vendre une partie de son bien. Elle avait touché le produit de cette vente et était repartie de Pont, emportant une somme de 1920 francs et un appoint. C'était là un fait capital.

Elle avait été de plus rencontrée en chemin par un habitant de Serbonne qui revenait chez lui, vers quatre heures. Elle faisait route alors avec deux individus de piètre mine, que le témoin, employé au service de la navigation, avait reconnus pour deux ouvriers occupés, entre Pont et Sens, aux travaux d'endiguement de l'Yonne. Il avait donné leur signalement : blouses bleues, pantalons de velours jaunâtre devenu gris avec le temps, paquets au bout d'un bâton, etc. ; c'étaient les deux hommes que Jean Pigache, le matin même, avait vus couchés dans la salle chez Jacquelin, et dont l'un avait levé la tête pour le regarder au moment où il disait à Picolet le vigneron, en haussant les épaules :

— Il n'avait pas mis ses lunettes, le brigadier.

Ces deux hommes avaient quitté Courlon à huit heures du matin, avaient passé l'eau et s'étaient dirigés vers Champigny, regagnant selon toute apparence la grande route de Lyon à Paris qui traverse ce village. Ils avaient donc une grande avance. Mais ce n'est pas pour rien que les gendarmes ont des

chevaux. Vers minuit on les ramenait à Courlon.
Le substitut dormait. On les enferma dans une salle
basse en attendant le jour.

C'était peut-être agir avec beaucoup de précipita-
tion et peu d'humanité. Mais n'était-il pas permis
de supposer et de croire même que, la mère Pérol
ayant bavardé en chemin, ces deux hommes, n'o-
sant la dévaliser en plein jour, avaient attendu la
nuit pour s'introduire chez elle et s'emparer de
cette somme d'argent dont le chiffre avait dû les
éblouir? Le substitut en avait jugé ainsi; et la
chose lui avait paru si probable, qu'il était tout
près de la tenir pour certaine, quand il arriva le
lendemain à la mairie, où il devait interroger ces
deux malheureux.

L'un était un grand et solide gaillard à figure
bestiale, insignifiante. Il déclara se nommer Valadou, né à Paris, ouvrier terrassier. Il avait subi
une condamnation à six mois de prison pour coups
et blessures. Rien du reste n'appelait sur lui l'attention ou la bienveillance. Ignorance, brutalité,
bêtise, tout cela était d'une vulgarité écœurante.

Son compagnon, au contraire, Pierre Lorieux,
était un de ces hommes que l'on ne peut voir sans
arrêter sur eux un long regard, et sans se dire involontairement : « L'étrange figure ! » Il était de
taille moyenne, très pâle, avec des cheveux épais,

noirs, plantés droit sur la tête et coupés ras ; pas
de barbe, les lèvres épaisses, et des yeux bleus
d'une étonnante profondeur ; de ces yeux qui semblent toujours, comme on dit, regarder en dedans ;
de ces yeux derrière lesquels on sent une âme em-
prisonnée qui, par instants, jaillit en gerbes d'étincelles et d'éclairs. Une idée fixe, une passion ardente, une volonté toujours tendue vers le même
point peuvent seules donner au regard une pareille
puissance, une si énergique intensité.

Φ L'aspect général de cet homme était triste et ré-
signé. Un peintre aurait pu le choisir pour modèle,
s'il avait voulu mettre en pleine lumière la lutte
éternelle de l'âme et du corps, l'éternelle aspira-
tion de la créature humaine vers un monde où elle
aura cessé de souffrir.

Comme son compagnon, il reconnaissait avoir
cheminé la veille avec une femme âgée qui revenait
de Pont. Y avait-elle touché de l'argent? Ils l'igno-
raient. Mais il ne suffisait pas de l'affirmer, et des
charges déjà graves s'élevaient contre eux.

On les avait en effet, dès le moment de leur arrestation, fouillés et visités scrupuleusement. Dans
leurs paquets de hardes on n'avait rien trouvé de
bien compromettant, il est vrai ; mais on avait constaté que Pierre Lorieux portait, cachée sous sa chemise et serrée à la taille, une ceinture de cuir con-

19

tenant plus de 500 francs, moitié or, moitié argent.
Il avait, en outre, la main droite fraîchement écor-
chée à la partie supérieure, comme si des ongles
lui étaient entrés dans la chair. C'était plus qu'il
n'en fallait pour le maintenir en état d'arrestation,
et le substitut croyait presque n'avoir à l'interroger
que pour la forme. Aux premières questions d'u-
sage, il répondit d'une voix calme et douce. Il déclara se nommer Pierre Lorieux et être âgé de
vingt-huit ans.

— Ainsi donc, lui dit alors le substitut, vous
avouez qu'hier, en revenant de Pont, vous avez ren-
contré la veuve Pérol?

— Dame, oui, répondit-il simplement, puisque
c'est vrai.

Le pauvre garçon ne se doutait pas encore de
l'épouvantable accusation qui pesait sur lui. Plutôt
que la crainte, son visage et son attitude expri-
maient une surprise mêlée d'ennui ; et, par moments, ses doigts, légèrement crispés, retombaient
l'un sur l'autre avec un bruit sec, comme pour dire :
« C'est long ; dépêchons-nous. Est-ce que ce n'est
pas bientôt fini? »

— Et, reprit le substitut, la veuve Pérol, en
route, ne vous avait pas dit un mot de ce qu'elle
venait de faire à Pont, pas un mot de l'argent
qu'elle en rapportait?

— Pas un.

— Vous persistez à l'affirmer?

— Dame, oui, puisque c'est vrai.

— D'où vous vient alors la somme, relativement forte, que l'on a trouvée sur vous?

Lorieux tressaillit; une rougeur vague et fugitive lui monta au front, et il répondit avec un léger tremblement dans la voix :

— Oh! ça, c'est l'argent de la mère.

— De la mère?... quelle mère?

— La mère Lorieux... maman.

En prononçant ce mot, deux larmes lui étaient venues aux yeux; puis, comme si sa pensée, brusquement emportée au loin, se fût arrêtée avec joie là où son cœur venait de la guider, un sourire pâle et triste illumina tout à coup son visage, et il resta bouche béante, l'œil fixe, perdu dans une rêverie si profonde, qu'il n'entendit pas le substitut lui demander :

— D'où vous vient cet argent?

Il fallut le lui répéter pour qu'il répondît :

— Hé! de mon travail donc.

— De votre travail?... Vraiment!... Combien gagniez-vous par jour?

— Trois francs.

— Et c'est avec un gain de trois francs par jour que vous avez économisé plus de 500 francs?

— J'y étais depuis sept mois.

— Vous ne ferez croire à personne que vous avez vécu pendant sept mois avec moins de 200 francs.

— Faudra bien pourtant, puisque c'est vrai.

— Que mangiez-vous ?

— Du pain.

— Que buviez-vous ?

— De l'eau.

— Où couchiez-vous ?

— Sous les saules, en été ; dans la paille des granges, en hiver.

— Et tout cela pour rapporter vos économies ?

— A la mère... Oui, pauv'femme ! Elle est vieille, elle est infirme... et, dame, elle m'a tant aimé, quand j'étais petit ! tant soigné ! Ce n'est pas sa faute, allez, si je ne suis qu'un manœuvre. Elle en a mangé, elle, du pain sec dans le temps pour m'apprendre à lire, à écrire et à compter ! C'est mon tour, à présent, vous comprenez. Elle ne travaille plus ; faut bien que je lui fasse un lit où elle puisse mourir tranquille.

Ces phrases, entrecoupées par des silences, étaient dites d'un ton si pénétrant, l'âme de ce malheureux y était si bien tout entière, que le substitut eut un moment d'hésitation.

Tout cela était vrai, ou ce Lorieux était un habile comédien.

— Elle m'attend, reprit-il encore; rendez-moi mon argent, que je m'en aille.

En parlant, il avait tendu sa main droite, qui tremblait. Machinalement, le substitut jeta les yeux sur cette main balafrée, comme l'avaient d'abord constaté les gendarmes, par trois ou quatre ecchymoses toutes fraîches, pareilles à des coups d'ongle. Ses doutes lui revinrent en même temps que le souvenir de la lutte qui devait avoir eu lieu.

— Qu'avez-vous fait hier au soir, en arrivant ici? demanda-t-il.

— Ici? dit Lorieux. Dame, nous avons couché

— Où?

— Dans un hangar, là-bas, au bord de l'eau.

— Il y a des auberges dans le pays.

— Oui, mais on paye dans les auberges, et je ne veux pas toucher à l'argent de la mère.

— D'où vous viennent ces égratignures à la main?

— Du hangar. Pour trouver un coin pas trop froid, — car il neigeait ferme, — il a fallu déplacer un tas de fagots; y avait des épines, mais je ne suis pas douillet.

— Votre compagnon n'a rien, lui.

— Valadou est moins frileux que moi, il a couché où il était.

— Est-ce aussi pour ne pas dépenser l'argent de

la mère que vous n'êtes pas allé à l'auberge? demanda ironiquement le substitut, en se tournant vers Valadou.

— Moi? répondit-il, ça m'est bien égal. Je couche où on veut. J'ai l'habitude. Lorieux voulait pas aller à l'auberge; j'ai pas été à l'auberge.

— On vous y a vus cependant, le matin à huit heures.

— Lorieux n'est pas fort; il grelottait, ça me peinait, j'y ai payé un litre.

— C'est-à-dire que, moins habitué au crime, il tremblait de peur.

— Vous dites? demanda brusquement Lorieux.

— Je dis que vous êtes soupçonnés, cet homme et vous, d'avoir assassiné, cette nuit, la veuve Pérol, et que, si vous persistez à le nier, vous n'y gagnerez rien. Le crime ne reste jamais sans châtiment; tôt ou tard, la preuve irrécusable surgit. Nous la chercherons, soyez tranquilles, et nous la trouverons.

Puis, se tournant vers les gendarmes :

— Emmenez ces deux hommes, dit-il.

Lorieux était resté un moment comme atterré. En voyant les gendarmes s'approcher pour lui mettre les menottes, il s'élança vers la table derrière laquelle était assis le substitut, ouvrit la bouche comme pour protester, sembla chercher un moment et ne trouva rien que ces deux mots, qui lui sortirent de la gorge avec un sanglot déchirant :

— Et maman ?

— Elle sera prévenue.

— Mais vous allez la tuer, monsieur ! si elle ne me voit pas revenir. J'ai écrit ; laissez-moi partir. Je reviendrai, je vous promets de revenir.

Le substitut haussa les épaules.

— Je vous jure devant Dieu que je reviendrai, quand je lui aurai dit moi-même la chose. Je suis un honnête homme.

— Eh bien, vous le prouverez.

Lorieux laissa retomber ses bras et se mit à pleurer.

Les gendarmes lui tenaient déjà les mains, lorsque, pris d'une idée soudaine, il se dégagea sans violence.

Et s'adressant au substitut :

— Monsieur, dit-il, vous pouvez trouver l'assassin si vous voulez ; c'est pas difficile.

— Comment ?

— Il y a ici quelqu'un qui le connaît, j'en suis sûr.

— Qui cela ?

— Un homme que j'ai vu ce matin à l'auberge et qui a dit à un autre, en parlant des gendarmes : « Si c'est tout ça qu'ils ont découvert, ils ne sont pas malins. » Et puis encore : « Trop parler nuit ». Il sait quelque chose celui-là.

Le devoir d'un magistrat est de ne rien laisser échapper de ce qui peut le mettre sur les traces de la vérité. Le substitut fit appeler Jacquelin, l'aubergiste, et sut bientôt par lui que c'était de Pigache qu'il s'agissait. Il le fit comparaître de nouveau.

Comme la première fois, Pigache arriva, l'air dolent, penché, roulant son bonnet et, sans attendre même une question, s'écria d'une voix traînante :

— Mon doux Jésus ! je ne sais rien.

— Avez-vous tenu, ce matin, à l'auberge, les propos que vous prête cet homme?

— Quels propos ?

— « Si les gendarmes n'ont trouvé que ça, ils ne sont pas malins. »

— Bien possible, mon bon monsieur; je ne peux pas vous dire.

— Vous auriez ajouté, en outre : « Trop parler nuit. »

— Bien possible.

— Qu'entendez-vous dire par là?

— Moi? Jésus, mon Dieu, rien ! On parle, comme ça, pour parler. Mais on ne peut dire que ce qu'on sait.

— Oui; mais, songez-y bien, il faut dire tout ce que l'on sait.

— Dame ! bien sûr.

— Vous êtes ici devant la justice. Il y a eu un crime commis. Si vous savez quelque chose, votre devoir est de parler. Silence ou faux témoignage, c'est tout un, et il y va de la prison.

— Seigneur Dieu, mon bon monsieur, je ne veux pas aller en prison ! Si je savais quelque chose... pauv'mère Pérol ! mais je ne sais rien.

— Songez que vous pouvez laisser condamner un innocent et que vous seriez responsable devant Dieu de l'erreur commise.

— Ah ! Seigneur ; il me jugera, monsieur. Je ne sais rien.

— Il ment ! il ment ! s'écria tout à coup Lorieux avec une violence farouche. Il connaît l'assassin. Je vous dis qu'il le connaît.

Et, secouant Pigache par les épaules :

— Mais parle donc, misérable ! parle donc !

Pigache regarda un moment, d'un air hébété, cet homme dont la face, convulsée par la douleur, effleurait la sienne et se sentit frissonner. Il lui vint comme une honte de sa lâcheté. Cet homme était innocent, il le savait bien ; il pouvait, il devait le dire, et il hésitait !

Lorieux, pendant ce temps, était retombé assis la tête dans les mains, en pleurant et en criant comme un enfant :

19.

— Oh! mère!... oh! maman!

Pigache était un brave homme au fond. C'en était trop pour lui.

Il fit un pas vers la table du substitut, il ouvrit la bouche, il allait parler; mais, devant lui, contre la porte où se pressaient les gens du village avides de voir et d'entendre, il rencontra, fixé sur le sien, le regard ironique et menaçant du Marseillais. L'égoïsme le reprit au cœur, la crainte le reprit à la gorge ; il ne songea plus qu'à sa femme, à ses enfants, à lui-même, aux granges qui pouvaient brûler, aux bestiaux qui pouvaient mourir, à la ruine qui pouvait l'atteindre, et, du même ton dolent qu'il avait pris jusque-là :

— Je ne sais rien, mon bon monsieur, dit-il; je ne sais rien.

— Allons, dit le substitut, puisqu'il en est ainsi, retirez-vous.

Et regardant les gendarmes :

— Emmenez-les, ajouta-t-il.

Lorieux, avant de tendre ses mains aux gendarmes pour les menottes, les tendit toutes les deux vers Pigache les poings fermés et, d'une voix sourde, lui dit :

— Lâche ! lâche ! Je me vengerai.

Cinq minutes après, une carriole, escortée de quatre gendarmes, emmenait à Sens les deux pré-

venus Lorieux et Valadou, tandis que le substitut
remontait dans sa voiture et que Pigache rentrait
chez lui.

En y arrivant, il sauta au cou de sa femme et embrassa fiévreusement les trois gamins. Il avait besoin, pour calmer sa conscience qui regimbait, de
se convaincre que c'était pour eux qu'il avait menti
devant la justice et laissé mettre les menottes à un
innocent.

Claudette, qui, n'ayant rien vu, ne savait rien du
désespoir de Lorieux, haussa les épaules quand Pigache lui en parla, et répondit :

— Laisse donc ; les messieurs de Sens finiront
ben par s'apercevoir que ce n'est pas lui. Ils se
débrouilleront.

— Et ils reviendront.

— Eh ben, après? Ce qu'ils n'ont pas trouvé la
première fois, crois-tu qu'ils le trouveront la seconde? La belle affaire si tu avais parlé! Le Marseillais est un malin ; tu aurais dit : « J'ai vu, » il
aurait répondu : « C'est pas vrai. » Comment au-
rais-tu prouvé que c'était vrai? Et si on n'avait
pas trouvé contre lui plus de preuves qu'on n'en
trouvera contre les gars de l'écluse, il aurait bien
fallu le relâcher. Et alors?

Pigache savait tout cela ; vingt fois, Claudette le
lui avait dit, vingt fois il se l'était dit à lui-même.

Et cependant il avait toujours devant les yeux la face
pâle de l'homme innocent, et il entendait toujours
sa voix, tremblante de rage, lui crier :

— Lâche ! lâche !

Lâche ! eh bien oui, il l'avait été; il le sentait
bien. S'il ne s'en repentait pas, il en avait honte ;
et la peur que lui inspirait le Marseillais s'était dou-
blée d'une haine d'autant plus ardente qu'il ne pouvait pas l'assouvir. Il le haïssait, non parce que c'é-
tait un voleur et un meurtrier, mais parce qu'il le
forçait, lui, Jean Pigache, à rougir de lui-même.
Aussi l'évitait-il avec soin ; ce qui ne l'empêchait
pas, quand le hasard les mettait face à face, d'é-
changer avec lui ces phrases banales qui sont en
quelque sorte le fond de la conversation des paysans :

— Déjà debout, Jean Pigache ? — Hé oui, Marseillais. — Un bon temps. Y aura du vin cette année. — Faudrait de l'eau, etc.

Le Marseillais, du reste, n'avait rien changé à
son train de vie habituel. Il continuait à boire avec
les mariniers chez Jacquelin, à marauder la nuit
sur la rivière ou dans les champs. Les gens de Courlon, de leur côté, n'avaient en rien changé leurs fa-
çons d'être avec lui. On le supposait bien capable
d'avoir fait le coup ; mais on avait, depuis longtemps, pris l'habitude de se taire prudemment sur

son compte; et Pigache n'était pas seul dans la commune à dire : « Qu'ils se débrouillent, c'est leur affaire. »

Au bout d'une quinzaine d'ailleurs, on avait si bien épuisé en bavardages les détails de ce gros événement, qu'on finit par s'occuper d'autre chose. Les jours passèrent; comme on n'avait revu ni les magistrats ni les gendarmes, on oublia le meurtre de la mère Pérol; et c'est tout au plus si, de temps en temps, on aurait entendu quelqu'un dire : « C'est drôle tout de même qu'on n'ait rien trouvé. » Du même ton qu'il aurait dit : « Il pleuvra demain. »

Pigache avait oublié plus vite que les autres, en raison des préoccupations nouvelles que lui avait apportées la mort de la mère Pérol. Il avait fallu vendre le bien, aller chez le notaire, signer des papiers, toucher des fonds. N'y avait-il pas là de quoi lui faire oublier tout? De l'argent! Il avait de l'argent.

Son premier soin fut de courir à Bray et de se libérer envers Mignot. Cela fait, il ne devait plus rien; sa terre et sa maison lui restaient; l'avenir était à lui. Ce jour-là, il aurait de bon cœur embrassé tout le monde, même le Marseillais. D'autant mieux que l'hiver était fini, et que c'est bon à l'âme comme au corps un rayon de soleil. Les pre-

mières pousses vertes s'ouvrent aux branches des
saules, l'aubépine fleurie tombe en poussière blanche sur les routes, et les petites feuilles jaunes des
peupliers dansent gaiement, comme des pièces d'or
brillantes, dans la brume argentée qui s'élève avec
la chaleur de midi. Comme c'est bon de vivre par
ce beau temps-là, quand on se sent presque riche,
quand on est sûr de l'être un jour tout à fait!
Comme on marche d'un pas léger vers la maison,
où l'on va retrouver la femme qui travaille et les
mioches qui crient et se bousculent dans le fumier!

En passant devant la masure où avait été si misérablement tuée la pauvre vieille, Pigache ne frissonna même pas. C'était si loin de lui. Tout au
plus était-il sûr maintenant de ce qu'il avait vu.
C'était peut-être un mauvais rêve. On n'entendait
plus parler de rien.

Depuis quatre mois, en effet, l'instruction de
cette affaire, activement commencée, avait langui.
Les présomptions, si graves qu'elles fussent, n'é-
taient que des présomptions et ne suffisaient pas
pour transmettre l'affaire à la chambre des mises
en accusation. On avait cherché, sans se presser
trop, les preuves qui manquaient encore : l'instrument dont s'étaient servis les meurtriers, et les
traces de l'argent volé. Ces recherches avaient été
faites secrètement, à Courlon même, par des agents

déguisés en mariniers qui étaient venus à trois reprises, et trois fois étaient repartis les mains vides.
Le juge d'instruction, d'autre part, avait fait contrôler les déclarations de Lorieux, qui s'étaient
trouvées d'une exactitude scrupuleuse. La mère habitait à Aubervilliers une mansarde où elle vivait
péniblement de son travail et des secours que lui
accordait le bureau de bienfaisance. Elle était,
comme son fils, aimée et estimée de tous. Et cependant on n'avait pas mis en liberté le pauvre diable.

Au bout de ces quatre mois seulement on s'a-
perçut que l'on avait fait fausse route et que les
deux prévenus Lorieux et Valadou étaient innocents.
On les mit en liberté.

Valadou s'en alla chercher du travail. Lorieux,
son trésor dans la poche, sauta en diligence pour
arriver plus vite à Aubervilliers.

Trop tard ! La pauvre mère, en apprenant l'arrestation de son fils et l'épouvantable soupçon qui
pesait sur lui, avait perdu la tête. On l'avait enfer-
mée à la Salpêtrière ; — folle. Lorieux, quand on
lui dit cela, faillit tomber en pleine rue et devenir
fou comme sa mère. Il l'aimait tant ! Mais tout n'é-
tait pas fini peut-être. Il courut à la Salpêtrière, demanda sa mère, la couvrit de larmes et de baisers.
Elle ne le reconnut même pas. Et lorsqu'il demanda
au médecin :

— Est-ce que ça sera long, monsieur ?

— A cet âge-là, lui répondit-il, on ne guérit pas.

Lorieux poussa un gémissement sourd et s'élança dehors, le cœur meurtri, la tête vide. Ce ne fut que le lendemain, après une longue nuit sans sommeil pendant laquelle tous les détails de cette terrible aventure lui étaient revenus un à un, qu'il se ressouvint de cet homme de Courlon, qui connaissait le meurtrier, il en était sûr, et qui n'avait pas voulu le nommer. Sa douleur ne fut plus que de la rage.

— Je me vengerai, lui avait-il dit.

Et il se mit en route pour se venger.

La moitié de sa besogne était déjà faite sans qu'il s'en doutât.

Le juge d'instruction, en effet, égaré d'abord sur une fausse piste, avait repris l'affaire à nouveau, l'avait retournée, examinée sous toutes ses faces, et s'était trouvé, comme d'abord le substitut, logiquement amené à soupçonner Jean Pigache. Le crime lui profitait.

Dans cette voie nouvelle, l'instruction n'avait pas tardé à marcher rapidement. On avait appris, en effet, que Loiset, l'homme d'affaires de Pont, chargé par la mère Pérol de vendre sa terre, n'était que le prête-nom de Mignot, l'usurier de Bray. On avait relevé chez celui-ci le compte de Pigache, et constaté qu'au moment du crime il était à la merci de l'usurier.

Pourquoi Mignot, par l'entremise de Loiset, avait-il acheté la terre de la mère Pérol ? Le problème n'était pas difficile, puisque Pigache, en revenant de Bray, l'avait à peu de chose près résolu. Mignot avait dû décider la vieille à donner le produit de cette vente à Pigache moyennant de gros intérêts viagers. Pigache ayant de l'argent devait se libérer en partie. Mignot payait donc d'une main et touchait de l'autre. La terre lui restait. Mais, grevé d'une lourde pension viagère et du surplus de sa dette, Pigache ne pouvait pas aller loin ; et, comme il lui avait fait reconnaître et signer qu'en cas de non-payement d'un terme la totalité de la dette serait exigible, Pigache était toujours dans ses mains. Son bien et celui de la vieille étaient confisqués d'avance, à son profit, et ne lui auraient rien ou presque rien coûté. C'est la tactique habituelle des usuriers de campagne.

Mais cette tactique, Pigache n'était pas sans la connaître ; il se savait donc pris, pieds et poings liés, par Mignot.

Selon toute apparence, il avait refusé à la veuve Pérol le chiffre d'intérêts qu'elle voulait en échange de son argent, et se sentant perdu, perdu sans ressource, il avait, de complicité avec sa femme, assassiné la vieille, dont l'héritage était son unique espérance.

Aux yeux du juge c'étaient là des présomptions que ne suffisait pas à détruire la bonne réputation de Pigache.

Sa persistance d'ailleurs à dire : « Je ne sais rien, » tournait maintenant contre lui. Lorieux avait affirmé qu'il savait. Peut-être avait-il à dessein fait sourdement courir dans le pays des bruits sur quelqu'un pour détourner les soupçons.

Tout cela était à éclaircir ; et un mandat de comparution fut lancé contre Jean Pigache.

Lorsque le gendarme qui le portait mit pied à terre, ce fut dans Courlon comme l'explosion d'une bombe inattendue. Une rumeur soudaine courut d'un bout du village à l'autre avec des « comment » et des « pourquoi » à n'en plus finir.

Pour Jean et pour sa femme la surprise s'aggravait d'une crainte vague. Ils ne se sentaient pas la force que donne une conscience sûre d'elle-même. L'affaire n'était pas finie, puisque c'était devant le juge d'instruction que Pigache était appelé à comparaître. Les questions allaient recommencer ; il allait être forcé de renouveler ses dénégations. Un mot pouvait le trahir ; et, le refus de témoignage entraînant plusieurs mois de prison, il avait une grosse partie à jouer. Quant à parler, il n'y son-

geait même pas. Y eût-il songé, que cette velléité
se fût envolée comme un flocon de neige sous le
vent, lorsque, le lendemain matin, au moment où
il montait dans la carriole du boucher qui l'emmenait à Sens avec Claudette, il vit le Marseillais s'approcher, l'air épanoui, la main tendue, et cligner de
l'œil en lui disant :

— Bon voyage, Pigache.

Ce mot si simple était gros de menaces. Il en
frissonna des pieds à la tête ; et Claudette, sous le
tablier de la carriole, lui serra la main comme pour
lui dire :

— Attention ! ne t'avise pas de parler.

Claudette n'avait pas été citée ; mais elle avait
tenu à suivre son homme ; elle voulait être là pour
le soutenir et le conseiller au besoin ; elle avait
hâte de le voir sortir du palais de justice, où les
gens de la campagne ne mettent le pied qu'en
tremblant, comme si chaque dalle y cachait un
piège.

En route, bien entendu, il ne fut question entre
eux et le boucher qui les menait que de l'affaire
Pérol ; et c'est par lui qu'ils apprirent que, la veille
même, Valadou et Lorieux avaient été mis en liberté, faute de preuves. Cette nouvelle ne laissa
pas de faire tressaillir Pigache. Etait-ce de joie ou
de peur ? L'un et l'autre. Il était franchement aise

de savoir le pauvre gars Lorieux hors des griffes de
dame Justice ; il avait un poids de moins sur la
conscience ; mais, si l'on avait lâché celui-là, c'est
qu'on en cherchait un autre ; c'est qu'on l'avait
trouvé peut-être, ou tout au moins qu'on le soupçonnait. Et c'était contre celui-ci qu'on allait réclamer encore une fois son témoignage. S'agissait-il
du Marseillais ? Mais le Marseillais était libre ; on
ne l'avait pas inquiété. C'était donc une fausse piste
encore. Les choses pouvaient durer longtemps de
la serte, et il s'effrayait à l'idée seule d'avoir à
renouveler si souvent ses dénégations. Il aurait
donné gros pour que la journée fût finie.

Vers onze heures on arriva à Sens ; le mandat
portait une heure ; on entra dans une guinguette,
où l'on vida une bouteille de vin. Pigache y puisa
un peu d'énergie, et le calme lui était presque revenu lorsqu'il entra dans le cabinet du juge d'instruction.

Claudette, sur l'ordre de l'huissier, avait dû rester dans la salle d'attente. On l'appellerait s'il était
besoin.

Pigache salua jusqu'à terre, roula sa casquette,
prit son air bête, et, du coin de l'œil, regarda le
juge, qui sous ses lunettes l'observait avec attention.

— Vous vous nommez Jean Pigache, dit-il enfin ;

vous habitez Courlon depuis longtemps ; vous y êtes généralement estimé.

— Oh ! pour ça, monsieur...

— Taisez-vous. Vous répondrez quand je vous interrogerai.

Ce début un peu sec n'était pas fait pour donner confiance. Pigache se sentait mal à l'aise.

— Jusqu'à preuve du contraire je dois vous considérer comme un honnête homme. C'est donc à votre conscience d'honnête homme que je fais appel pour obtenir de vous la vérité.

— Oh ! mon bon monsieur...

— Lorsque vous avez été tout d'abord interrogé par M. le substitut du procureur du roi, au sujet du meurtre de la veuve Pérol, vous avez déclaré ne rien savoir.

— Rien, devant Dieu, mon bon cher monsieur.

— Le jour du meurtre vous étiez allé à Bray ?

— Oui, monsieur.

— Pourquoi faire ?

— Mais...

— Répondez.

— Pour m'entendre avec le père Mignot au sujet de ma dette.

— Vous aviez à cette époque de lourds engagements ?

— Dame ! oui.

— Vous étiez dans une situation précaire; sous le coup d'une ruine immédiate.

— Le père Mignot est un brave homme...

— Qui prête à 60 pour 100, vous le savez bien. Et vous avez signé ce jour-là une reconnaissance, dont voici le double, qui vous mettait à sa merci en cas de non-payement de la première échéance fixée à six semaines de là.

— Dame ! le temps, c'est le temps.

— C'était une imprudence grave de votre part; si, du moins, vous ne comptiez pas sur une importante rentrée de fonds.

— Possible, mon bon monsieur; mais j' vas vous dire.

— Dans quels termes étiez-vous avec la veuve Pérol ?

— Oh ! une bien brave femme.

— Vous avez longtemps espéré qu'elle vendrait son bien et vous en donnerait le produit contre le service d'une rente viagère.

— Dame ; oui ! possible.

— Vous avez insisté souvent auprès d'elle à ce sujet, et vous vous êtes heurté longtemps à ses refus. Il en est résulté des querelles vives et bruyantes, des altercations qui sont allées jusqu'à la menace.

— Oh ! peut-on dire ! vous savez ben, mon bon

cher monsieur, on discute, on s'échauffe ; mais au fond... Et puis, après tout, pourquoi que vous me demandez tout ça ?

Ces derniers mots étaient échappés à Pigache, que la tournure de l'interrogatoire commençait à inquiéter. Mais sa question resta sans réponse et le juge d'instruction reprit :

— Au moment où vous laissiez entre les mains de l'usurier Mignot la reconnaissance qui vous livrait à lui, ne saviez-vous pas que la veuve Pérol avait, par l'entremise du sieur Loiset, vendu une partie de son bien ?

— Moi ?

— Ne saviez-vous pas que ce jour-là elle était allée à Pont et qu'elle devait rapporter le prix de cette vente ?

— Mais, mon bon monsieur...

— Ne pensiez-vous pas enfin, le soir venu, la décider à vous remettre ces fonds et n'est-ce pas là-dessus que vous comptiez pour vous libérer avec Mignot ?

— La mère Pérol ne me disait pas comme ça ses petites affaires, je ne savais rien. Et puis, je l'aurais su... quoi ?... Mais je ne sais rien, encore une fois. Qu'est-ce que vous voulez que je vous dise ?

— L'opinion du sieur Mignot, que j'ai interrogé

à cet égard, est que vous étiez bien renseigné et que vous n'auriez pas signé sans cela.

— J'ai signé sans regarder. Et puis quoi ?... qu'est-ce que ça fait à la chose, tout ça ?

— N'est-il pas permis de supposer que vous êtes allé le soir chez la veuve Pérol ?

— Pas vrai ! J'y ai pas mis les pieds ; on ne peut pas m'y avoir vu, dit vivement Pigache avec une sorte de frayeur.

— Je ne vous ai pas dit qu'on vous y avait vu, reprit froidement le juge d'instruction. Je suppose ; rien de plus, jusqu'à nouvel ordre. Je suppose que vous êtes allé chez la veuve Pérol ; que vous lui avez demandé l'argent en viager. Guidée par Mignot, elle a pu exiger un chiffre d'intérêts trop élevé, une querelle a pu survenir ; et alors...

— Alors ?...

— C'est à vous que je demande ce qui s'est passé ensuite.

— Quoi ?... qu'est-ce que vous voulez qu'il se soit passé ? puisque je n'ai pas vu la vieille ce soir-là. Je suis passé devant la maison sans m'arrêter, je suis rentré chez moi à huit heures ; Claudette peut vous le dire, elle est là. C'est Claudette qui est allée chez la mère ce soir-là, à six heures ; je l'ai déjà dit. Je dis ce que je sais ; qu'est-ce qu'on veut de plus ?

Pigache parlait avec volubilité; tout cela commençait à le troubler; ses idées se brouillaient; il
sentait un soupçon peser sur lui. Mais de quoi le
soupçonnait-on? De savoir et de ne pas vouloir dire
ce qu'il savait. Sa crainte n'allait pas au delà.
C'était déjà bien assez.

— Si vous voulez, mon bon monsieur, reprit-il,
ma femme va vous dire...

Le juge d'instruction fit signe à l'huissier, qui se
tenait dans un angle du bureau.

L'huissier se leva, ouvrit la porte et cria :

— La femme Pigache?

Claudette entra, salua l'huissier, le juge, les
murs, les chaises, en souriant, et enfin regarda Pigache, qu'elle vit, avec effroi, pâle et tout agité.
La sueur lui coulait du front.

— Qu'est-ce que t'as donc? s'écria-t-elle.

Et, comme il ne répondait pas, elle se tourna
vers le juge d'instruction et lui demanda :

— Mais de quoi donc qu'il s'agit? Pourquoi
donc que...?

Le reste de la phrase lui rentra dans la gorge,
tant le visage du juge était dur, son regard menaçant, son attitude impérieuse.

C'est qu'une charge nouvelle, terrible, accablante,
venait de s'élever pour lui tout à coup contre Pigache et sa femme. Claudette, qui avait mis pour

20

venir à Sens sa plus belle robe, portait une jupe de laine grise, rayée de bleu et de noir, exactement pareille au lambeau d'étoffe qui avait servi à bâillonner la veuve Pérol On n'avait, on s'en souvient, retrouvé chez la vieille ni vêtement ni étoffe semblable. On était fondé à croire que ce bâillon avait été apporté par les meurtriers et l'on en tirait un indice grave de préméditation. La preuve matérielle que l'on cherchait depuis si longtemps surgissait donc tout à coup ; et, à côté des charges déjà nombreuses relevées contre Pigache, c'était plus qu'il n'en fallait pour motiver une arrestation.

Le juge appela l'huissier, et lui dit quelques mots à voix basse. L'huissier sortit, et rentra l'instant d'après, accompagné de deux gendarmes, qui se placèrent, debout, l'un à droite de Pigache, l'autre à gauche de Claudette.

— Ah ben! s'écria Jean ; ah ben!... quoi?... vous nous arrêtez?

— Nous! ajouta Claudette en joignant les mains ; pourquoi ça, Dieu du bon Dieu?

— Puisque je ne sais rien! criait Pigache ; on ne peut pas dire ce qu'on ne sait pas.

— Il ne sait rien, reprenait Claudette. On ne peut pas nous arrêter! Viens-nous-en, Pigache.

En parlant, elle avait fait un pas vers la porte ; mais le gendarme lui mit lourdement la main sur l'épaule et la cloua au plancher. Stupide alors, affolée, elle se retourna vers le juge d'instruction :

— Et mes mioches ? dit-elle.

— On avisera, répondit le juge.

— Mais de quoi nous accuse-t-on enfin ? demanda Pigache, que la colère, en même temps que la peur, mettait hors de lui.

— D'avoir, dans la nuit du 10 au 11 novembre de l'année dernière, assassiné la veuve Pérol.

Pigache et sa femme bondirent tous les deux, levèrent les bras et ouvrirent la bouche pour crier ; mais rien ne s'échappa de leur gosier desséché par la stupeur. Ce coup était si rude et si imprévu, qu'il les avait soudainement anéantis. Ils se regardèrent comme pour se demander l'un à l'autre si c'était possible, s'ils avaient bien entendu, s'ils ne rêvaient pas ; et sûrs, en se voyant l'un l'autre livides et tremblants, que les sinistres paroles avaient été prononcées, qu'ils étaient sous le coup de cette effrayante accusation, ils fondirent en larmes. Puis Claudette, qui ne se souvenait pas, la malheureuse, d'avoir elle-même un instant soupçonné son mari, s'écria :

— Nous ! des assassins !... Nous !

— Mais je le connais, l'assassin ! reprit Pigache d'une voix étranglée.

— Ah! fit le juge. Eh bien, nommez-le.

— C'est le Marseillais, parbleu!

— Marius Baccaresse, ajouta Claudette; tout le monde sait ça dans Courlon... tout le monde. On ne le dit pas, mais on le sait.

— Eh bien, dit le juge d'instruction, nous allons éclaircir la chose. Parlez.

Pigache dit tout alors, depuis son départ de Bray jusqu'au moment où, affolé par la peur, il s'était blotti dans un fossé en entendant venir sur la route la voiture du boucher de Courlon. Il parlait fiévreusement, emporté par les souvenirs qui lui revenaient en foule et talonné par la peur de l'accusation. Tout lui était encore bien présent à la mémoire; et deux ou trois fois cependant il hésita, il s'arrêta, cherchant ses mots.

Le juge d'instruction, la tête dans les mains, l'écoutait, sans l'interrompre, sans manifester ni doute, ni incrédulité, ni surprise; et quand il eut fini :

— Pourquoi, demanda-t-il, lorsque vous avez été interrogé tout d'abord, n'avez-vous rien dit?

— J'avais peur. Le Marseillais est un homme dangereux. Il aurait mis le feu chez nous. Il est capable de tout, le Marseillais.

— Demandez ça dans le pays, ajouta Claudette, et vous verrez.

— Ainsi, reprit le juge, vous auriez, par votre faiblesse, laissé condamner un innocent ?

— Dame ! écoutez donc, monsieur, c'était l'affaire de la justice.

— Soit. Lorsque vous êtes sorti de la maison de la veuve Pérol, avez-vous éteint la chandelle qui se trouvait sur la table?

— Ah! J'y pensais bien ! répondit Pigache.

— Selon vous, alors, au moment où vous vous êtes jeté dans un fossé pour éviter la voiture qui venait, — frayeur bien étrange, soit dit en passant, — il devait y avoir de la lumière chez la veuve Pérol?

— Sûrement qu'oui.

— Le boucher de Courlon, que j'ai interrogé à cet égard, affirme positivement qu'il n'y en avait pas.

— Ah ! dit Pigache; eh ben, dame ! après ?

— Cela semble prouver qu'à ce moment, c'est-à-dire cinq minutes à peine après votre sortie, le crime était consommé.

— J'viens de vous le dire.

— Vous ne pensez pas que le meurtrier, aperçu et reconnu par vous, entendant une voiture s'approcher, soit revenu sur ses pas?

— Il a filé par la fenêtre, j'vous dis.

— Lorsque l'on est entré dans la chambre le len-

20.

demain matin, on a dû, par suite, trouver tout en l'état où vous prétendez l'avoir vu ?

— Sûrement qu'oui.

— Comment expliquer alors que vos allégations ne soient pas conformes aux termes du procès-verbal que j'ai sous les yeux ?

— Vous dites... ?

— Le corps de la victime était, selon vous, près du lit ?

— Oui.

— On l'a trouvé près de la cheminée.

— Ah !

— Elle avait reçu, dites-vous, un coup au milieu du front ?

— Oui, et un rude.

— Mais vous auriez pu remarquer autre chose encore.

— Hein ?

— C'est qu'elle avait été bâillonnée.

— Oh ! pour ça...

— Avec un morceau de lainage.

— Des contes. J'ai vu ce que j'ai vu.

— Le bâillon était violemment serré derrière sa tête. Un homme ne pouvait pas à la fois l'étrangler par derrière et la frapper par devant.

— Dame ! quoi ? Je ne sais pas, je dis ce que je sais.

— Pendant qu'un des deux coupables étouffait ses cris, l'autre frappait. Celui-ci, c'était vous ; l'autre, c'était votre femme.

— Moi ! s'écria Claudette.

— Voici le morceau de laine dont vous vous êtes servie pour la bâillonner. Regardez-le, regardez votre jupe, et osez nier.

— J'crois ben que j'oserai !

— Ce morceau d'étoffe est-il à vous ?

Claudette, effarée, ne répondait pas.

— Le reconnaissez-vous ?

— Dame ! oui, c'est de ma robe. J'ai acheté ça, à la Saint-Jean de l'année passée, au marché de Montereau.

— Oui, mais il y a beau jour, s'écria Jean, que j'ai donné ce morceau-là, qui restait, à la vieille.

— Ah ! fit le juge.

— Oui, oui, monsieur. Elle ne venait jamais chez nous sans emporter quéq'chose. J'y ai donné ça, je m'en souviens bien. Devant Dieu, je jure que c'est vrai.

— Vous avez, il y a quatre mois, et il y a une heure, juré devant Dieu que vous ne saviez rien.

— Mais c'est la vérité pourtant, murmura Pigache.

— Prouvez-le.

— Attendez. Joséphine Colin était là ; c'est le

le jour, je me souviens, qu'elle avait vendu sa vache au meunier de Serbonne... 147 francs. Elle a cassé une croûte avec moi. Claudette était aux champs avec les petits. Je me souviens. Faites venir Joséphine Colin, elle vous le dira.

— Envoyez un mandat, dit froidement le juge d'instruction à son greffier.

Puis il se leva et fit signe aux gendarmes, en ajoutant :

— Emmenez ces gens-là.

Le brigadier prit l'ordre d'écrou et dit à Pigache et à sa femme :

— En route.

— Et les mioches? criait Claudette en pleurant, les mioches? On ne peut pas nous garder, nous sommes innocents.

— Innocents, répétait machinalement Pigache, innocents.

Puis la rage le prit. Il essaya de se dégager de l'étreinte du gendarme qui lui avait pris le bras.

Mais ce fut peine perdue.

Cinq minutes après, les portes de la prison se refermaient sur sa femme et sur lui.

Pour le juge d'instruction, la culpabilité n'était pas douteuse ; les preuves morales et matérielles lui semblaient déjà suffisantes pour que l'affaire fût transmise à la chambre des mises en accusation.

Son devoir était néanmoins de s'assurer d'abord que le récit de Pigache n'était qu'une fable inventée pour détourner les soupçons.

Il fit comparaître le Marseillais. A toutes les questions qui lui furent posées, celui-ci répondit sans se troubler, du ton le plus naturel et le plus calme. Rien ne trahissait en lui le remords ou la crainte ; et les arguments qu'il faisait valoir pour se défendre étaient plus solides et meilleurs en apparence que ceux de Pigache.

— Pour assassiner et voler la mère Pérol, il aurait fallu, disait-il, savoir d'abord qu'elle avait de l'argent. Comment l'aurais-je su ? Je ne voyais jamais la mère Pérol. Je ne savais rien de ses affaires.

Et cela paraissait vrai.

— M'a-t-on vu de l'argent depuis ce jour-là ? Ai-je dépensé plus que de coutume ? Non.

Et c'était vrai.

— Si vous m'accusez d'avoir volé, montrez-moi l'argent que j'ai pris ; si vous m'accusez d'avoir frappé la mère Pérol, montrez-moi l'outil avec lequel j'ai frappé.

Que répondre à cela ?

— Je n'ai pas bonne réputation, c'est vrai. Je maraude ; mais est-ce une raison, parce qu'on a pris par-ci par-là un poisson dans la rivière, pour que

l'on soit un assassin et un bandit? Pigache dit
qu'il m'a vu? Mais, la nuit, dans une chambre éclairée par une chandelle, est-on bien sûr de ce qu'on
voit? On se trompe en plein jour. Pigache s'est
trompé, et ce n'est pas bien à lui d'accuser comme
ça un camarade.

Tout cela paraissait de bon aloi; mais il était nécessaire de mettre face à face l'accusateur et l'accusé.

— Faites entrer les prévenus, dit le juge d'instruction.

Pigache, à la vue du Marseillais, jeta un cri et,
les poings fermés, s'écria :

— C'est lui! Ah! le misérable! C'est lui!

Le Marseillais ne tressaillit pas, ne broncha pas.

— Tu te trompes, Pigache, dit-il avec une feinte
bonhomie, et ce n'est pas bien, quand on n'est pas
sûr des choses, de mettre un pauvre homme dans
le malheur.

— Pas sûr! cria Pigache, pas sûr! quand je l'ai
vu! et qu'il m'a bien vu, allez, monsieur! et qu'il
m'a bien reconnu!

— Avoue donc! hurlait Claudette en même
temps; avoue donc, lâche! On accuse mon homme!

— Mais ce n'est pas moi qui l'accuse, dit le Marseillais; je n'accuse personne, moi.

L'affirmation de Pigache était bien énergique et

bien précise; mais la tenue du Marseillais était si correcte, que le doute subsistait à son avantage. S'il n'était pas prouvé que Pigache eût donné depuis longtemps à la veuve Pérol ce morceau de laine qui avait servi à la bâillonner, toutes les probabilités étaient contre lui.

Le juge fit appeler Joséphine Colin, dont Pigache avait invoqué le témoignage.

Cette femme, une paysanne de quarante ans, égoïste, peureuse et défiante, lorsqu'elle aperçut d'un côté le Marseillais, de l'autre Pigache et sa femme, devant elle ce magistrat impassible, derrière elle les gendarmes debout, frissonna et trembla, comme s'il se fût agi d'elle-même, et quand le juge d'instruction, après avoir rappelé les faits, lui demanda :

— Vous souvenez-vous?

— Je ne peux pas dire, mon bon monsieur, répondit-elle ; c'est bien possible.

— Pigache a-t-il, oui ou non, donné devant vous à la mère Pérol ce morceau d'étoffe? regardez-le bien.

— Oh! pour ça, monsieur, je ne sais pas.

— Vous ne savez rien?

— Dame ! sûrement que non.

— Ah! la Colin, s'écria Pigache, mais tu me perds! Tu ne comprends donc pas? Souviens-toi;

je t'ai dit, en donnant ça à la vieille : « Elle finira
par me prendre ma chemise sur le dos. »

— Ah ça, dame! peut-être bien.

— Affirmez-vous le fait?

— Sûrement que non ; faudrait savoir.

Il fut impossible d'en rien tirer autre chose. Ni
les remontrances du juge, ni les prières de Pigache,
ni les larmes de Claudette ne purent lui arracher
un témoignage clair, net, précis.

— Je ne sais pas.

Voilà tout.

Et Pigache, à son tour, était pris dans l'engre-
nage terrible où il avait, pendant quatre mois, laissé
meurtrir un innocent. Son refus de témoigner avait
coûté la raison à la mère du pauvre Lorieux ; le refus de la femme Colin allait lui coûter, à lui, sa liberté, sa vie peut-être et la vie de ses enfants.

Comme il la payait cher, sa faute !

Car, il n'y avait plus à en douter, après la con-
frontation avec le Marseillais, après l'appel inutile
aux souvenirs de la femme Colin, Pigache et sa
femme allaient passer en cour d'assises.

Lorsque cette nouvelle se répandit à Courlon, elle
y fut accueillie d'abord par un murmure d'incrédulité. Sans doute on avait bien quelques petites choses
à reprocher à Pigache ; il était quelquefois dur au
pauvre monde, et ses écus lui tenaient trop soli-

dement à la poche ; mais on le jugeait incapable
d'avoir commis ce meurtre, encore plus de l'avoir
prémédité. Quant à Claudette, la bête au bon
Dieu, on ne pouvait supposer qu'elle eût prêté
les mains à une si abominable action. C'était une
erreur, à coup sûr, et qui semblait d'autant plus
fâcheuse que l'on n'était pas sans avoir soupçon du
vrai coupable. On s'apitoya donc bruyamment sur
le sort de Pigache. Le maire assembla le conseil
municipal, et l'on désigna une famille qui, en l'absence de Jean et de Claudette, devait prendre soin
de leurs enfants ; on régla encore par corvées fa-
cultatives le travail indispensable dans les terres de
l'absent, sauf à lui, quand il serait libre, à indem-
niser chacun en raison des services rendus. D'un
jour à l'autre, du reste, on s'attendait à le voir
reparaître.

Quand le Marseillais fut cité devant le juge d'instruction, quand on le vit partir, ce fut dans toute
la commune comme un long soupir de soulagement.
C'est fini ! pensait chacun.

Mais lorsqu'il revint, le soir, aussi calme qu'il
était parti, lorsqu'on vit les jours succéder aux jours
sans que Pigache fût mis en liberté, le doute se
glissa dans les esprits et, Marius Baccaresse aidant,
y prit bientôt racine. On se dit qu'après tout il fallait qu'il y eût contre lui des charges graves, et l'on

21

en chercha. A force d'en chercher, on en trouva, et l'on en vint enfin à penser que Pigache, en effet, pouvait bien avoir tué la mère Pérol. La chose n'était pas impossible. On se rappela les querelles oubliées, les menaces proférées dans la colère. Le Marseillais était là pour souffler sur toutes les étincelles qui jaillissaient, si bien que du « pas possible » on passa au « probable », pour en arriver au « certain ».

Tout le monde cependant était d'accord pour penser que, s'il y avait contre lui de graves probabilités, on manquait de preuves irrécusables.

C'est là qu'en étaient les choses quand arriva Lorieux, qui allait, sans le savoir, faire le jeu du Marseillais. Depuis le jour où il avait laissé à la Salpêtrière sa pauvre vieille mère à jamais folle, il n'avait plus eu, nous l'avons dit, qu'une seule pensée : se venger de l'homme qui, en refusant de parler, avait été la cause première, la seule cause de cette irréparable douleur. Et le hasard voulait qu'au moment même où Lorieux accourait, la rage dans le cœur, à sa poursuite, cet homme fût sous le coup d'une accusation. Un incident pouvait le sauver, un incident le perdre. Il ne fallait qu'une preuve.

— Je la trouverai ! s'écria Lorieux.

Pour lui, Pigache était coupable. Cela n'était pas

même douteux. Est-ce que, innocent, il l'aurait laissé accuser? Est-ce qu'il aurait commis cette lâcheté de ne point parler, si, en parlant, ce n'avait été lui-même qu'il dût perdre?

Alors, avec l'énergie indomptable et la patience que donne la haine, il se mit à la chercher, cette preuve qui manquait aux juges. Le crime avait été commis avec un instrument quelconque, barre de fer ou marteau, que l'on ne retrouvait pas. C'était cela qu'il voulait trouver.

Il se fit donner par les gens de Courlon tous les détails déjà connus sur le crime, sur les habitudes de Pigache et de la mère Pérol. Il refit une enquête à lui seul, interrogea dans tous les coins et recoins la maison de la victime, celle du prévenu, fouilla les murs, les planchers, les jardins, dépava les cours, défonça les armoires, tout cela sans se soucier du garde champêtre ni des gendarmes.

On lui avait pris le meilleur de sa vie. Sa vengeance était légitime. De quel droit l'aurait-on empêché d'agir?

Et il cherchait, jour et nuit, toujours l'œil aux aguets, toujours prêtant l'oreille, épiant un mot qui pût le mettre sur la voie, un hasard qui pût le guider. Et quand, las de ses recherches inutiles, il revenait au cabaret dépenser l'argent dont, hélas! la pauvre mère Lorieux n'avait pas pu profiter, c'é-

tait pour attiser dans le cœur d'autrui la haine
qui brûlait le sien, c'était pour faire entrer dans
l'esprit de tous la certitude que Pigache était coupable.

Si dur que soit un corps, on ne le frappe pas im-
punément tous les jours à la même place. Les coups
marquent à la longue et font leur trou.

Lorieux avait si passionnément accusé Pigache,
que, le jour où les débats s'ouvrirent à Auxerre
devant la cour d'assises, il n'y avait plus que des
témoins à charge.

Les hésitants ne comptent pas. Si! Parfois ils
sont plus dangereux que les autres ; et le malheureux s'en aperçut bien.

Les gens qu'il avait fait citer pour lui, en s'abs-
tenant de répondre, semblaient aux jurés n'obéir
qu'à un sentiment de pitié ; et comme peu à peu,
à côté des premières charges, l'instruction minu-
tieuse du procès en avait relevé de nouvelles, écha-
faudées sur les bavardages et les cancans des gens
du pays, la cause de Pigache et de sa femme, vers
la fin de la première audience, paraissait définitivement perdue.

Tel était du moins l'avis des curieux qui, pressés
dans la salle des assises ou dans la salle des Pas
perdus, commentaient les détails de l'affaire.

Tout le pays était là : Mignot, Picolet le vigne-

ron, Loiset l'homme d'affaires, Jacquelin l'aubergiste, tout le monde.

L'audience allait finir, quand un homme effaré,
la sueur au front, haletant, entra tout à coup dans
la salle des Pas perdus.

C'était Lorieux.

Personne d'abord ne fit attention à lui ; il s'agissait bien de Lorieux en ce moment. Mais, comme
il voulait forcer le passage, Jacquelin, qu'il avait
bousculé, l'arrêta en lui demandant :

— Qu'est-ce que tu as donc, Lorieux ?

— J'ai... qu'il n'échappera pas, je le tiens !

— Qui ça ?

— Pigache.

— Tu as une preuve ?

— J'ai le marteau dont il s'est servi, et je sais où
est l'argent.

— Es-tu sûr ?

— Il y a des cheveux après le marteau ; des
cheveux, de la chair et du sang.

— Où l'as-tu trouvé ?

— Dans un tas de bourrées, du côté de Serbonne.
L'argent est dans sa cave du chemin des ruelles.

— Et tu l'as, le marteau ?

— Oui, regarde.

En parlant, il l'avait tiré de dessous sa blouse, où
il le tenait caché.

— Ça? dit Jacquelin. Mais...

— Eh bien! quoi?

— Ce n'est pas ça qui le fera condamner, au contraire.

— Parce que...?

— Parce que ce n'est pas à lui, ça.

— Tu dis?

— C'est le marteau du Marseillais, je le reconnais.

— Alors, dit Lorieux tout pâle, il serait donc innocent, Pigache?

— Faut croire.

— Et si je ne le montrais pas, ce marteau?

— Ah! dame, c'est ton affaire.

— Si je le montre, il sera acquitté?

— Sûrement.

Lorieux baissa la tête et resta un moment immobile, les yeux fixés sur cette preuve qu'il avait cherchée si longtemps, sur cette preuve qui devait lui fournir sa vengeance. Il hésitait. Pigache lui avait fait tant de mal!

Puis, tout à coup, il se passa la main sur le front, bouscula tout le monde, s'approcha d'un huissier, lui dit quelques mots à voix basse, lui remit le marteau et se sauva.

Cinq minutes après, par ordre du président, le Marseillais, cité comme témoin, en raison de l'accusation portée contre lui par les prévenus, était appelé.

Le président le regarda un moment sans rien lui dire, puis, brusquement, les yeux dans les yeux, lui présenta le marteau en lui disant :

— Le reconnaissez-vous ?

Le Marseillais, qui s'attendait à tout, à tout, excepté cela, devint d'une pâleur livide, et involontairement s'écria :

— Je suis pris.

Et, comme il n'y avait plus à revenir sur un pareil mot, il ajouta :

— Lâchez-les. J'avoue.

Le jour même, Pigache et sa femme furent mis en liberté. Marius Baccaresse devait prendre, à la session suivante, leur place sur le banc des accusés. Et cette fois l'issue du procès n'était pas douteuse ; il avait tout avoué. Pigache avait dit vrai. Mais il n'avait dit, trop tard, hélas ! pour Lorieux et pour lui-même, que ce qu'il avait vu, que ce qu'il savait.

Ce qu'il ne savait pas, c'est que le Marseillais, surpris par lui, était rentré sur ses pas dans la maison de la mère Pérol, avait déplacé le corps et bâillonné la morte avec le premier chiffon venu pour avoir le droit de nier le lendemain, si Pigache osait l'accuser. Il avait ensuite — espérant qu'on ne le retrouverait pas, ou qu'on le retrouverait trop tard — caché dans un tas de bourrées, dans les champs, du côté de Serbonne, le marteau qui pouvait le trahir, et dans la cave même de Pigache il avait enfoui l'argent.

Ah ! c'était un habile gredin, ce Marseillais.

Mais il n'y a, Dieu merci, gredin si habile qui ne paye tôt ou tard sa dette à la justice, et le châtiment se ferait moins attendre si les malfaiteurs n'avaient trop souvent pour complices la faiblesse et la peur de ceux qu'ils oppriment.

TABLE DES MATIÈRES

PARIS. — TYPOGRAPHIE A. HENNUYER, RUE DARCET, 7.

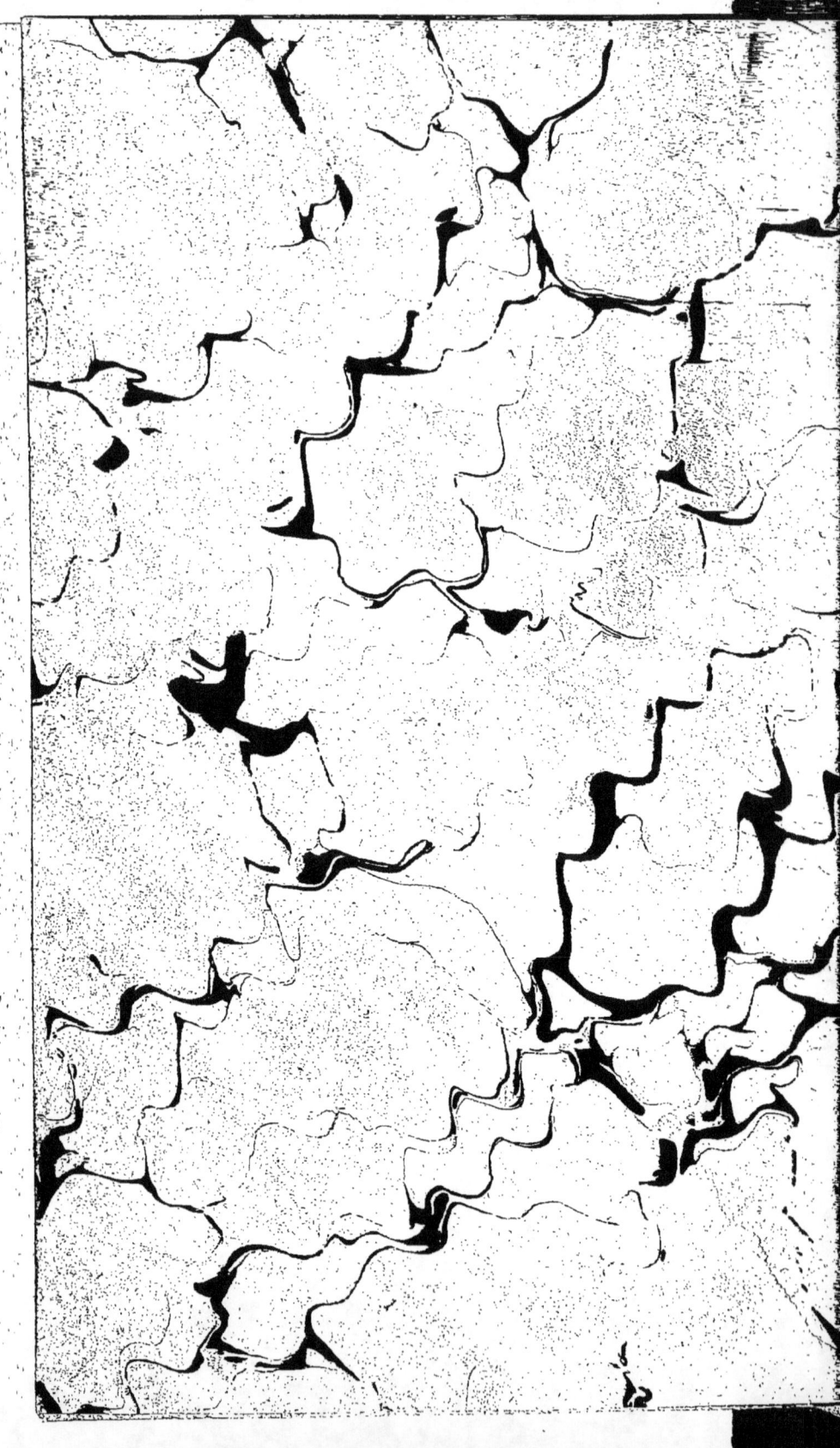

www.ingramcontent.com/pod-product-compliance
Lightning Source LLC
Chambersburg PA
CBHW050315030726
47505CB00003B/715